Johnnys Grau

AF235326

Buch

Die Bedeutung steht über allem. Jede Sekunde an jedem Ort tun wir alles für uns selbst. Es wäre bedeutungslos über die Bedeutung nachzudenken. Johnny hat das verstanden. Die Polizei auch, die Politik schon lange. Alle leben das Leben, von dem sie Anderen erzählen. Versprochen! Zu doof nur, dass leben eine Interpretation von Vorstellungen ist. Und zu gut, dass ab dem Moment nichts so bleibt wie es ist, ab dem man anfängt genau darüber nachzudenken.

Autor

Thore Seeger, geboren 1998 in Lübeck, prokrastiniert, indem er sich einredet mit seinen niedergeschriebenen Ideen anderen Menschen beim Prokrastinieren helfen zu können. Ein zunehmendes Interesse für Politik, die Gesellschaft, philosophische Fragen und das Erzählen von Geschichten legte sich nicht nur in seinem Studium nieder, sondern ließ ihn Anfang 2020 beginnen eine schon lang existierende Idee weiterzuentwickeln: Johnnys Grau. Er lebt in Hamburg.

Kontakt:

Instagram: thore.seeger
Weitere Informationen unter bod.de

Thore Seeger

Johnnys Grau

Gesellschaftssatire

2. Auflage

Bibliografische Information der Deutschen Nationalbibliothek:
Die Deutsche Nationalbibliothek verzeichnet diese Publikation in der Deutschen Nationalbibliografie; detaillierte bibliografische Daten sind im Internet über http://dnb.dnb.de abrufbar.

© 2022 Thore Seeger

Umschlaggestaltung und Fotografien: Thore Seeger

Herstellung und Verlag: BoD – Books on Demand, Norderstedt

ISBN: 978-3-7543-3804-9

„Nicht gut."

Du, nach der letzten Seite dieses Buches.

Für mich.

Prolog

Adam drückte den Knopf für die unterste Etage in dem mit Edelstahl verkleideten Fahrstuhl. Er, komplett in Weiß, kreidebleiche Haut und Haare, stand vor einem weißen Karren mit weißer Wäsche. Der Fahrstuhl, komplett auf Hochglanz poliert, massive Türen und silberne Knöpfe mit weißen Ziffern, spiegelte seinen Fahrgast in all seinen Flächen. Die Mitarbeiter hier nannten ihn den ‚fahrenden Spiegel' und als solcher begann er Anstalten zu machen, seine Aufgabe zu erfüllen. Er surrte.

Die Türen begannen sich langsam gleitend zu schließen, als im letzten Moment eine Hand hastig den Vorgang stoppte. Ein rothaariger Mann stieg leicht außer Atem zu und stellte sich wortlos neben Adam. Auch er war weiß gekleidet. Ein silberner Kugelschreiber steckte in seiner Brusttasche, an welcher ein Namensschild befestigt war.

‚Jonas Curtney', las Adam sich das Schild in seinem Kopf vor, während der Fahrstuhl sich langsam begann abzusenken.

An seinem Ziel angekommen öffneten sich die Türen auf der untersten Ebene des kleinen Gebäudes, in welchem sich die sich nichtssagenden Kollegen befanden. Von außen betrachtet glich die Einrichtung einer Oase in der Wüste, ganz klein stand es rings umzäunt auf einer weiten, sandigen Fläche. Früher befand sich hier einmal eine Kirche, doch die hatte man mit der Abrissbirne weggebügelt. Das morsche Gebäude mit diesem sinnlosen Turm war irgendwie einfach nicht mehr zeitgemäß gewesen. Und so hatte man damals beschlossen, etwas

Anderes hier hinzusetzen. Etwas mit mehr Bedeutung: Eben diesen Neubau.

Im Inneren des mittlerweile heute nun nicht mehr so neuen Neubaus schritten Adam und Jonas Curtney im Gleichschritt den sterilen Gang entlang. Das Schweigen zwischen ihnen trugen sie aus dem Fahrstuhl mit, allerdings erfüllte nun das Echo des leisen Rollgeräuschs den langen, breiten Flur. An dessen Längsseiten befanden sich schwere, schneeweiße Eisentüren, an seinem Ende eine matt silberne Schleuse. Genau vor dieser blieben beide Männer regungslos stehen. Den Blick starr nach vorn gerichtet, warteten die immer noch Wortlosen auf das Öffnen der Tür. Eine kleine schwarze Camera im oberen Winkel des Raumes registrierte die Ankömmlinge, die übergewichtige Mitarbeiterin an den Screens drei Etagen weiter oben allerdings noch nicht. Und so wurde es erneut vollkommen still. Eine ganze Minute lang. Weder Adam noch sein unfreiwilliger Begleiter schienen Anzeichen der Nervosität zu zeigen, vielmehr entspannten sich beide. Es war wie eine Pause für sie. Einatmen. Ausatmen.

Ein plötzliches Geräusch durchbrach die Situation. Weit hinter den beiden, wenige Meter vor dem Fahrstuhl, hämmerte es gegen eine der seitlichen Eisentüren. Jonas Curtney drehte seinen Kopf erschrocken um, Adam begann nur stumm zu lachen. Den Blick richtete er weiter nach vorne. Eine helle, jung klingende Stimme rief ihnen lautstark etwas zu. Curtney blickte wieder nach vorn, nun auch amüsiert über die Wortmeldung der Person hinter der dicken Schicht aus ausbruchsicherem Material. Und amüsiert darüber, welchen Schrecken ihn durch sie erfuhr. Eigentlich war er es doch gewohnt. Eigentlich machte ihm diese Begrüßung doch gar nichts mehr aus.

Es waren wirre Worte, die sie da hörten. Sie erklangen in einem endlosen Schwall. Sie waren so schnell gesprochen, dass sie den Anschein erweckten, als würden sie souverän und bewusst gewählt werden. Adam glaubte daran nicht. Seit dem ersten Tag durften sich die Mitarbeiter derartiges Gebrabbel anhören, doch noch nie hatte er ernsthaft zugehört.

Es surrte. Es surrte oft in diesem Gebäude, fiel Adam gedanklich auf. Er freute sich, dass er immer wieder neue Sachen hier entdeckte. Das Surren signalisierte ihm, dass die Tür der Schleuse vor ihm entriegelt war. Jonas Curtney zog mit viel Kraft an dem länglichen Griff und öffnete so den Durchgang, welchen Adam sofort mit seinem Karren anvisierte. Er bedankte sich.

„Es ist immer die gleiche Geschichte, oder?", griff Curtney scherzhaft den Faden für ein Gespräch auf. Es war eine alltägliche Frage. Seit 16 Jahren.

Adam schob den Wagen mit dreckiger Wäsche weiter vor sich her, während er sich seinem Begleiter zuwandte. „Es wird wohl niemals enden." Beide Männer lachten.

Auf dem sterilen Flur hinter ihnen erloschen die Lampen. Zusammen mit dem letzten Strahl Licht erklang ein leiser, letzter Ruf durch die schwere Tür, doch diesem zuzuhören, das kam für die Mitarbeiter nicht infrage. Adam wollte lieber einen Kaffee. Er hatte Durst. Und wenn man Durst hatte, dann trank man etwas. Irgendetwas.

- 16 Jahre zuvor -

In einer Gesellschaft geschieht rein gar nichts ohne Bedeutung?

Der Morgen

Johnny Matteo legte seine gepflegten Handflächen parallel zueinander auf die graubraune Tischplatte. Er saß perfekt. Den Rücken vertikal durchgedrückt, die Oberschenkel im neunzig Grad Winkel zum Rücken. Die Knie bildeten einen selbigen, um Johnnys stufenartige Körperhaltung zu perfektionieren. Sein graubrauner Mantel fiel wie ein Lot in Richtung des Bodens.

All das fiel ihm nicht auf. Es war intuitiv, es war anerzogen. Es war in der heutigen Zeit Standard. Johnny befolgte diesen. Johnny war schön. Alle standardisierten Leute waren es.

Johnny Matteos Blick fiel auf die vor ihm liegende Straße. Das perfekt geputzte Fenster förderte die Illusion, dass er genau neben dieser saß und eben nicht an einem Tisch im Café des *Amazing Media Center*, kurz *AMC*, in der Baker-Bäcker-Straße achtundzwanzig. Er arbeitete hier nicht, ganz und gar nicht. Johnny Matteo mochte die Mediaworld nicht. Sie erschien ihm unruhig. Der ewige Wettkampf zwischen den Publizisten, den Redaktionen, den Sendern und allen Teilnehmern dieses Gewerbes führte mittlerweile zu neuartigen Kampagnen, welche Johnny obszön fand. Dazu zählte er nicht mal mehr den doch relativ eigenwilligen Schritt vergangenen Jahrzehnts, welcher zur Steigerung des Werbeeffektes alle irgendwie der Mediaworld zugehörigen Wörter durch bedeutungsgleiche englische Wörter ersetzt hatte, sondern vielmehr die Ausbreitung dieser Szene. Das beste Beispiel war das *AMC* selbst. Es war eine Grundschule. *Amazing Media*, als aktueller Marktführer, erkaufte sich die kollektiven Namensrechte der Schulen im Land und eröffnete in jeder dieser ein Café. Nicht etwa für die Kinder, auf keinen Fall. Für die Media-Freelancer! Johnny war keiner von ihnen. Johnny brauchte nur Flüssigkeit. Deswegen war er hier. Er musste es sein.

„Einen Kaffee?" riss es ihn aus seinem Fokus.

„Ja. Und eine Newspaper dazu."

Johnnys Stimme klang wohl erzogen. Ruhig, sanft, deutlich. Eine weiche Stimmfarbe erfuhr derjenige, der sich mit ihm unterhielt. Das war nicht oft der Fall. Kurze Gespräche führte er viele, aber wirklich tiefgründige Gespräche, in welchen er dem Gesagten durch seine Stimme mehr Bedeutung mit auf den Weg gab, nein, solche führte er selten. Ungewöhnlich war das in der heutigen Gesellschaft kaum. Gesagtem musste man keine zusätzliche nonverbale Bedeutung hinzufügen. Worte standen in der heutigen Zeit für sich. Der Inhalt zählte. Das erklärte auch diesen doch sehr direkten Namen des Etablissements, in welchem er sich befand: *Amazing Media*. Die Werbebranche bevorzugte die Dinge beim Namen zu nennen. Sie so zu beschreiben, wie sie waren. Oder zumindest sein sollten. Johnny Matteo war nicht doof. Er kannte die Geschichten von früher, weit vor dem dritten Weltkrieg. Die gleiche Methode von damals funktionierte auch heute: Lügen.

Der Kaffee kam. Und die Newspaper. Während ein fremder Mann an seinem Tisch interessiert auf diesen Vorgang blickte, schlug Johnny die Newspaper auf und begann zu lesen.

„Was steht heute drinnen?", unterbrach ihn sein hochgewachsener Gegenüber. Sehr hochgewachsen war er. Diese hochgewachsene, wahllos interessierte Person wollte Informationen. Johnny gab sie ihm. Das Gespräch war schnell beendet. Es war oberflächlich, es war grau. Johnny kam damit klar, er mochte

Struktur. Er mochte Ordnung. Er mochte die heutige Zeit. Früher wurde gesagt, dass früher alles besser gewesen sei. Heute wird das nicht mehr gesagt. Es hat ja genau genommen auch keine wirkliche Bedeutung für die heutige Zeit. Für einen einzelnen vielleicht schon, für die Gesellschaft aber nicht. Wobei ein solcher Gedanke sogar tatsächlich eine Bedeutung hatte. Nämlich an der Wahlurne. Wenn man sich nach dem von früher sehnte, konnte man problemlos *Die Konservativen* wählen. Oder *Die Rechten*. Wobei die eher den dritten Weltkrieg wiederholen wollten. Sie fanden ihn unfair. Sie forderten einheitliche Waffen und gleich große Armeen. Sie meinten, wenn alles fair sei, dann sei es gar kein Krieg mehr. Dann sei es eine Diskussion. Eine praktisch geführte Diskussion. Ahja.

Es war einem heutzutage wöchentlich möglich zu wählen. Immer am letzten Tag der Woche, also am 16. Die Wahlen geschahen online. Es war schnell und sicher. Am fünfzehnten Tag wurde der Bevölkerung über die Televisions, die Radios oder die Newspapers mitgeteilt, welche Probleme in der folgenden Woche gelöst werden sollten, um die Gesellschaft zu verbessern. Jede Partei stellte gleichzeitig dazu ihre Ideen und ihre Vorhaben vor. Sie waren verpflichtet diese im Falle der Mehrheitsführung exakt so gesetzlich zu verankern. Im Falle einer Missachtung wurde der Parteivorsitzende getötet. Das war bisher drei Mal der Fall. Konsequent waren sie also. Demokratie wurde noch nie so sehr gelebt wie in der heutigen Zeit.

Johnny trank in einem Zug aus, bezahlte seinen Kaffee und seine Newspaper und ging hinaus. Gestärkt für den vor ihm liegenden Tag, fiel sein Blick in Richtung des Himmels. Das hatte er sich irgendwie so angewöhnt. Viel zu sehen, gab es nicht. Eine Wolkendecke hing über der Stadt. Sie hing über dem Land. Sie hing über der Welt. Es war eigentlich immer bewölkt, es war immer grau. Johnny mochte das. Er fühlte sich wohl. Er hatte Angst vor Sonnenbränden. Er hatte noch nie einen. Das Wetter spiegelte die Gesellschaft wider, empfand Johnny Matteo, ohne es je bewusst gedacht zu haben. Er fühlte sich wohl in der Gesellschaft. Sie war voller Bedeutung, gab Johnny das Gefühl eben solche in dieser Welt zu besitzen. Sie war einheitlich, alle funktionierten. Sie war grau. Johnny Matteo verstand nicht, wieso etwas Einheitliches als grau bezeichnet wurde. Es gab eine Bedeutung dafür.

Polizeidirektor Uffus Hirandi stieg aus dem goldenen *Schnellauto*, dem neuesten Modell des wohl schönsten Sportwagens der Nation. Das Auto gehörte nicht ihm direkt. Es gehörte der Polizei. Diese fuhr neuerdings nur goldene Sportwagen. Sportwagen, weil man im äußerst unwahrscheinlichen Falle einer Straftat schnell vor Ort wäre oder alternativ den Täter schnell verfolgen könnte, um ihn dann entweder festzunehmen oder brutal zu töten, gold, weil die Farbe für Uffus Erfolg bedeutete. Die Polizei hatte schon seit über sechs Jahrzehnten kein wirkliches Verbrechen mehr zu beklagen. Verbrechen waren der Gesellschaft nicht dienlich. Das sahen alle ein. Deswegen beging sie niemand. Alles war schön.

Uffus Hirandi stand stellvertretend für diesen Erfolg. Als er anfing, waren die Autos der Polizei noch weiß. Modell *Massenkiste*. Doch Hirandi startete einen unvergleichlichen Siegeszug der Gesetzeshüter. Die Verbrechensrate ähnelte der seines Vorgängers im Genauesten, doch löste er dennoch gleich zwei Probleme mit nur einer Maßnahme: Dem übermäßigen Blitzen.

Es half wirklich allen: Zunächst einmal stand die Polizei ursprünglich am Rande der Bedeutungslosigkeit. Sie verlor die für die Gesellschaft dienliche Existenzberechtigung. Keine Straftaten gleich keine Arbeit. Doch zu schnell wurde immer gefahren, es glich einem menschlichen Trieb. Genau wie die Nahrungszufuhr oder auch der Sex konnte einfach niemand damit aufhören. Das erkannte der Polizeidirektor sofort. Jeder hat es eilig. Zeit ist Bedeutung. Und er machte diese Bedeutung zu der seiner Behörde, er machte sie zu Geld.

Das Land stand schon lange vor der Frage, wie sich alles finanzieren ließe. Wenn man etwas aus den Systemen der Vorkriegszeit geerbt hatte, dann waren es die Staatsschulden. Beziehungsweise der scheinbar unerklärliche Zwang solche anzuhäufen. Uffus Hirandi half. Als Staatsbehörde nahm er durch das Blitzen Millionen ein. Der Staat hatte nun genug Geld, um die Bürger zu bezahlen. Diese bezahlten dann unter anderem ihre Blitztickets. Es war ein genialer Kreislauf. Hirandi begann bei dem Gedanken an seine Maßnahme zu lächeln. Aber nur innerlich. Dass es mit den Anschaffungskosten der Blitzer und der, immerhin einmaligen, Zahlung der goldenen Folierungen der Dienstwagen ein Minusgeschäft für alle Beteiligten war, störte ihn in diesem Moment nicht. Es störte ihn eigentlich sogar nie, genauso selten dachte er auch daran. Dafür hatte alles an diesem Deal zu viel Bedeutung. Seiner Auffassung nach. Die Polizei, die goldenen Sportwagen, die Blitzer, das Geld und auch die Verkehrssünder. Die Maßnahme war absolut gesellschaftstauglich.

Der Polizeidirektor rauschte mit stark überhöhter Geschwindigkeit in den Besprechungsraum. Das alltägliche morgendliche Briefing stand an. Es schien unter den gewohnten

Umständen abzulaufen. Kaffeegeruch lag in der Luft, metallische Stühle wurden über den graublauen Teppichboden zurückgezogen, die Soundbox lief. Hirandi nahm am Kopfende des Tisches Platz. Der Platz des Chefs. Zu seiner Linken saß Manfred Hermann. Seit etlichen Jahren Polizist, zeichnete sich seine Arbeit durch den ewigen Pessimismus aus. Angeblich geboren im dritten Weltkrieg und mutmaßlich erzogen nach den Werten einer früheren Zeit in einer anderen Welt machte er seinem Ruf alle Ehre. Abgestumpft und humorlos, dafür aber fleißig und pünktlich erledigte er seinen Job. Die Pünktlich war dabei seine Stärke. Er war derjenige, der den Kaffee aufsetzte. Er war derjenige, der den Hausmeister begrüßte. Dessen Schicht begann um fünf Uhr. Hermann lebte für die Arbeit. Ob er eine Wohnung hatte, wusste niemand so genau. Generell wusste niemand so genau auch nur irgendwas über ihn definitiv. Bis auf Hirandi. Der wusste, dass Manfred Hermann die goldenen *Schnellauto*s scheiße fand. Hirandi fand ihn scheiße. So ganz insgeheim. Aber auch Hermann war irgendwie schön. Hirandi sah das ein.

Rechts vom Direktor nahm der Jungspund der Polizeifamilie seinen Stuhl ein. Der Name war Uffus Hirandi entfallen. Er nannte ihn Uniform-Castro. Die graublaue Uniform saß an ihm wie an keinem zweiten. Perfekt. Sein durchtrainierter Körper spannte die Nähte bis aufs Äußere, seine Oberschenkelmuskeln zeichneten sich durch den Stoff ab. Und dann diese Schultern. Besetzt mit den Schulterklappen. Sie machten ihn so unglaublich männlich. Die weißen Streifen auf den Klappen entfalteten bei ihm einen zusätzlichen Effekt, der dauerhaft gebräunte Uniform-Castro profitierte von solch hellen Farben. Hirandi profitierte übrigens von ihm. In der Ausbildung hatte Uniform-Castro außerordentlich gut aufgepasst, so zumindest der Eindruck. Jeder Blitzer, jeder Fall, alle Situationen konnte er sofort rechtlich einordnen. Er war ein wahres Juwel, er half, wo er nur konnte. Alle drei zusammen ergaben dadurch die Struktur, die Ordnung nach der hier gehandelt wurde. Es war immer dieselbe: Vorschlag Polizeidirektor, Einwand Hermann, Aufklärung Uniform-Castro. Auflösung des sechzehnsekündigen, dreiseitigen Blickwechsels zwischen den Rudelführern in Richtung des Plenums, Synchronnicken der restlichen hörenden Anwesenden, Abtransport Stacey, die hier arbeitende Sekretärin. Tag für Tag, eine Stunde lang.

Die Music wurde gemutet. Alle saßen rechtwinklig auf ihren Plätzen. Der Diensttag für Uffus Hirandi begann.

„Ein Blitzer an der Baker-Bäcker-Straße. Höhe des AMCs." Er war kein Mann der vielen Worte.

„Da fahren se' alle langsam. Ne' Grundschule. Niemand überfährt de Zukunft. Da is' das Gjeld nicht zu holn", entgegnete Hermann.

„Das ist eine einfache Rechnung. Der neue Blitzer finanziert sich durch 16 hundert Auslösungen von selbst. Ab diesem Moment gewinnen wir. Der Blitzer hält mindestens 16 Jahre lang. Eine Angabe des Herstellers. Gesellschaftlich zudem ein Statement: Wir sorgen für die Sicherheit unserer Kinder!" Uniform-Castro betonte den letzten Satz theatralisch, mit seinen Händen malte er ihn als Regenbogen in die Luft. Er war absolut überzeugt von seiner Arbeit. Das merkten alle im Raum. Die Euphorie missfiel ihnen, aber er war eben noch jung.

Ein Gegenargument ergab keinen Sinn, der Vorschlag des Polizeidirektors schien erfolgreich. Dieser war augenblicklich zufriedener als schon zuvor. Er reichte den unterschriebenen Antrag in die Runde. Der Blitzer sollte gegen Mittag an dem besagten Platz stehen. Die Polizei verfügte über einen ausreichenden Lagerbestand an Blitzern. Das bedeutete nichts anderes, als die Aufgabe in derartigen Sitzungen auch all diese Exemplare im Lande unterzubringen. Im Lager fuhr niemand zu schnell, da ließ sich kein Geld verdienen.

Um Punkt neun Uhr morgens klappte die Flügeltür des Regierungssaales auf. Durch sie hindurch marschierten alle Parteivorsitzenden des Landes. Es waren sieben an der Zahl. Die Szene glich einer Groteske. Eigentlich ließen sich alle Politiker der einzelnen Parteien schon äußerlich voneinander unterscheiden, spätestens allerdings, wenn sie zu sprechen begannnen. Doch diese sieben Personen waren allesamt gleich. Kleine, schmächtige Brillenschlangen in zu großen Anzügen. Eine Mappe vor der Brust, fest umklammert mit beiden Armen. Bei genauerem Hinsehen ließe sich wahrscheinlich sogar ein Zittern an ihren Körpern erkennen. Es war keine Angst, welche diese Personen zeichnete, vielmehr war es der Respekt. Der Respekt vor dem Saal, in den sie eintraten, vor der Person in ihr, dem Kanzler, und überhaupt vor der ganzen politischen Welt, in der sie sich aufhielten. Dennoch waren sie Parteivorsitzende.

Seitdem das Land diese gesetzlich bei gegebenen Anlässen hinrichten darf, entschied sich jede Partei für die sichere Variante: Irgendein Praktikant oder eine niedere Bürokraft wurde als Vorsitzender aufgestellt, musste zur Not den Kopf hinhalten und so den echten Führungspersonen ihren Arsch retten, damit diese weiterhin ihren Kurs fahren konnten. Es war eine Gratwanderung. Schlug eine Partei beispielsweise mal wieder etwas Einschneidendes, etwas doch sehr Fragwürdiges vor, so erfuhr eine willkürlich gewählte Person die Konsequenzen. Die Partei verlor kein wertvolles Mitglied und konnte obendrein dank des Urteils ihren Kurs punktgenau an den äußersten Rand der Legalität anpassen.

Als Gegenleistung für diese Gefahr gab es einen sehr erwähnenswerten Eintrag in den Lebenslauf. Die Angst vor den irren, rücksichtslosen Tonangebern führte zu einer durchschnittlichen Verweildauer von nur knapp vier Monaten im Amt, bevor man sich woanders bewarb, sowie unverschämt viel Geld. Win-Win nannte man sowas in der heutigen Welt.

Das Bild, welches das Einlaufen der parteiinternen Hilfskräfte abgab, beeindruckte den Kanzler jedes Mal aufs Neue. Alle sieben kamen sie, wie in Zeitlupe, parallel hinein. Der Kanzler dachte an typische Actionmovies, diese Szene allerdings zeigte ihm das genaue Gegenteil. Kein Selbstbewusstsein, keine Coolness, keine Präsenz. Es fehlte nur noch, dass sie stotterten.

„He..Herr Kanzler, u-u..unsere Stellungnahmen. D-Das liberale Ka…Kapital lässt gr…grüßen."

Der Kanzler rollte innerlich mit den Augen. Bisher hatte tatsächlich noch niemand vor ihm gestottert. Die heutigen Anwesenden glichen einer schlechten Satire. Zugegebenermaßen hatte der Kanzler erst drei Wochen dieses Amt besetzt, morgen hatte er die Möglichkeit, um eine weitere zu verlängern. Es war der fünfzehnte Tag der Woche, der Tag, an welchem die Parteien ihre Lösungsansätze für die folgende Woche präsentierten. Die letzten Wochen hatte die Partei des Kanzlers sehr gut abgeschnitten, die zu bewältigten Themen lagen seiner Partei. Auch für die kommende Woche sah er wieder Potenzial für eine Mehrheit. Grundsätzlich wurden zehn Themen pro Woche behandelt, zwei davon wurden aus dem Volk gewählt.

Er hatte sich noch nicht informiert, welche gesetzten Themen für die kommende Woche anstanden. Die Mappen der Parteien würden ihm sicherlich helfen. Er bekam sie, weil er neben der Regierungsführung vor allem eine repräsentative Rolle innehatte. Entgegen der früheren Welt war er der absoluten Transparenz verpflichtet. Deswegen war auch der Kanzler die Person, die die Ideen aller Parteien dem Volk verlas. Sollte er Details verändern oder weglassen, bezahlte wiederum er mit seinem Leben. Wirklich regieren konnte er eher in Notfällen oder bei kleinen Problemen. Standen die zu treffenden Entscheidungen bereits fest, war der Kanzler eher die Person, welche zu handeln hatte, wenn zum Beispiel ein Sturm das Land traf. Die Anleitung sah für diesen Fall ganz klar vor: Bewillige Gelder! Gleiches tat er auch bei den ihm überlassenen kleineren Problemen. Fragte die Polizei nach mehr Geld für nicht genannte Zwecke, dann gab er ihr dieses. Irgendwas mit Autos war es das letzte Mal, meinte er sich zu erinnern. Er erschloss sich, dass es bestimmt wieder was mit den Blitzern zu tun hatte. Die Gesellschaft würde von diesem Zuschuss profitieren, da war er sich sicher.

Im Gegensatz zu den Parteivorsitzenden, welche vor einer neuen Woche bekannt sein mussten, durften die Parteien den Kanzler auch erst nach dem Wahlergebnis stellen. Und hier wiederum stellten sie fleißig ihre besten Leute auf. War das Risiko sein Leben für die Partei aufzugeben noch zu gering, hatte der Posten des Kanzlers eine magische Anziehungskraft auf die ganz großen Fressen der Parteien. Sie waren alle durch die Bank weg karrieregeil. Sie hatten kein Gewissen, keine Einsicht und nur ein Ziel: Die Macht. In den Medias waren sie alle handzahm, aber dennoch wie Raubtiere auf der Jagd nach den Stimmen der Wähler. Da wurde dann auch schon mal das gesagt, was man gerne hören wollte oder bedenkenlos der Partei- zweck weg gelächelt. Der Kanzler hielt sich für weise genug das zu erkennen. Jede Talkshow, generell jede political TV-Show konnte er nicht ohne das sehen, was das eigentliche Ziel der Teilnehmer war. Ob er selbst jemals so gewesen war, wusste er nicht mehr. Hat man den Posten des Kanzlers in dieser Zeit erst bekommen, so änderte sich der Blickwinkel. Von der Front zum König der Burg.

Mit einem Nicken entließ der Kanzler die Parteivorsitzenden aus ihrer unangenehmen Situation. Sie verließen rasch den Regierungssaal, das pompöse Büro des Kanzlers. Sehr rasch taten sie dies. Einer lief. Der Kanzler meinte zu erkennen, dass es der Vorsitzende der *Soziales-und-Natur-geregelt-kriegen-Partei*, kurz eigentlich *SuNgkP*, aber zur Vereinfachung und Einprägung lieber Sun-Partei genannt, war. Er fiel hin. Die Tür schloss dennoch und der Kanzler ließ sich auf seinem Sessel nieder. Er breitete die Mappen wie einen Fächer vor sich auf und ließ seinen Blick über die Logos streifen. *Die Linken, Sun-Partei, MLGP, DlK, MRBP, Die Konservativen, Die Rechten*. Alle Logos bestanden aus einem gefärbten Rechteck mit einem Schriftzug, dem Namen der Partei. Zu unterscheiden waren, neben den Buchstaben, die Farben und die Schriftart. *Die Rechten* verwendeten die Tannenberg, *Die Linken* Buran, die *Mitte-links-grün-Partei* Comic Sans. Der Kanzler hörte auf hinzugucken. Er nahm die erste Mappe und begann zu lesen. Es war neun Uhr zehn.

Der Feierabend

Die kleine weiße Digitaluhr sprang auf 16 Uhr. Johnny Matteo hatte Feierabend. Er hatte es mittlerweile im Gefühl, wann es so weit war. Circa eine halbe Stunde vor Schichtende guckte er das letzte Mal auf die Uhr, der nächste Blick begann erst maximal sechsundfünfzig Sekunden vor 16 Uhr. Sein Rekord aus dem letzten Jahr, knappe zwei Sekunden, machte ihn noch heute ein bisschen stolz.

Johnnys Augen verweilten an der tristen, grauen Wand. Sie war funktional, nicht wirklich anschaulich. Entlang der knapp vierzig Meter fanden sich keine Fenster, geschweige denn Verzierungen. In der Mitte war eine Tür. Weiß und schmal, für eine sehr breite oder zwei sehr dünne Personen. Sie ging nach innen auf. Johnny hatte das bis heute nicht begriffen.

Hoch oben über dieser Tür, es müsste genau die Mitte zwischen Tür und Decke gewesen sein, war die Digitaluhr angebracht. Quadratisch, maximal einen halben Meter groß, thronte sie als einziger Blickfang in der Werkhalle der *Firma Brauchbar*. Die weißen Ziffern vermittelten ein Gefühl, welches unbeschreiblich informierend war. Keiner in der Firma wollte länger auf diese Uhr gucken als nötig. Hatte man in Erfahrung gebracht, wie spät es war, so fiel der Blick wieder auf die Geschehnisse vor einem. Sie war keine Attraktion, kein Ort an welchem man sich ablenken konnte. Sie empfing keinen wirklichen Blick, vielmehr war es ein haschendes Nicken des Informationsgierigen.

Die Uhr sprang auf 16 Uhr und eins. Johnny Matteo schüttelte sich leicht. Er schien eine ganze Minute auf die Uhr gestarrt zu haben, ohne es wirklich wahrzunehmen. Er verstand sich nicht. Er versuchte sich zu erinnern, an was er gedacht hatte, ob es einen Grund für sein Verweilen gab. Doch da war nichts. Johnny zog die Mundwinkel nach unten und begab sich in Richtung der Tür. Durch einen schmalen, mit Kacheln gefliesten Gang kam er in den Vorraum. Die gleichen grauen Wände wie in der Produktionshalle empfingen ihn. Links eine Tür für die weiblichen Mitarbeiterinnen, rechts eine für die männlichen Arbeitskräfte. Beide führten zu den jeweiligen Umkleiden. Anstatt der Uhr erblickte Johnny, sofern er seinen Blick auf den leeren, grauen Bereich zwischen den Türen verlor, direkt auf ein DIN-A vier Schreiben. Es war in Perfektion exakt mittig angebracht. Von hinten beklebt und knickfrei. Neben ein paar informationshaltigen Sätzen der Firmenleitung bezüglich der Schichtwechsel und der Verhaltensregeln, nahm eine Tabelle den meisten Platz des Schreibens ein. Sie informierte über die anzufertigen Produkte an den jeweiligen Werktagen.

Johnny Matteo arbeitete in einer Bedürfnisfirma. Diese waren für die Gesellschaft eine wahre Schönheit. Die Wirtschaft des Landes hatte schon vor einigen Jahrzehnten das Ende des Kapitalismus erreicht. Nicht in Form eines Systemwechsels, vielmehr stand man vor dem Problem, dass ein Wachstum schlicht und einfach nicht mehr möglich war. Alles Geld der Welt war investiert worden, jede Coachingrevolution war geschehen und zigtausende Personen hatten sich damals Millionäre genannt. Jedes Kind fernab dieses Ortes war in vierundzwanzig Stunden Schichten eingeteilt und tatsächlich wurde jede Aktie verkauft. Doch alle Firmen hatten wachsen müssen. Alle Firmen hatten produzieren müssen. Das ergab einen Konflikt: Aus so viel relevanten Angeboten hatte sich nur schwer auswählen lassen, die Wirtschaft hatte vor einem Stillstand gestanden, nur einen Schritt vom Abgrund entfernt. Jeder Mensch hatte es gemocht viel zu kaufen, aber eben nur gewohntes. Niemand hatte etwas Neues probiert und doch hatten sich Alle wohl gefühlt. Zumindest fast alle. Die den Vorstandsvorsitzenden vorsitzenden Vorstandsmitglieder nicht. Und ihren Boni erst recht nicht. Es hatte eine neue Stufe gebraucht. In der achthundertfünfunddreißigsten Wahlperiode hatte sich die Partei *Das liberale Kapital* mit einschneidenden wirtschaftspolitischen Maßnahmen durchgesetzt, Firmen wurden umstrukturiert. Es wurde von nun an das produziert, was aktuell benötigt wurde. Plus zusätzliche null Komma null null null 16 Prozent. Die Gesellschaft ging davon aus, dass alles in den Läden Vorhandene der exakten Menge des Bedarfes entsprach und kaufte schlussendlich jeden Tag erneut als Gemeinschaft die benötigte Ration plus die null Komma null null null 16 Prozent. Die insgesamt verkaufte Menge wurde am folgenden Tag von den Bedürfnisfirmen als Grundmenge klassifiziert, schließlich schien die Gesellschaft für jedes Produkt, für jedes Exemplar eine Bedeutung zu finden. Und so war das Wachstum gerettet worden, die Dividenden sowieso.

Johnnys Vater hatte bei Einführung dieses Modells stolze einhundert Geld und einen feuchten Händedruck bekommen, sein stinkreicher Chef sprach vor seinen Angestellten von großen Geschenken, welche er all diesen wertvollen Menschen aus tiefstem Herzen machen wollte, da sie der Grundbaustein der Gemeinschaft seien. Dass er so froh sei, dass alle ihren Job behalten konnten und BlaBlaBla. Später am Abend starb er bei einer ominösen Party der *DlK* auf einer Yacht vor der Küste, welche von einem besoffenen Millionärssohn zum Untergang gebracht wurde. Die Eliten des Landes ertranken, die neuen reagierten. Bereits einen Tag später hatte das Wirtschaftsministerium erste öffentliche Zweifel gegen die Kirche ausgesprochen: Dieser komische Gott, von dem immer alle geredet hatten, würde so etwas Schreckliches ja wohl nicht zulassen, da müsse man ihn ja mal dringend hinterfragen.

Johnny Matteo trat durch das Tor des Fabrikgeländes. Über ihm zierte ein Schriftzug das sonst unästhetische Grundstück. ‚Firma Brauchbar' stand in geschwungenen Lettern deutlich sichtbar an einem Metallbogen. Johnnys Arbeitgeber war mutig. Geschwungene Schriften bargen ein Risiko. Wenn Postboten und Lieferanten den Namen nicht erkannten, waren sie angehalten nicht auszuliefern. Die Hausnummer alleine reichte schon lange nicht mehr. Doppelt hielt halt schon immer besser, Fehler galt es zu verhindern. Gerade die neuen Postboten oder Lieferanten versuchten keine zu machen. Der Job war heiß begehrt und gut bezahlt. Die Post hatte mit das beste Personal. Kam ein Bewerber, welcher besser zu sein schien als der quotenschlechteste Angestellte, so wurde er für diesen eingestellt. Auch Johnny hatte sich schon mal beworben. Er wurde abgelehnt. „Zu kurze Arme" meinten sie damals. Summiert würden beim Einwerfen der Briefe zusätzliche Schritte und zusätzliche Arbeitszeit anfallen. Er fand es in Ordnung und wurde bei Firma Brauchbar glücklich.

Gleiches Glück empfand er im selbigen Moment. Einem tiefen Atemzug folgte ein zufriedenes Lächeln auf seinen Lippen, welches niemand je jemals bemerkt hätte. Es war der letzte Werktag dieser Woche gewesen. Vor ihm lagen drei freie Tage. Keine Verantwortungen, keine Aufgaben. Lediglich die Wahl am morgigen Tage würde ihm ein bisschen Zeit kosten.

Eine Stimme riss Johnny aus seinen Gedanken: „Können Sie am ersten Wochentag arbeiten kommen?" Sie erklang mehrere

Meter hinter seinem Rücken und sprach hastig. Zweifellos war er gemeint, Johnny identifizierte die Stimme als die seiner Schichtleiterin. Die Bittstellerin schien Johnny gerade noch erwischt zu haben.

„Wieso wird meine Arbeit an einem Ruhetag verlangt?", entgegnete er höflich.

„Wir haben einen einmaligen Auftrag erhalten. Dieser geht über die Tagesrationen an Produkten hinaus, wir müssen außerhalb eines Werktages produzieren."

„Gilt das Ersatzprinzip noch oder verfällt einer meiner Ruhetage?" Johnny wurde nervös bei dem Gedanken morgen nicht mit dem Gefühl aufzuwachen, dass der nächste Arbeitstag noch mehr als eine Nacht bevorstünde.

„Das gilt selbstverständlich noch. Sie können Ihren Ruhetag an die Wochenpause oder an das kommende Wochenende anhängen und einen regulären Werktag fehlen."

Johnny nickte leicht. Seine Schichtleiterin verstand und schien einen Haken auf einem Dokument zu setzen. Sie nickte leicht zurück. Johnny kam es fast wie eine Geste zum Dank vor, doch so etwas war heutzutage recht unüblich. Es hatte keine gesellschaftliche Bedeutung. Bedankt wurde sich höchstens noch in privatem Rahmen am Wochenende oder in der Wochenpause. Diese waren die einzigen Möglichkeiten, an denen man das ständige Verantwortungsbewusstsein etwas ablegen konnte. Manchmal führte Johnny an solchen Tagen sogar einen Smalltalk. Zwar nur in seiner Wohnung, in der Öffentlichkeit diente ein solcher nicht wirklich, um eine Person näher kennenzulernen, aber immerhin.

Lediglich leicht beeinflusst von der spontanen Planänderung stieg Johnny Matteo in seine *Massenkiste*. Er fuhr die

Standardausführung, wie so viele auch. Johnny fuhr von dem Firmenparkplatz rechts herunter auf die Baker-Bäcker-Straße in Richtung der Innenstadt. Vorbei am *AMC*, fiel ihm ein neues Blitzgerät vor diesem auf. Als sein Tag heute Morgen hier begann, war es noch nicht da, da war er sich sicher. Er hatte es nicht eilig und blieb unter der kritischen Geschwindigkeit. An einer Ampel schaltete er das Radio an. Der Presenter informierte über die aktuellen News. Der Ausbau der Ost-West-Wirtschaftsachse, die Neubesetzung des Parteivorsitzendes der *Mitte-rechts-besorgt-Partei*, der Ausbruch dreier Eisbären aus dem städtischen Lehr-Zoo und die Ankündigung für das abendliche TV-Interview mit dem Kanzler. Er wird wohl die Themen der kommenden Woche vorstellen, dachte sich Johnny.

Drei Minuten später fuhr er auf den Traffic-Circuit, die Hauptstraße zwischen dem Produktionssektor und den Wohngebieten der Stadt. Er fühlte sich schlagartig anders. Immer an dieser Stelle erfuhr er einen Umschwung. Er war ohne Frage hochzufrieden mit seiner Arbeitsstelle, die Arbeit am Band machte ihm Spaß. Durch die Produktvielfalt wurde ihm nie langweilig und er erlebte jeden Trend hautnah mit, dennoch überkam ihn genau in dieser leichten Rechtskurve ein Gefühl von Gelassenheit. Feierabend zu haben war eben doch etwas Befreiendes. Die aufgestaute Müdigkeit seiner Schicht und all den vorigen dieser Woche wirkten sich auf diesen Moment aus. Er realisierte, dass die vorliegenden Stunden ihm gehörten. Entgegen seiner Vorliebe für Struktur mochte er die Unwissenheit, wie er die freie Zeit tatsächlich verbringen würde. Vielleicht würde er sich ganz in Ruhe und mit vollem Fokus ein Movie angucken oder in seinem Sessel sitzend ein Album streamen. So viele Möglichkeiten, er wollte jetzt nicht über alle nachdenken.

Die News im Radio wurden mit dem Wetter beendet. Bewölkt bei zehn Grad, die komplette nächste Woche. Anders hatte Johnny es nicht erwartet. Während er zunehmend beschleunigte, stimmten seine Speaker den ersten Song der Fahrt an. Ein Oldie, ein Klassiker. I'm Still Standing. Elton John. Ein Song zum Mitsingen. Johnny Matteo saß ruhig in seinem Fahrersitz und hörte zu. So wie es jeder schöne Mensch getan hätte.

Das Abendritual

Das Summen des Motors erlosch, Johnny stieg aus seinem Auto. Er war zuhause. Seine Wohnung lag im ersten Stock des vor ihm liegenden Gebäudes. Zweihundert Geld Miete. Verputzter weißer Stein. Fenster. Vier längliche Balkone mit dunklem, graubraunem Holzboden. Zu den Balkonen hin rahmenlose Fensterfronten, dahinter in drei von vier Wohnungen farblos eingerichtete Wohnzimmer. Die Hundelady unten links hatte ihres hingegen in komplett blau gehalten. Inklusive Television. Johnny fragte sich, ob das Bild einen Blaustich hat. Er hatte sie noch nie TV schauen sehen.

Johnny Matteo stieg die Stufen zu seiner Wohnungstür hinauf. Ein Duft aus kaltem Stein, Putzmittel und, diesem mutmaßlich vorausgehend, Qualm lag in der Luft des Flures. Er schloss auf und stand auf seiner Fußmatte. Es begann die tägliche Routine. Er legte seinen Schlüssel auf das weiße Regal zu seiner Linken, seine Jacke hing er rechts an die Garderobe. Zwei Schritte nach vorn, einer diagonal rechts. Seine Arbeitstasche ließ er auf das Möbelstück vor ihm sinken. Es war eine Bank und eine Ablage. Johnny benutzte es, um sich die Schuhe anzuziehen oder seine Tasche abzustellen. Vertikal gerade stehend öffnete er eben diese. Er holte seine Brotdose heraus und schloss sie wieder. Mit größter Sorgfalt zog er dabei die Laschen fest. Einhundertachtzig Grad Drehung. Hinsetzen. Johnny zog sich die Schuhe aus. Seine Füße standen parallel. Aufstehen. Schuhe in der linken Hand, Brotdose in der rechten. Drei Schritte nach rechts. Schuhe ins Schuhregal. Einhundertachtzig Grad Drehung. Vier Schritte in die Küche. Vier weitere zur Arbeitsfläche. Brotdose abstellen, Glas Wasser trinken. Einhundertachtzig Grad Drehung. Vier Schritte zur Küchenschwelle. Weitere zwei nach links, Drehung nach links, einen Schritt ins Badezimmer. Geschafft. Die Tür fiel ins Schloss, die Routine war beendet.

Je nach Anlass, unterschieden sich die weiteren Schritte insbesondere beim Toilettengang. An diesem Tag saß Johnny fünf Minuten später in seinem Wohnzimmer und las die Newspaper. Für die abendliche Nahrungsaufnahme hatten sich seine Eltern angekündigt, es blieb ihm eine halbe Stunde, bis er sich der Zubereitung widmen musste. Die Zeit verging schnell. Ebenso wie die, in der Johnny die Nahrung kochte. Wahrlich mit dem letzten Abschmecken, es war kurz nach halb sieben, klingelte es an der Tür. Johnny öffnete. Peter und Lucy Matteo. Ihre Augen blickten in die ihres Sohnes. Johnnys Augen blickten in die seiner Eltern. Schweigen. Sekunden verstrichen. Peter Matteo nickte. Johnny Matteo trat zur Seite. Es folgte eine identische Wohnraum-betreten-Routine der beiden. Sie endete vor dem Badezimmer, die Blicke entlang des Flures zum Wohnbereich. Sie schienen der Höflichkeit halber auf Johnnys Freigabe zum Betreten des Ortes zu warten, an welchem das Prozedere stattfinden sollte. Johnny erteilte sie, indem er mit den Tellern an ihnen vorbei ging. Lucy und Peter folgten. Noch immer hatte niemand ein Wort gesprochen.

Der große Esstisch war nicht schmuckvoll dekoriert. Ein zweiteiliges Besteck rahmte den Teller mit der Nahrung darauf ein. Jeder hatte eine Serviette und ein Glas dazu. Peter Matteo blickte auf seinen Teller. Überdeutlich. Sein Kopf ähnelte einem waagerechten Sprungbrett an einem kerzengeraden Turm. Lucy Matteo saß ebenfalls aufrecht, doch nahezu ängstlich an dem Tisch. Die Arme fielen entlang ihres dürren

Körpers hinunter, die Hände verschwanden unter der Tischplatte. Sie vereinte das Auftreten einer Diva mit dem einer unterdrückten Frau. Es war bizarr anzusehen. Johnny blickte seine Eltern geradeheraus an.

„Was hast du uns aufgetischt?", fragte Peter. Seine Stimme klang ähnlich sanft wie Johnnys, doch sprach er deutlich schneller. Es vermittelte einen genervten Eindruck.

„Es gibt viele Bohnen, drei Kartoffeln und das Kräuterfleisch", antwortete Johnny, während er seine Mutter dabei beobachtete, wie diese die aufsprudelnden Bläschen in einem Wasserglas musterte.

„In dem Glas ist das Wasser?"

„Selbstverständlich."

Lucy nickte. Ihr Blick fiel auf das Gesicht ihres Sohnes, ihr Mann tat es ihr nach. Johnny lächelte und nahm das Besteck. Er hob einladend die Hände knapp über den Tellerrand.

Was nun folgte, war in dieser Welt der Alltag. Der Anblick der Nahrungsaufnahme war für Außenstehende absonderlich, gar abstoßend-abscheulich. Er war ganz und gar nicht einladend. Kaum schlossen sich Johnnys Lippen um die erste aufgegabelte Bohne, begann Familie Matteo in einem ungeheuren Tempo die Nahrung in sich hineinzuschaufeln. Ab dem ersten Bissen, sofern es denn überhaupt welche gab, wurde mit der Gabel auf dem eigenen Teller gewildert, um die mundfertigen Portionen einfuhrbereit herzurichten. Das Fleisch wurde nahezu zerrissen, die Bohnen mit einer nicht verständlichen Gewalt aufgespießt, sodass die Spitzen der Gabel den Teller zu zerbrechen drohten. Neben dem Klirren des Besteckes erfüllte ein unappetitliches Schmatzen das Wohnzimmer. Lucy, die eben noch den teilhaften Anschein einer Diva hergab, formte ihren Mund zu einem Rohr. Neben einer Gabel Kartoffeln mit der linken Hand, griff die Rechte zum Wasserglas. Der Schluck Wasser erfolgte just in dem Moment, als die Gabel den Weg zum Gaumen freigab. Peter und Johnny, die sonst jede ihrer Bewegungen höchst bedacht und präzise ausführten, ließen ihre Schultern rotieren. Die Backenzähne auf Dauerlauf, schoben sie mit zunehmender Länge der Nahrungsaufnahme alles in den Mund, was der Teller noch hergab. Der Speichel, erzeugt durch die gefüllten Münder, welche mit halben Kau- und Schluckbewegungen geleert werden sollten, triefte den beiden langsam das Kinn herunter. Bei Lucy spritzte er quer über den Tisch. Ihr Kinn war bedeckt von Fleischfetzen und Kartoffelmatsche. Es war eine verwilderte Völlerei. Doch als solche hätte man sie heutzutage nie bezeichnet.

Gerade als Peter die letzten Bohnen mit seiner linken Hand von seiner rechts sitzenden Frau klauen wollte, ließ Johnny sein Messer fallen und stoppte. Seine Eltern taten es ihm nach und blickten ihn erschrocken an. Johnny blickte auf seinen Teller. Es war ruhig. Nur die vorsichtigen, langsamen Bisse und das versucht unauffällige Schlucken Peters war vernehmbar.

„Was ist das?", fragte Johnny und drückte mit seinem Besteck ein Fleischstück an einem Einschnitt auseinander.

„Was ist dort denn?", entgegnete Lucy.

„Es ist rot." Johnny pausierte und musterte seine Entdeckung. „Es schmeckt nicht nach dem Kräuterfleisch."

Peter zog Johnnys Teller ungefragt zu sich. Er und seine Frau beugten sich vor den Einschnitt. Es wirkte wie in einem schlechten Knowledge-Broadcast für Kinder.

„Das ist eine Ader", urteilte Peter. Das letzte Wort sprach er nahezu zögerlich, gar langgezogen aus. Er schien über die gefundene Ader im Fleisch nachzudenken.

Johnny war sichtbar angewidert: „Wo kommt die her? Ist das genießbar?" Blut in seiner Nahrung, wie war das möglich? Seit Jahren ernährte er sich mindestens einmal die Woche von Kräuterfleisch. Es hatte die nötigen Nährwerte. Es war immer gut, es war immer schön.

„Was für ein Fleisch ist das?" Lucy klang besorgt. Es schien eine aufschreckende Entdeckung für sie zu sein.

„Das weiß ich nicht. Gibt es mögliche Unterschiede?"

„Das Fleisch kann verschiedener Herkunft sein", erklärte sie.

Johnny stand vom Tisch auf und säuberte sich sorgfältig die Hände an der Serviette. Er ging in den Flur. Seine Eltern warteten. Er schien die nötigen Informationen zu besorgen. Sekunden später kehrte er mit der Verpackung zurück.

„Die Herkunft: Die Südregion", las er noch im Gehen vor.

„Scanne bitte den Code. Die Südregion ist keine Erklärung für die Ader."

Johnny scannte ihn mithilfe seiner Smartwatch. Über die synchronisierten Speaker erklang in der Wohnung seine *Electronic Voice*.

„Das von Ihnen erworbene Produkt stammt aus einer Bedürfnisfirma in der Südregion. Für die Produktion wurde eine Kräutermischung auf ein Stück Fleisch aufgetragen. Beide Komponenten erfuhren in einem vorigen Schritt ebenfalls einen Produktionsprozess. Wünschen Sie weitere Informationen?"

„Wie wird das Fleisch produziert?", entgegnete Johnny zögerlich.

„Die von Ihnen erworbene Produktkomponente stammt aus der Brust eines Huhnes und wurde nach dessen unfreiwilliger Tötung verzehrgerecht aufbereitet."

Familie Matteo guckte sich leicht betroffen an. Es erschien so, als ob sie an eine nicht bezahlte Rechnung erinnert wurden, welche ihnen bis zu dem Moment der Mahnung entfallen war. Insbesondere für Johnny glich die erhaltene Information eher wie die Erinnerung an ein peinliches Kindheitsmissgeschick. Er hatte vergessen, dass seine Nahrung, das Fleisch, von einem Tier kam.

„Wollen Sie in Erfahrung bringen, wie die von Ihnen erworbene Huhnkomponente zu Lebzeiten behandelt wurde?" Die *Electronic Voice* riss die drei aus ihrer Betroffenheit. Sie blickten sich an. Johnny war sich nicht sicher, was er antworten sollte. Er meinte sich zu erinnern, welche Darstellung ihm drohte, sofern er zusagte. Es blieb ihm ungewiss, an was er sich aktuell nicht erinnern konnte. Das machte ihm Angst. Und ein schlechtes Gewissen.

„Nein", sprach Johnny letztendlich deutlich und laut das aus, worauf seine Eltern gehofft hatten. Auch bei Ihnen kreisten Vorstellung und Zuordnungsversuche durch den Kopf. Doch sie ließen sie nicht zu.

Johnny Matteo senkte seinen Kopf von dem Microphone an der Decke in Richtung seines Stuhls. Er trat langsam zwei Schritte an ihn heran und setzte sich. Seine Eltern richteten sich wieder auf. Sie alle blickten sich an, es war, wie so oft an diesem Abend, still. Peter Matteo schob den Teller seines Sohnes langsam zurück an seinen ursprünglichen Platz. Lucy lächelte, Johnny und Peter zogen nach. Wie auf Knopfdruck begannen die Schultern wieder zu rotieren. Die Nahrungsaufnahme wurde fortgesetzt.

Das Interview

Der Kanzler blinzelte schreckhaft. Grelles Cameralight fiel urplötzlich auf das karg eingerichtete Set. Ein Tisch, zwei Sessel, ein blauer Hintergrund mit dem Schriftzug *The political hour* by *Amazing Media TV*. Der Presenter Thomas DeMacy saß ihm gegenüber. Gerade als sich seine Augen mit der neuen Umgebung vertraut gemacht hatten, erblickte er ein kleines Display. Rote LED-Zahlen zählten herunter. Sechs. Er erinnerte sich, dass es der Countdown für den Beginn der Show war. Vier. Gleich würde er seiner Vortagswahlpflicht nachkommen müssen. Zwei. Er räusperte sich. Eins. Ein Gong.

„Herr Kanzler, eine weitere Legislaturperiode neigt sich dem Ende entgegen. Es war Ihre dritte Amtszeit. Streben Sie eine vierte an?"

„Ich habe die Zusicherung meiner Partei erhalten, dass ich im Falle des erneuten Wahlerfolges weiter dieses Amt besetzen darf." Seine Stimme klang großväterlich. Sie überzeugte und schaffte Vertrauen.

„Die Partei ist ein gutes Stichwort. Bevor wir uns der kommenden Woche widmen, lassen Sie uns doch auf die fast Vergangene zurückblicken." DeMacy drehte den Kopf direkt in die Camera. „In unserem Wochenrückblick fassen wir die Woche zusammen. Wie immer mit Spannung erwartet: Wird ein Parteivorsitzender sein Leben für die Politik hergeben müssen?"

Thomas DeMacy war bekannt für seine überfallartige Interviewführung. Jedes Mal aufs Neue war der Kanzler von der Schnelligkeit und der direkten Art seiner ersten Fragen überrascht. Wie er die Themen wechselte und mit welcher Selbstsicherheit er auftrat, imponierte ihm.

„Herr Kanzler, darf ich Ihnen etwas anbieten? Ein Getränk vielleicht?" DeMacy grinste übertrieben höflich. Er hatte sich erst Sekunden vor Showbeginn auf seinen Platz gesetzt. Sein Gesicht war übertrieben gebräunt, sein gesamtes Auftreten durchweg arrogant. Er trug einen ebenso weißen Anzug wie seine Zähne strahlten und hatte seine blonden Haare streng nach hinten gegelt.

„Nein."

Der Showmaster starrte ihn ungläubig und erwartungsvoll an.

„Vielen Dank", ergänzte der Kanzler unfreiwillig und ganz nebenbei, während er sich auf den kleinen Monitor unterhalb der Camera konzentrierte. Eine Stimme aus dem Off sprach über die Bilanzen. Alles schien unaufgeregt und sogar langweilig. Die Regierung hatte ihren Job gemacht. Der Kanzler atmete leicht durch, es schien wie eine Erleichterung. Und diese verspürte er tatsächlich.

The political hour war maßgebend für die anstehenden Wahlen. Aufgrund der Häufigkeit dieser fanden schon lange keine richtigen Wahlkämpfe mehr statt. Spätestens seitdem der Kanzler dazu verdonnert wurde den wöchentlichen Wahlkampf aller Parteien als One-Man-Show zu führen, waren die Fragen von Thomas DeMacy und seinen Vorgängern sowie die dazugehörigen Antworten für viele Leute der maßgebliche Einflussfaktor für deren Wahlentscheidung geworden. Ausgenommen den Ideologen oder Parteiangehörigen. Oder den Rentnern. Die wenigsten von diesen alten Leuten informierten sich, viele hielten sich für allwissend. Das war schon immer so. Hatte der Kanzler zumindest in der Schule so gelernt.

Schlagartig begann der Presenter wieder zu grinsen. Der Clip war zu Ende.

„Glück gehabt", lachte DeMacy künstlich. Er hatte eine vollkommen unnatürliche Art, er schien nicht in diese Welt zu passen. Der Kanzler war sich sicher, dass er nicht viele Zuschauer hätte, sofern er etwas Anderes als *The political hour* moderieren würde. Aber so waren sie eben. Alternativ. ‚Die Künstler', wie sie sich in ihren Profilbeschreibungen im Internet nannten.

„Herr Kanzler, auch Sie hatten viel zu tun. Gerade erst heute mussten Sie aktiv regieren. Die drei Eisbären. Sie sprachen von einer alternativlosen Option. Nicht wenige Stimmen aus der Opposition wurden daraufhin laut."

„Das ist korrekt. Links von uns wurde es laut, dass man jedem Leben das Recht auf Nutzung unseres Systems einräumen muss und dass das freie Bewegen in diesem dazugehört. Rechts wurde argumentiert, dass man die Bevölkerung bewaffnen muss. Zum Schutze der eigenen Sicherheit."

„Verrückt! Echte WAFFEN? Wann wurden zuletzt Waffen benutzt?"

Der Kanzler seufzte: „Vor 16 Jahren war das." Er wusste, was ihm bevorstand.

„SECH-ZEHN Jahre. Und doch brauchen wir sie anscheinend. Könnte man damit urteilen, dass die Politik Ihrer politischen Vorfahren falsch war? War alles falsch kalkuliert? Geht es doch nicht ohne die Waffen? Hat sich vielleicht unser gesamtes System falsch entwickelt?" Die Fragen prasselten wie ein Hagel auf den Kanzler ein.

„Es stimmt, dass wir die Waffen aus unserer Welt verbannt haben. Der letzte Krieg war der dritte Große. Die Gewalt und das Verbrechen sind besiegt. Ich behaupte durchaus, dass wir uns gut entwickelt haben. Man darf einen einzelnen Fall nicht zu hoch einstufen. Gerade weil es nur Eisbären und eben keine Menschen waren, halte ich und halten sicherlich auch wir weiterhin an der waffenfreien Lösung unserer Gesellschaft fest."

„Für wen machen Sie Ihre Politik?" Die Frage kam wie aus der Pistole geschossen und ließ den Kanzler stutzen. Diesen schnellen Umschwung verwirrte ihn. Selbst für Thomas DeMacy war es ungewöhnlich ein so heikles Thema so offen zu beenden. Er überlegte kurz.

„Für uns. Für unsere Welt, in der wir leben", antwortete er dann.

DeMacy lehnte sich in seinem Sessel leicht zurück. Der Kanzler wusste, was das bedeutete. Er hatte die falsche Antwort gegeben.

„Sie haben heute Waffen einsetzen lassen und haben eben argumentiert, dass Sie dennoch weiterhin in unserer Gesellschaft auf Waffen verzichten wollen, weil die bisherige Politik von Erfolg gekrönt war. Richtig?". Der Presenter sprach jetzt ruhig und langsam. Ganz langsam.

„Ja."

„Sie sagen, dass man nicht vergessen darf, dass es sich bei dem heutigen Einsatz um Waffengewalt gegen Eisbären und nicht gegen Menschen gehandelt hat. Richtig?"

„Ja."

„Sie sagen, dass Sie Politik für unsere Welt machen. Ich frage, in welcher Welt leben denn Ihrer Meinung nach die … Eis-bär-en?"

Noch nie hatte der Kanzler ein Wort so provokativ vernommen, wie das letzte. Ihm war bewusst, dass es keine gute Idee war nun zu lügen. Es wäre eine Steilvorlage für die Medias gewesen, um weitere Widersprüche aus irgendwelchen Aussagen von ihm zusammen zu suchen.

„Kann es sein, dass Sie ihre Politik nur für Menschen machen Herr Kanzler? Dass Ihnen der Rest der Welt scheißegal ist?", setze DeMacy nach.

„Nein, das ist inkorrekt. Lassen sie mich das erk…"

„Na das sehe ich aber anders, nicht wahr?", fiel er in die Aussage des Kanzlers hinein. Er drehte sich erneut zur Camera. „Lassen sie uns nun der Frage auf den Grund gehen, ob hier überhaupt irgendwer Politik ‚für die Welt, in der wir leben‘ machen will." DeMacy konnte sich nicht verkneifen das Zitat eine Oktave höher auszusprechen. „Direkt nach der Werbung stellt uns der Kanzler die Programme der Parteien zur kommenden Woche vor."

Das gewohnte Grinsen erfror für mehrere Sekunden in Richtung der Camera. The Sun Always Shines on T.V. begleitete die Show in ihre erste Pause. Eine derart passende Zynik hatte der Kanzler selten erfahren.

Mit Beginn der zweiten Werbepause trank der Kanzler sein Wasserglas leer. Es war unklug, dass er zunächst die Flüssigkeitsofferte abgelehnt hatte. Irgendjemand hatte ihm dennoch vorausschauend etwas hingestellt, nachdem er knappe fünfundzwanzig Minuten die Parteiprogramme verlas. Thomas DeMacy verzichtete dabei weitgehend auf Kommentare oder Fragen. Vielmehr meinte der Kanzler aus den Augenwinkeln erkannt zu haben, dass der Presenter mit seinem Finger aus Langeweile auf seiner Anzughose herum malte. Der Kanzler verstand diesen Menschen immer weniger. Natürlich schätzte er den investigativen Journalismus, aber bei Thomas DeMacy wurde er das Gefühl nicht los, dass er nicht objektiv war. Vielmehr schien er bewusst zu provozieren und subjektiv zu kommentieren. Welcher Mensch in einer solchen Position würde so etwas öffentlich machen, fragte sich der Kanzler. Anscheinend eben dieser.

Der Countdown begann, der Gong ertönte. *The political hour* ging in seine finale Runde.

„Herr Kanzler, acht von den zehn Themen für die kommende Woche sind besprochen. Es bleiben die Themen der Bevölkerung. Ich habe gute Nachrichten für Sie!"

Thomas DeMacy blickte den Kanzler an. Er schien zu warten. Eine unangenehme Stille erfüllte das Studio.

„Ach ja?" Der Kanzler sprach zögerlich, nahezu verunsichert. Hatte DeMacy gerade wirklich auf eine gehaltlose Antwort von ihm gewartet, um fortzufahren? Der Kanzler war intelligent genug zu erkennen, dass er diese Lücke anscheinend mit einer Art Smalltalk füllen musste, aber es gefiel ihm nicht. Er fühlte sich hässlich und unnötig.

„Ab jetzt können Sie nicht mehr viel falsch machen." Die Stimme DeMacys wurde von Wort zu Wort höher. Er war richtig begeistert, für ihn schien es der Höhepunkt seiner Show zu sein. Voller Elan schlug er auf einen roten Knopf. Eine Art Buzzer. Der Kanzler kannte so etwas aus dem Parlament. Betätigte ihn dort jemand, war das das Signal, dass eine Partei jemanden im Parlament tätigen gefeuert hatte. Der Betrieb musste daraufhin unverzüglich eingestellt werden. Das Gesetz untersagte es, dass unvollständig Politik betrieben wurde. In der Regel wurden die offenen Stellen ziemlich schnell besetzt. In seiner ersten Woche wurde der Buzzer sogar einmal betätigt, da ein Parteivorsitzender während einer Sitzung gekündigt hatte.

Er hatte bei einer regen Diskussion Angst bekommen und sich in die Hosen gemacht.

„Zum Ablauf!", riss der euphorische Talkshowmaster seinen Gast aus den Gedanken. „Wie jede Woche werden die letzten zwei Themen von der Bevölkerung gewählt. Diese Themen werden im Parlament doch tat-säch-lich durch eine Mehrheitsfindung entschieden. Die Stimme vom Kanzler zählt 16-fach. Wir leben in der direktesten Demokratie, die es jemals gab! Nicht wahr Herr Kanzler?"

„Das ist korrekt." Es erklang Stolz in seiner Stimme. Ehrlicher Stolz. Noch nie wurden Bürger so sehr mit eingebunden wie heute.

„Nun, welche Themen werden wohl die Wahl gewinnen? Seit Tag vier zeichnet sich ein enger Dreikampf ab. Wenige Sekunden können sie noch online abstimmen. Nach einem Spot haben wir das Ergebnis!"

DeMacys Begeisterung wurde für den Kanzler in diesem Moment noch deutlicher spürbar, denn er war ruhig. Anspannung. Wie auf einer abrupt beendeten Party saß der Kanzler nutzlos auf seinem Sessel und schaute der Aufregung des Presenters zu.

„Drei, zwei, eins. Vorbei!" Die Party schien schlagartig wieder anzulaufen.

Der Kanzler und DeMacy blickten gespannt auf das kleine Display unter der Camera.

„Herr Kanzler, was sagt man dazu! Haben Sie schon spontane Ansätze für unsere beiden Gewinner?"

„Absolut. Ich habe über die Woche die Abstimmung selbstverständlich verfolgt und mit meiner Partei bereits gesellschaftlich geeignete Lösungen für beide Themen entworfen."

„Na die können Sie uns ja gerne online wie auch alle anderen Parteien verraten! Wir wollen Ihnen ja hier nicht Werbezeit schenken. Schließlich sind wir objektiv", lachte DeMacy in Richtung des Kanzlers. Mit einem Zusammenkneifen seiner Lippen erwiderte dieser die Aussage, ehe er endgültig verstummte und sich mit überschlagenen Beinen auf seinem Sessel für das Kommende bereit machte. Er kannte das jetzt folgende Spiel. Er mochte es nicht.

„Auf dem ersten Platz landet das Thema Geschichtsunterricht in den Schulen. Sehr spannend. Ein Dauerbrenner. Ich bin gespannt, wir werden sehen. Dahinter liegt das Thema Reparationszahlungen der Kirche. Eine gute Idee. Muss man drüber nachdenken. Sollte man auch mal diskutieren ob da nicht was gemacht werden muss, wir sprechen nächste Woche drüber. Und ahhh, ganz knapp und zum dritten Mal in Folge nur auf dem dritten Platz und damit leider nicht im Parlament ist, zum ich glaube jetzt sechsunddreißigsten Mal in Folge, die Petition ‚Diätenerhöhung der Politiker stoppen'. Ärgerlich. Sollte man weiter verfolgen, ist bestimmt nächste Woche auch wieder dabei. Wir sprechen drüber, hier bei *The political hour.*"

Die grellen Scheinwerfer erloschen. Der Kanzler stöhnte genervt und stand auf, den Blick noch immer auf das kleine Display entsandt. Mit großem Abstand lag auf Platz eins die Petition zur Gehaltseinschränkung der Politiker. Wie schon seit sechsunddreißig Wochen. Aber wie seit sechsunddreißig Wochen schob DeMacy sie auf den dritten Platz. Idee der Linken. Geld verdienten sie alle gerne.

Der Kanzler saß auf dem Rücksitz seines Dienstwagens, Modell *Kanzlerkarre*. Die Straßenlaternen flogen an seinem Fenster vorbei, aus dem sein Blick fiel.

„Wir haben die ersten Analysen zur heutigen Show", sagte Hannah. Sie war sein Mediacoach. „Ihre Zustimmungswerte sind trotz ihres kläglichen Smalltalkversuches gut, die der Partei auch. Thomas DeMacy war heute zurückhaltend. Er hat lediglich dreiunddreißig Prozent seiner Fragen verfänglich gestellt. Ihre Leistung wird vom Parteivorstand als gut bezeichnet."

„Ist der Parteivorstand noch versammelt?"

„Ja", antwortete Hannah. Sie blickte fragend von ihrem Smartphone auf.

„Rufen Sie ihn an und schalten Sie auf laut."

Sekunden später erfüllte der Freiton der bereitstehenden Leitung den Innenraum des Wagens. Mit einem Klicken wurde diese geöffnet.

„Die Diätenerhöhung war erneut Gewinner der Abstimmung. Wir riskieren durch das Schweigen darüber unseren Tod. Wenn wir eine Initiative starten, so werden wir nicht nur profitieren, sondern den anderen Parteien auch nachhaltig schaden. Diesen Gedanken haben die anderen Parteivorstände sicherlich ebenfalls." Der Kanzler predigte nahezu. Er war genervt von dem Thema. Seine Initiative für die Transparenz war nicht aus Verantwortungsbewusstsein entstanden, sondern vielmehr aus der Angst heraus. Angst um sein Leben. Er vertraute Thomas DeMacy von Mal zu Mal weniger. Er rechnete nahezu damit, dass er irgendwann die Frage nach der Petition von ihm gestellt bekommen würde. Dass DeMacy irgendwann lieber provozieren anstatt verdienen wollen würde.

„Das steht nicht zur Debatte." Die Antwort klang entschlossen.

Eine kurze Ruhe erfüllte den Moment. Das Rollen der Reifen war zu vernehmen. Ebenso die Atmung von Hannah und dem Kanzler. Er war müde.

„Wollen Sie über die gewählten Themen reden? Je eher wir im Internet unsere Position darstellen, desto mehr Wählerstimmen können wir mit dieser generieren."

Der Kanzler blickte zur Uhr. Es war zweiundzwanzig Uhr. Es blieben ihnen achtzehn Stunden bis zur Wahl.

„Ich stehe zu meinen Positionen von gestern. Sie können mich wie folgt zitieren: Den Geschichtsunterricht gilt es weiterhin zu restaurieren und die Lücken auch ohne Belege mit Logik zu füllen. Die Kirchen müssen erstatten. Es ist wissenschaftlich erwiesen, dass ihre Hermeneutik falsch war. Das Wissen nicht weniger Funktionäre um diesen Fakt macht es zur Lüge, welche die Gesellschaft in erheblichem Maße in ihrer Entwicklung durch Belanglosigkeit gebremst hat. Für den entstandenen Schaden müssen sie bezahlen." Der Kanzler hatte sich diese Wortwahl bereits für *The political hour* zurechtgelegt. Er war froh, dass er sie immerhin jetzt noch verwenden konnte.

„Wir melden uns, sofern weitere Angelegenheiten geklärt werden müssen", antwortete die Männerstimme am anderen Ende der Leitung. Sie legte auf.

Die Sonderschicht

Auf dem Parkplatz der *Firma Brauchbar* stand die Schichtleiterin mit ihrem Klemmbrett. Sie wartete. Ihr Job bestand aus warten, zählen, gucken und abhaken. Er war nicht sehr aufwändig, aber dennoch aus irgendeinem Grund sehr angesehen. Im Prinzip kontrollierte sie, doch das Wort ‚kontrollieren‘ war im heutigen Jargon ein Unwort. Kontrolliert wurde auf der Straße mithilfe der Blitzer, kontrolliert wurden Abschlussarbeiten, aber kontrolliert wurde doch nicht in einer Firma, doch nicht beim Arbeiten. Jeder wusste genau was er zu tun hatte und jeder tat es auch genau so. Alles andere wäre unschön, wäre ganz und gar hässlich. Deswegen wartete die Schichtleiterin. Und sie zählte, guckte und hakte ab. Im Moment wartete sie auf Johnny Matteo, guckte auf die Einfahrt, hatte durch das Zählen festgestellt, dass nur noch er fehlte und war bereit den letzten Haken auf die Liste der für diese Schicht eingeteilten Arbeitskräfte hinter den Namen des Erwarteten zu setzen. Zu spät war dieser nicht, er war eben nur der Letzte.

In der Ferne vernahm die etwas in die Jahre gekommene Dame plötzlich das Brummen eines Motors. Einem raschen Blick auf ihre Armbanduhr folgte das erneute Richten ihrer Brille. Sie tat das oft. Stocksteif, aber selbstbewusst stand sie da und beobachtete, wie Johnny Matteo in seiner *Massenkiste* auf den Parkplatz fuhr. Er stieg aus und ging an ihr vorbei. Sie setzte den noch fehlenden Haken und folgte ihm verzögert.

Johnny Matteos Laune war an diesem Morgen neutral. Eine neutrale Laune zeichnet sich nicht unbedingt durch Freude aus, sie passt vielmehr zu dem Begriff ‚Gewohnheit'. Erfüllt voller Neutralität schritt Johnny durch den Eingangsbereich seiner Firma und begab sich in die Umkleidekabine der Herren. Er erinnerte sich an das befreiende Gefühl vor dem Wochenende, an die Freude auf die nur ihm gehörenden Stunden, die vor ihm lagen. Er konnte jetzt nicht einmal mehr genau sagen, was er in diesen Stunden gemacht hatte. Sein freier Tag, der 16. Wochentag, er schien wie unbewusst an ihm vorbeigezogen. Die kommende Wochenpause und das Wochenende wolle er besser nutzen, versprach er sich gedanklich, während er die sterile Kleidung für die Arbeit am Band anzog.

Auf die Minute genau betraten die Arbeiter ihren eingeteilten Arbeitsbereich. Johnny Matteo hatte an diesem Tag einen ganz besonderen Platz. Er stand genau am Anfang des großen schwarzen Lieferbandes in der tristen Halle, keine drei Meter rechts neben dem Schlund. Der Schlund war in Wirklichkeit ein kleines Tor mit verstellbaren Maßen. Ein schwerer, langer Plastikvorhang verbarg für die Angestellten in der Produktionshalle die Sicht auf das, was hinter dem Schlund lag. Johnny vermutete, dass es ein Lager war, denn aus dem Tor heraus fuhren die Bausets, welche von da an entlang des gesamten Bandes zu einem fertigen Produkt zusammengesetzt wurden. Der Schlund war am heutigen Tage klein. Keinen halben Meter breit und maximal vierzig Zentimeter hoch, erzeugte er bei Johnny eine gewisse Spannung. Schon oft hatte er aufgrund der Maße erraten, was für ein Produkt wohl herauskommen mag, aber während einer Sonderschicht stand er noch nie an dieser Position.

„Geht über die Tagesration an Produkten hinaus", klingelte es in Johnnys Erinnerungen. Er hatte keinen Schimmer, was der

Schlund ausspucken würde. Nahezu starrend blickte er auf die Schwelle, an welcher sich Vorhang und Fließband trafen. Sobald sich das Band in Bewegung gesetzt hätte, würde genau dort eine Box herauskommen. Er würde sie öffnen und für den Aufbau vorbereiten. Und er würde erfahren, weswegen die Gesellschaft so dringend seinen Dienst an einem Ruhetag benötigte. Doch es dauerte. Es dauerte ungewöhnlich lange. In der Werkhalle war es still. Alle warteten. Johnnys Blick fiel von der Schwelle ab. Auf den Gängen über den Köpfen der Arbeiter sah er die Schichtleiterin. Sie blickte wiederholt flüchtig auf ihre Armbanduhr, richtete die Brille. Sie erschien Johnny Matteo nervös. Ein sehr eigenartiger Eindruck, war sie doch sonst stets so souverän.

Ein Rumpeln auf der anderen Seite des Schlundes zog Johnnys Aufmerksamkeit zurück auf die vor ihm liegende Entdeckung. Außenstehende würden in diesem Moment wohl langsam vermuten, dass etwas an dieser Sonderschicht nicht stimmte, der sonst so flüssige Ablauf schien gestört, aber derartige Schlüsse lagen für die Arbeiter in der Halle außerhalb ihrer Horizonte. Sie vertrauten auf das, was man ihnen vorsetzte und auf die, die es taten. Sie waren wahre Schönheiten der *Firma Brauchbar* und als solche lag der Fokus aller Angestellten auf der bevorstehenden Arbeit. Ein alarmierendes Piepen versetzte dem Fließband in der ganzen Halle einen Ruck, es begann sich zu bewegen. Ohne wirklich vernehmbare Beschleunigung fuhren die einzelnen Elemente des Bandes mit einer konstant langsamen Geschwindigkeit einige Sekunden durch die Werkhalle, ehe sich der Vorhang des Schlundes zum ersten Mal nach vorne wölbte. Johnny Matteos Augen lagen ganz auf dem, was nun an der Schwelle hervorkam. Es war eine kleine, dunkelgraue Plastikbox mit rauer Oberfläche. Sie war vollkommen quadratisch, maß keine dreißig Zentimeter pro Kante. An der Johnny zugewandten Seite war eine silbern glänzende Etikette aus Metall angebracht. Die Box wurde also bereits zu Bauteilen vorproduziert, es ging lediglich darum den Inhalt zu einem Ganzen zusammenzusetzen, zu säubern und zu testen. Dass sich beispielsweise polierte Sachen besser verkaufen ließen, das war ein ungeschriebenes Gesetz. Johnnys Hände empfingen die erste Box, leicht zeitversetzt fuhren zwei weitere an ihm vorbei zu seinen Kollegen der ersten Station. Behutsam öffnete er die beiden Verschlüsse und hob vorsichtig den Deckel an. Es war wichtig, dass man dies langsam tat. Einmal produzierte die *Firma Brauchbar* Haustiere. Genauer gesagt wurden Hamsterbabys für die Kunden optisch aufbereitet. Ein ehemaliger Kollege öffnete den Deckel der damaligen Kartons zu schnell, die Hamster erschraken und sprangen vom Band herunter. Der Mitarbeiter versuchte daraufhin die Hamsterbabys einzufangen, verpasste den nächsten Karton, welcher ungeöffnet an dem deswegen verwirrten Mitarbeit für Inhalt- und Verpackungstrennung vorbeifuhr, und sorgte somit für eine Sauerei in der Verpackungsvernichtungsmaschine. Das Chaos war perfekt, alle hatten daraus gelernt.

Als Johnny in diesem Moment den Deckel anhob, fiel ihm sofort auf, wie schwer dieser war. Ungewöhnlich für die sonst meistens eher wertlosen Inhalte der Verpackungen, aber eine Sonderschicht bringt halt auch sonderbare Produkte hervor, dachte er sich und ließ, ohne dem Inhalt einen Blick würdigen zu können, das Fließband die erste Box davontragen. Er hatte zu viel Zeit beim Wundern über das Gewicht verschwendet. Sofort nahm er die nächste Box in Empfang. Ein hastiger Blick auf die silberne Etikette der Vorfirma verwirrte ihn. ‚Peng!' stand auf dieser. Er öffnete die Box, hob den Deckel an und guckte auf das Produkt. Es ließ ihn erstarren. Seine Hände glitten von der Box, er drehte sein Blick nach links zu seinen Mitarbeitern. Beide schienen schockiert, schienen verwirrt. Die nächste Box kam, ein erneuter, gründlicher Blick bezeugte seinen ersten Eindruck. Er trat einen Schritt vom Band zurück, drehte sich um einhundertachtzig Grad und schritt zügig zu dem Schaltpult nebst dem Schlund. Mit einer absoluten Entschlossenheit drückte er kraftvoll den rot leuchtenden Knopf für die Notbremse des Bandes. Im hinteren Ende der Halle hörte man daraufhin ungeduldige Bewegungen, die Arbeiter der Sonderschicht versuchten zu sehen, weswegen das Band gestoppt wurde. Doch all jene Personen, welche bereits eine der Boxen gesehen hatten, standen einfach nur senkrecht mit geradem Blick an ihrem Platz. Sie wirkten wie eingefroren. Johnny Matteo nahm auf dem Holzstuhl vor dem Pult Platz. Mit gewohnt schöner Haltung wartete er auf seine Schichtleiterin, welche bereits eine metallische Wendeltreppe herunterstieg, um den Auslöser des Notstopps nach einem Protokoll zu befragen. Der Hall ihrer Absätze erfüllte die Halle, als sie sich zügig auf Johnny zubewegte und schließlich vor ihm stand. Mit einem letzten Richten der Brille begann sie auf ihrem Klemmbrett zu lesen.

„Welcher Mitarbeiter hat die Notbremse aktiviert?"

„Johnny Matteo."

„Welche Station besetzen Sie?"

„Die Station eins, die Öffnung."

Eine kurze Pause verriet Johnny, dass sie sich nun den trivialen Fragen widmete. Dem obligatorischen Blick auf ihre Armbanduhr folgte ein schneller Tanz mit einem Kugelschreiber über das vorliegende Dokument.

„Aus welchem Grund haben Sie die Notbremse betätigt?"

„Verstoß gegen das Gesetz unserer freien Welt nach Erlass des Kanzlers."

„Welches Gesetz wurde ihrer Auffassung nach gebrochen?"

„Das Gesetz 16."

Die Schichtleiterin stoppte abrupt das Niederschreiben der benötigten Daten. Mit einem Blick über den Brillenrand hinaus musterte sie Johnny bis auf das Genaueste. Es vergingen mehrere Sekunden, in welchen es schien, dass sie nicht nur versuchte zu verstehen, sondern auch überlegte, was sie tun sollte. Für diese Dame war das eine absolut ungewöhnliche Verunsicherung. Nach einem kurzen Blättern auf ihrem Klemmbrett blickte sie erneut kurz Johnny an und widmete sich dem vor ihr liegenden Text. Mit einem kurzen Hochziehen der Augenbrauen begann sie zu lesen: „Ich belehre Sie hiermit, dass Sie der Firma Brauchbar einen Verstoß gegen das Gesetz unserer freien Welt unterstellen. Sie haben im Zuge dieser Wahrnehmung die Produktion bewusst und willentlich unterbrochen. Um Missverständnisse zu vermeiden und um bei gegebenem Anlass über die Rechtmäßigkeit dieser Tat zu entscheiden, müssen Sie im Folgenden das Gesetz 16 im Ganzen oder im Sinne seiner nach ihrer Auffassung zu Protokoll geben."

„Nach Gesetz 16 ist es in unserer freien Welt jedem untersagt Schusswaffen zu benutzen, zu besitzen oder zu berühren. Der Staat sieht sich vor eine Anzahl von unter zehn Schusswaffen zu besitzen. Eine Berührung ist nur dann gestattet, wenn es ein absoluter Ausnahmezustand, definiert nach Gesetz einhundertachtundsiebzig, erfordert. Gesetz einhundertachtundsiebzig beschreibt einen Ausnahmezustand als eine Situation, in welcher die Gesellschaft, oder ein Teil dieser, gefährdet ist."

Der Schichtleiterin war sofort klar, dass es sich hierbei um kein Missverständnis handeln könne. Johnny Matteo war sich des Gesetzes im Vollsten bewusst. Vielmehr schien sich für sie ein Bild zusammenzusetzen. Bereits bei Beginn der Schicht fiel ihr auf, dass im Lager Unruhe und Verzögerung zu herrschen schien. Sie schrieb die Aussage von Johnny auf und begab sich ohne ein weiteres Wort zum Fließband. Schon einige Meter vor diesem sah sie die Umrisse in der offen liegenden Plastikbox. Sie trat an das Band heran und blickte schließlich auf den Grund für das offensichtliche Entsetzen der Arbeiter. Vor ihr lagen vier Bauteile, welche zusammengesetzt eine Pistole bilden würden. Über einen Knopf am Bund des Rockes schaltete sie das Microphone an ihrer Bluse an.

„Die Sonderschicht ist bis auf Weiteres unterbrochen. Begeben Sie sich in die Aufenthaltsräume", schallte es durch die gesamte Werkhalle. Johnny vernahm beim genaueren Hinhören den Ausruf sogar von der anderen Seite des Schlundes.

Der Bericht

Elegant legten sich die schlanken Finger um das klingelnde Phone. Ganz langsam, wie das Gleiten einer Schlange, ergriffen sie den Hörer. Während Uniform-Castro dabei war den Apparat an sein Ohr zu führen, erreichte seine Hand kurz unterhalb seiner trainierten Brust den natürlichen Lichtschein der Wolkendecke, welcher an diesem ersten Tag der Woche durch das Fenster in sein aufgeräumtes Büro fiel. Beim Betrachten dieses kleinen Momentes würde wohl jedem Zuschauer sofort die sanfte, makellose Haut auffallen, welche den gesamten Körper von Uniform-Castro zierte.

„Ein Verstoß gegen das 16. Gesetz. Wie ist laut dem Textbook vorzugehen?" Die weibliche Stimme am anderen Ende der Leitung klang verunsichert. Es war offensichtlich, dass diese Meldung eine ganz ungewöhnliche für die Polizistin war. Auch Uniform-Castro atmete ein einziges Mal hörbar aus. Der Eingriff gegen die Eisbären letzte Woche war das eine. Dieser wurde angeordnet und das Waffenarsenal, tief verborgen im Gebäude und nur von ausgewählten Leuten nach vier Sicherheitsstufen zu erreichen, bewusst geöffnet. Aber nun ein Verstoß gegen Gesetz 16, nicht von der Polizei begangen? Das Interesse vom gut gebauten Nachwuchspolizisten war geweckt.

„Wo befinden Sie sich?", erwiderte Uniform-Castro mit souverän klingender Tonlage.

„In der Firma Brauchbar."

„Die Polizeidirektion wird sich dem annehmen."

Er legte den Hörer zurück in seine Vorrichtung und schritt mit schnellen Schritten aus seinem Arbeitszimmer. Seinen überaus männlichen Körper bewegte er in Richtung Büro *Alpha*. Uffus Hirandi würde sich wundern.

Die immer gleich aussehenden Häuserfronten flogen vor dem Seitenfenster des goldenen *Schnellauto*s vorbei, die perfekten kristallgrünen Augen von Uniform-Castro versuchten einzelne Eingangstüren von diesen zu fixieren.

„Ist es ein Einzeltäter? Steht die Firma unter der Gewalt einer kriminellen Organisation?" Hirandi riss den Tagträumer aus seinen Gedanken.

„Die Bericht erstattende Polizistin hat dazu keine Angaben gemacht."

Eine erneute Stille erfüllte den modernen Innenraum des Wagens. Kein einziger Laut war in diesem wahrnehmbar, die äußere Welt schien in diesem Luxus wie abgeschottet.

„Mehrere Waffen?" Ungläubig schüttelte der Polizeidirektor seinen Kopf und unterbrach die kurze Geräuschlosigkeit.

„Es sind mehrere Waffen", entgegnete Uniform-Castro.

„Das Modell?"

„Es sind Pistolen der Marke Peng Ausrufezeichen."

Erneut schien sich Uffus Hirandi in den Versuch, das gerade Erfahrene zu verstehen, zurückzuziehen. Sein Beifahrer nahm die Situation nahezu dankend an. Ohne bestätigte Fakten würde der weitere Verlauf des Gespräches sowieso keinen Sinn ergeben, dachte er sich.

Ein kurzes Aufheulen des äußerst leistungsstarken Motors beschleunigte den Dienstwagen, ehe er von der Auffahrtspur auf die Schnellspur des Traffic-Circuit wechselte. Die beiden Polizisten hatten das Wohngebiet der Innenstadt verlassen und waren nur noch wenige Minuten entfernt von ihrem Ziel.

Schon beim Aussteigen vernahm Uniform-Castro eine eigenartige Atmosphäre. Ein konzentrierter Blick legte sich auf sein Gesicht, welcher seine Wangenknochen hervortreten ließ und die Tiefe seiner wunderschönen Augen betonte. Seite an Seite mit seinem Vorgesetzten schritt er den Herren entgegen, welche sich vor dem Eingang des Firmengebäudes in Reih und Glied aufstellten. Sie strahlten das genaue Gegenteil von dem aus, was das goldenes Geschoss der geldeintreibenden Gesetzeshüter vermittelte. In Perfektion eingeparkt bildete es den Ausgangspunkt eines Momentes, welcher dem männlichen Aphrodite der Polizei ungeheuer war. Am Ende des Parkplatzes standen neun Herren in graubraunen Anzügen. Weiße Hemden und strichartig geschlossenen Lippen nahmen ihnen nahezu jede Individualität. Lediglich der mittlere Herr unterschied sich von seinem Nebenan. Auf den ersten Blick erschien er Uniform-Castro jung, doch mit jedem Schritt, welchen er näher an die Herren heran setzte, offenbarte sich der zweite, der wahre Blick. Das faltenlose, mit Botox erhaltene Gesicht umrahmte das übergroße Lächeln. Wahrlich hässlich zeichnete es sich durch die künstlichen Zähne aus, welche immerhin farblich abgestimmt zu den, zu einem Man-Bun gebundenen, schneeweißen Haaren waren. Der aus Samt gefertigte, weinrote Anzug wäre wohl der Hingucker auf jedem Meeting gewesen, doch diese wirklich unangenehm überfreundlich wirkende Person schaffte es dennoch den Blick auf ihn erst beim genaueren Hinsehen zu ermöglichen. Maßgeblich verantwortlich dafür war sein Hemd. Es war glänzend silber. Uniform-Castro bemerkte, wie sein Chef anfing zu prüfen, ob er sich selbst in dem Hemd betrachten könne. Er konnte.

Schon auf halbem Wege beugte der Hingucker seinen Ellenbogen um neunzig Grad, sodass die aus der Zentrale gerufene Kavallerie dreißig Meter auf eine ausgestreckte Hand zuging. Sie bestätigte, was der wirklich intelligente Uniform-Castro dank seines Wissens, erlernt mit eingebildeter, makellos-maskuliner Disziplin, vermutete: Der offensichtlich verantwortliche Herr war alt. Begrüßungen gehörten schon lange der Vergangenheit an. Vereinzelt taten es immer mal wieder welche. Uniform-Castro, stets auf der Suche nach neuen Erkenntnissen über die Gesellschaft, hatte noch nie eine vernünftige Antwort auf die Frage bekommen, welche er all diesen Leuten stellte.

„Warum tun Sie dies?", startete der Nachwuchsstar einen neuen Versuch, als er schließlich bei dem Herrn angekommen war, der ihn mit seinem Grinsen leider arg an Thomas DeMacy erinnerte. Dieser, regungslos wie in den Sekunden seit dem Aussteigen zuvor, fing an mit seinen Pupillen erst Uniform-Castro, dann Hirandi und schließlich seine Hand anzustarren. Letztere fand den Fokus seiner Aufmerksamkeit, nachdem er dem Blick des Fragestellers folgte, welcher seit dreißig Metern nur ein Ziel kannte.

„Ich bin der Inhaber dieser Firma. Ich bin Nedt Yervah", antwortete er nach der kognitiv benötigten Pause. Jeder Vokal wurde von ihm auffällig langgezogen, insbesondere das ‚I' piepte noch nachhaltig in den Ohren seines Gegenübers.

„Warum strecken Sie mir ihre Hand entgegen?"

„Höflichkeit schätze ich. Du weißt, dass sich das früher gehörte?"

„Es verschwendet Zeit. Die addierte Zeit Ihrer sogenannten Begrüßungen ist nicht wirklich voller Bedeutung, auf die Sie am

Ende Ihres Lebens zurückblicken werden. Denken Sie mal drüber nach."

„Führen Sie uns zu dem Tatort", unterbrach Uffus Hirandi das aufkommende Streitgespräch. Die Aufregung, welche er verspürte, verbarg er dabei gekonnt. Sollte sich der Verdacht bestätigen, welchen die Streifen übermittelt hatte, so war es der erste Gesetzesverstoß für ihn überhaupt. Generell würde in diesem Fall der heutige Tag in die Geschichte eingehen. Den Begriff ‚Tatort' hatte man seit einer Ewigkeit nicht benutzt, stattdessen hieß es nur noch ‚Vorkommnisort'. Doch heute hatte Uffus das ganz bewusst nicht gesagt. Das Protokoll würde spannend werden. Ganz in Manier eines modernen Menschen drehte sich der Inhaber der *Firma Brauchbar* um und verfolgte mit schnellem Gang das Vorhaben, die beiden Polizisten in die Werkhalle zu führen. Seine acht Gefolgsleute folgten ihm in beeindruckender Synchronität.

Hannah klopfte gar nicht erst an. Energisch stieß sie die Flügeltüren auf, welche schwungvoll den Weg in das Büro des Kanzlers eröffneten. Dieser blickte überrascht von den vor ihm liegenden Dokumenten auf, sofort bereit seine Zeit für das offensichtlich dringende Anliegen seines Mediacoaches zu opfern. Die interaktiven Dokumente vor ihm befassten sich mit der alljährlichen Auswahl der erlaubten 16 Pornos, welche zur Fortpflanzungslehrzwecken an jegliche Bildungsanstalten übermittelt wurden. Beim Sichten der eingereichten dreißig Movies blieb er trotz der Unannehmlichkeit dieser Aufgabe unfreiwillig lange bei dem dritten Clip hängen. Hannah kam ihm somit als neuer Konzentrationspunkt gerade noch gelegen, bevor die menschlichen Triebe seiner motorischen Tätigkeiten mächtig wurden.

„Sie werden den Rest des Tages ihre Agenda nicht erfüllen können", leitete sie ihr Vorhaben ein. Sie war bemüht das konstante Stöhnen im Hintergrund zu übertönen. „Die Polizeidirektion hat einen Gesetzesverstoß bestätigt."

Dem Kanzler wurde warm. Ganz entgegen seinen Fantasien der letzten Wochen, wurde ihm nicht Stück für Stück die Tragweite einer politischen Katastrophe bewusst, auf welche er zu reagieren hatte. Nein, in diesem Moment wusste er von der einen auf die andere Sekunde, was ihn die nächsten Stunden erwarten würde.

„Verstoßen wurde gegen das 16. Gesetz unserer freien Welt. Der Rückabsicherungszusatz bei Verstoß dagegen, Gesetz einhundertachtundsiebzig, wurde nicht erfüllt. Wir müssen uns umgehend auf die News in den Medias einstellen und reagieren."

„Das tun wir nicht", unterbrach der Kanzler nachdenklich. „Wir müssen nicht reagieren, wir müssen regieren."

„Das steht überhaupt nicht zur Auswahl. Die anderen Parteien haben sich bereits in ihre Räume zurückgezogen. Sie alle planen einen Shitstorm, einen Mediawar. Wir müssen uns erklären", entgegnete Hannah mit einem panischen Ton. Ihr eben noch feuriger Blick veränderte sich just mit Beendigung ihres letzten Satzes. Sie begriff zunehmend, dass sie gerade den Kanzler regierte. Sie befahl ihm etwas.

„Sie haben Angst." Der Kanzler war weiterhin voller Ruhe, Hannah begriff um seine Stärke. „Wir müssen Angst verhindern. Wir müssen dieses Verbrechen aufklären. Wir müssen ehrlich sein." Der Kanzler musterte seine Bedienstete. War sie doch vor wenigen Minuten noch so energetisch, stark und selbstbewusst, so stand sie jetzt wie eine kleine, unbedeutende und starre Stange voller Scham in dem prachtvoll und mächtig anmutendem Regierungssaal. Sie war zurück auf dem Boden ihrer Befugnisse, der Kanzler erkannte dies.

„Die anderen Parteien werden Bedeutungen für dieses erste Verbrechen unserer Generation finden. Wir werden uns nicht hinter Erklärungen verstecken und ihnen folgen. Ich werde mich um die Bevölkerung kümmern. Solange Uffus Hirandi und seine Behörde nichts aufgeklärt haben, solange werden wir eben genau das kommunizieren“, setzte der Kanzler schließlich nach. Hannah nickte stumm.

„Ich werde nun mit dem Parteivorsitzenden sprechen. Sie begleiten mich.“

Erneut gab Hannah mit ihrem Gesicht zu verstehen, dass sie verstanden hatte, indem sie rein gar nichts tat. Zusammen mit dem Kanzler verließ sie den Saal. Als er sanft die Flügeltüren schloss, stöhnten die Dokumente auf seinem Schreibtisch noch immer leise vor sich hin.

Die Breaking News

Während sein Auto in die absolute Dunkelheit der Nacht rollte, beschloss Johnny seiner Müdigkeit das Radio entgegenzusetzen. Der lange Tag in der Firma, die ganzen Befragungen, die wenige Arbeit, all das hatte ihn auffallend stark gefordert. Es war so interessant gewesen. Ein unvergleichlicher Jingle ließ ihn wissen, dass nicht nur ihn das Thema bewegte.

„Es ist zehn Uhr, es ist Newstime. Der heutige Tag wird in die Geschichte unserer freien Welt eingehen. Sehr verehrte Damen und Herren, eine Sonderschicht der Firma Brauchbar endete mit dem ersten Gesetzesverstoß seit dreiundsechzig Jahren. Zugeschaltet ist uns nun der Polizeidirektor Uffus Hirandi. Was können Sie über die heutigen Ereignisse berichten?"

„Die Tat kann meine Behörde bestätigen. Zu erwähnen ist, dass… wir haben den Verantwortlichen der Firma befragt, welcher eine Absicht dieser Tat ausschloss."

Johnny stutze. Der Ton der offensichtlich aufgezeichneten Aufnahme raschelte inmitten der Aussage kurz. Es erschien ihm wie ein unsauberer Zusammenschnitt. Ungewollt empört darüber presste er seine Lippen aufeinander. Seine Abneigung gegenüber der Mediaworld wurde ihm bei diesen altmodischen Methoden erneut bewusst.

„Der Verstoß gegen dieses Gesetz stößt in der Politik auf breites Unverständnis. Gemäß der parlamentarischen Sitzordnung stellen wir Ihnen die Shortcut-Statements der Parteien vor."

Eine tiefe Computerstimme kam Johnny aus seinen Boxen entgegen: „Shooortcut!"

„Die Waffenproduktion der Firma zeigt erneut, dass eine privatisierte Versorgung der Gesellschaft nicht der richtige Weg ist! Revolution!"

„Ein großer Fehler! Wählen Sie uns, damit wir so etwas verhindern."

„Erneut zeigt sich, dass keine links-grünen Meinungen gehört werden. Die Waffen wurden der Firma in PLASTIKverpack- ungen angeliefert. Müssen die Kinder erst wieder aufhören zur Schule zu gehen, wie damals im Klimamittelalter?"

„Wir erwarten eine Offenlegung, inwiefern die Wachstumsformel unserer Gesellschaft durch dieses Ereignis verletzt wurde. Der Wohlstand darf nicht gefährdet werden. Ist er es doch, sollten wir der Firma Brauchbar als Strafe die Steuern auf diese Sonderschicht erlassen."

„Die Mitte-rechts-besorgt-Partei macht sich ernsthafte Sorgen, dass tatsächlich davon ausgegangen wurde, dass dieses links-grüne Lügenmärchen namens ‚waffenlose Gesellschaft', diese Ideologie, tatsächlich geglaubt wurde."

„Die Regierung ist schuld! Wählen sie uns, damit wir so etwas verhindern."

„Haben sie sich mal den Namen des Firmeninhabers angeguckt? Nedt Yervah! Der wäre vor unserer Zeit Ausländer gewesen! Dass dieses Lügenluder unsere reine Gesellschaft bedroht, das wusste bereits dieser Hitler! … Waffenproduktion…? Achso…? Ja, verstehe… Das ist natürlich was anderes. Wir sind FÜR Waffen. Revolution! Tod dem Kanzler!"

„Shooortcut", beendete das Outro die Zuschaltungen. „Sie hören nun ein Kommentar unseres neuen Rechtskorrespondenten und Experten auf diesem Gebiet, Thomas DeMacy, welcher dank seiner jahrelangen Erfahrung das Geschehen gut und fair einordnen können wird. Seine Professionalität ist an seinem Ton nicht zu überhören."

„Die gesellschaftliche Sonderproduktion erwies sich als alles andere als dienlich, vielmehr schien diese kleine Drecksfirma an der Gesellschaft vorbei heimlich Waffen produzieren zu wollen. Das 16. Gesetz wurde nach Angaben unserer Polizeidirektion klar missachtet. Es gilt herauszufinden, welche perversen Absichten hinter diesem grausigen Verbrechen stecken. Derartige Skrupellosigkeit lässt eindeutig auf einen perfiden Plan schließen."

„Daran anknüpfend dürfen wir in der Leitung unseren Kanzler begrüßen. Herr Kanzler, die Menge verlangt nach eindeutigen Antworten. Wieso versucht diese Firma Waffen in unsere Welt zu setzen?"

„Thomas DeMacy verlangt nach eindeutigen Antworten. Die Menge habe ich bisher noch nicht protestieren hören."

„Das wird sie. Dafür sorgen wir mit unserer Berichterstattung."

„Mit Ihrer Meinungsmache", unterbrach der Kanzler energisch.

Der Showmaster erwiderte: „Der Berichterstattung."

„Nein."

„Wie kommen Sie zu dieser Annahme?"

Eine kurze Pause erfüllte das aus dem Audiosystem klingende Abendprogramm des Nachrichtensenders. Johnny überkam das dumpfe Gefühl, dass gleich etwas Ungewolltes passieren würde.

„Die Firma Brauchbar ist nicht verantwortlich für diese Straftat", begann der Kanzler langsam. Es klang wie schlecht vorgelesen. „Wir, die amtierende Regierung, haben diese Waffen in Auftrag gegeben. Grund hierfür war der Einsatz gegen die Eisbären vorige Woche. Aus Angst vor Nachahmern aus dem städtischen Zoo wollten wir uns wappnen. Die Produktion der Pistolen war geplant und ist damit zu begründen, dass wir die Gesellschaft nach dem Vorfall letzte Woche schützen wollten."

Johnny war überrascht. Hatte er doch eben noch mit ziemlicher Sicherheit eine gewisse Grundaggression in dem Ton des Kanzlers vernommen, welcher sich mit den Medias anzulegen schien, so war dieser gänzlich verflogen. Die Erklärung leuchtete ihm ein. Beruhigt schaltete er das Radio aus und fuhr weiter in die nun schöne Nacht.

Die Beobachtung

Schwungvoll hob Johnny sein Bein über das *BremsBike* und gab Gas. Durch ein Tor manövrierte er das schnittige Motorrad hinaus auf eine kleine Strecke und legte sich gekonnt in die erste Kurve. Er holte tief Luft, der Duft von Benzin flog ihm durch die Nase. Auch wenn er wusste, dass dem Sprit nur ein Geruchsstoff hinzugefügt wurde, so fühlte er sich dennoch, wie zu seiner Jugendzeit, kurz bevor das Prinzip der Tankstellen endgültig aufgegeben wurde und mit ihr sein Lieblingsaroma. Ganze drei Jahre lang mussten die Menschen den Gestank des Fäkaliensaftes ertragen, ehe sich der Markt erbarmte, diesem Problem ein Ende zu setzen.

Am Ausgang der zweiten Kurve duckte sich Johnny Matteo tief hinter die Armaturen, bereit auf der vor ihm liegenden Gerade alles aus der pechschwarzen Maschine herauszuholen. Entschlossen drehte er auf und blickte am Ende der mehreren hundert Meter auf den Tacho. Die Maximalgeschwindigkeitsanzeige stand bei vierzig Kilometern pro Stunde. Erleichtert und zufrieden rollte er langsam durch das Tor zurück in die Werkhalle.

„Der Geschwindigkeits- und Funktionstest ist erfolgreich verlaufen", teilte er George mit, welcher heute zusammen mit ihm an der letzten Station des Fließbandes arbeitete. George tippte umgehend etwas auf einem *WindowPad* ein, welches wie ein Fenster in der Mitte ihres Arbeitsplatzes stand.

Die Teststation, an welcher beide positioniert waren, unterzog jedem fertigen Produkt eine Probe. Nur wenn diese erfolgreich war, durfte es in der Nebenhalle eingelagert werden.

Das Motorrad *BremsBike* hatte Johnny schon drei Mal an dieser Station getestet, zuletzt vor sieben Wochen. Motorräder waren insbesondere bei Jugendlichen beliebt, aber gerade, weil diese durch ihre Raserei die Gesellschaft früher regelmäßig um wertvolle Nachwuchskräfte gebracht hatten, beschloss die Politik vor einigen Jahren eine Maximalgeschwindigkeit von vierzig Kilometern pro Stunde einzuführen. Seitdem waren *BremsBike*-Fahrer die Lacher der Straßen. Einige Informatiker hatten sich sogar einen Spaß draus gemacht die kleinen Displays auf den Blitzern für sie umzuprogrammieren. Fuhr der stolze Besitzer eines Motorrades vorbei, so zeigte es ‚HaHa!' an. Erstaunlicherweise fand die Polizei das voll in Ordnung, Sachbeschädigung sei sowas nicht wirklich, argumentierte die Behörde. Sie selbst fuhr seit Jahrzehnten kein Gefährt mehr mit unter dreihundert Stundenkilometern Spitzengeschwindigkeit.

Johnny Matteo füllte das Protokoll für das vor ihm befindliche Exemplar aus und erinnerte sich dabei zurück an den Moment, in welchem seine Schichtleiterin gleiches für ihn an diesem Ort getan hatte. Als er Anfang letzter Woche am anderen Ende der Halle auf dem tristen Holzstuhl gesessen hatte, war ihm nicht im Geringsten bewusst, dass sich die *Firma Brauchbar* durch diese Befragung mit seiner Zukunft befasste. Gerade erst gestern bekam er den Bescheid, dass der Vorstand der Vorsitzenden für ihn entschieden hatte. Mehr stand in der Mitteilung nicht drin. Auf die Nachfrage, was das für ihn selbst bedeuten würde, bekam Johnny erklärt, dass die Firma bei derartigen Anschuldigungen und Bloßstellungen vor dem Rest der Belegschaft den protokollierten Tatverdacht einer herbeigeführten Produktionspause entweder bestätigen oder ablehnen konnte. Im Falle einer Bestätigung wäre Johnny entlassen worden und wohl pleite gegangen an den Entschädigungen, aber durch die

Ablehnung bekam er 16 Geld mehr pro Woche und durfte sich zudem an vier Arbeitstagen die Station aussuchen, an welcher er arbeiten wollte. Heute wollte er testen. Bei Motorrädern war das für ihn keine schwierige Entscheidung.

Das eben gefahrene Motorrad war das erste am heutigen Tage. Zwei weitere standen bereits fertig zur Probe am Rand, Johnny beobachtete wie sich George ihn näherte.

„Ich werde das nächste Exemplar testen", erklärte er in Richtung Johnny.

„Wir werden erst dieses Motorrad in das Lager bringen und es verstauen. Das sehen die Anweisungen vor", entgegnete dieser. Den letzten Satz sprach er mit gutem Willen, George war gerade erst neu eingestellt worden.

Unangenehm berührt von seinem Fehler, ging der Novize schleunigst zurück zur Arbeitsfläche und blickte seinen Helfer hoffnungsvoll an. Er blickte ihn lange an.

Dieser ergab sich schließlich der Unsicherheit seines Gegenübers: „Nimm den Koffer mit den Anbauteilen mit in das Lager."

Wie ein erzogener Hund sprang George erneut an den Rand, hob eine der drei Kisten auf und reihte sich hinter Johnny ein, welcher währenddessen begonnen hatte, das *BremsBike* in Richtung des Lagers zu schieben. Dort angekommen blieb das Duo vor dem ersten, wahrlich riesigen Regal stehen.

„Das achte Regal ist für dieses hier vorgesehen", beendete George die Pause. Johnny hatte auf genau diese Information gewartet. Vorbei an den leeren Regalen gingen beide den Flur zwischen diesen entlang. Johnny Matteo vernahm das mittlerweile eingesetzte Schnaufen seines Kollegen, welcher unter der Last der Kiste zu leiden schien. Angekommen an dem richtigen

Regal verluden sie das Produkt und schritten den Gang weiter hinab. Umzukehren war in diesem Lager nicht erlaubt. Gerade wenn kleinere Waren in großer Menge produziert wurden, war ein Einbahnsystem für die maximale Effizienz von großem Vorteil.

Fast angekommen am Ausgang stutze Johnny. Vor ihm stand ein alter, mürrisch dreinblickender Mann. Er schien sich mit der Schichtleiterin zu unterhalten, welche ihm interessiert zuhörte. Erst jetzt bemerkte Johnny Matteo, dass beide vor einem gefüllten Regal standen. Die Produkte in dem Regal erkannte er sofort. Es waren die Plastikboxen der Marke *Peng!*, es waren die Pistolen.

„Wir können Ihnen die Waffen nicht geben, da Sie sie nicht bestellt haben", vernahm Johnny leise, während er sich den scheinbar Diskutierenden näherte. Beide waren derart in das Gespräch vertieft, dass sie die beiden Mitarbeiter noch nicht bemerkt hatten.

„Die Polizei will se' aber habm. Da' Kanzler is' nicht ehrlich gewejsen, aber die Geschichte müssn wa' jetzt aufrecht erhaltn."

„Ich darf das nicht entsch…" Die Schichtleiterin brach erschrocken ab, als sie zufällig kurz aufblickte und die Vorbeigehenden vernahm. Ihr entsetzter Ausdruck wurde von dem böswillig dreinblickenden Gesicht Hermanns ergänzt, welcher nun auch die Ankömmlinge musterte. Johnny drehte seinen Kopf schnell wieder nach vorne. Verfolgt von den Blicken der beiden Überraschten, zog er schnellfüßig an ihnen vorbei. George folgte ihm brav, auch er bemerkte, dass gerade etwas passiert war, was so hätte nicht sein dürfen. Doch er schwieg, genau wie Johnny Matteo. Dieser wagte noch einen peinlich berührten, vorsichtigen Blick nach hinten, doch niemand war zu sehen.

Es war kein Wunder, dass die Schichtleiterin in der Pause zu Johnny Matteo und George kam, um ihnen In-Ears zu geben, welche sie den Rest der Schicht tragen sollten. Johnny rechnete fest damit, eine direkte Mitarbeiternachricht zu empfangen. So war auch kein Wunder, dass diese schon wenige Minuten nach Wiederbeginn der Schicht kam, sodass sich Johnny und George bald nach dieser im luxuriösen Vorzimmer des Büros von Nedt Yervah wiederfanden. Roter Teppich lag ihnen zu Füßen, während sie aufrecht in braunen Ledersesseln saßen und durch die Fensterfront auf die Stadt blickten. Johnny wusste nicht einmal, dass sich auf der Werkhalle noch eine Büroetage befand, aber jetzt, wo er einmal diesen Ausblick auf die Skyline gesehen hatte, da wollte er am liebsten zum Vorzimmerbediensteten umschulen. Alleine schon, weil er nicht mehr einen sterilen Overall tragen musste, wie auch in diesem Moment, sondern weil er sich richtig schick machen konnte. Ihm schwebte ein Anzug vor. Ein schwarzer Anzug mit weißem Hemd. Das wäre was, dachte er sich.

Die dunkelbraune Holztür zu seiner Rechten öffnete sich und heraustrat, mit einem fetten Grinsen im Gesicht, Nedt Yervah. Er trug einen schwer anmutenden, tiefdunklen, aber mattfarbigen Anzug. Johnny bekam sofort Kopfschmerzen beim Anblick der Farbkombination, welche das Gesamtbild des Raumes jetzt hergab.

Mit einem einladenden Händeschwung gab er den beiden Wartenden zu verstehen, dass sie eintreten durften.

„Stimmt es, dass er redet wie einer der Generation Z?", flüsterte George Johnny beim Hereingehen zu. Er ignorierte dies.

Yervah selbst nahm hinter einem gläsernen Schreibtisch Platz, Johnny Matteo und George standen vor diesem. Es gab keine Möglichkeit sich zu setzen.

„Ich möchte euch eine Geschichte erzählen", leitete der Firmenchef eine kurze Denkpause ein. „Ein Mann… und ein Mann… gingen…"

Johnny vernahm einen unsicheren Blick von George. So langsam begann er ihn zu nerven.

„Sie gingen durch eine Halle. Da war ein Polizist. Und eine Schichtleiterin. Und ein Haufen voller… voller Haus-tier-babys." Nedt Yervah blickte die beiden Heranzitierten intensiv an. Er versuchte inständig ihre Gesichter zu lesen.

„Was mich bei dieser Geschichte beschäftigt ist die Frage, ob die Männer erkannt haben, welche Haustierbabys das waren. Versteht ihr?"

„Ja", antworteten Johnny und George parallel.

„Welche Haustierbabys waren es Matteo?"

„Das weiß ich nicht", entgegnete der Gefragte.

„Wieso weißt du das nicht?"

„Ich war keiner dieser Männer und kann deswegen nicht sagen, welche Haustierbabys das waren."

Nedt Yervah griff sich ins Gesicht. Sein gespreizter Daumen und der ausgestreckte Zeigefinger fuhren von den beiden Augen langsam herunter zu seinem Kinn, an dessen Spitze er seine Handfläche zu einer Faust ballte. Er lehnte sich in seinem Stuhl zurück.

„Habt ihr heute die Waffen im Lager gesehen?", fragte er schließlich direkt heraus.

„Ja", kam George Johnny zuvor. „Sie auch?", setzte er erschrocken nach.

„Natürlich George! Ich habe sie dahin stellen lassen! Was ist mit dir?"

Johnny Matteo nickte.

Der Vorgesetzte hakte in einem leicht provokanten Ton nach: „Hast du dazu eine Frage?"

„Wenn die Waffen von unserem Kanzler bestellt wurden, wieso lagern Sie sie noch immer hier und wieso geben Sie sie nicht an die Polizei heraus? Wieso erklärt der Polizist, dass der Kanzler nicht ehrlich war?"

Erneut kehrte eine Stille im Büro ein. Nur das Ticken einer Uhr war zu vernehmen, was die Pause unendlich lang erschienen ließ.

„Das habe ich befürchtet", begann Yervah schließlich. Er erhob sich aus seinem Sessel und blickte seinen beiden Arbeitern nun von Angesicht zu Angesicht in die Augen.

„Kopf oder Zahl?" Er zog eine Münze aus seinem Jackett hervor.

„Zahl", antworte George unverzüglich, ohne dabei zu verstehen, was sein Chef vorhatte. Dieser warf die Münze.

„George, du bist gefeuert."

Mit leicht offenem Mund blickte dieser auf die Münze und blinzelte drei Mal schnell hintereinander, ehe er seinen Kopf leicht schräg anhob. Er schritt verdutzt aus dem Büro. Nedt Yervah blickte ihm hinterher, bis sich die Eichentür geschlossen hatte. Dann wandte er sich an Johnny Matteo: „Ich werde diese Waffen entsorgen lassen. Du wirst darüber niemals sprechen. Es ist ein Missverständnis. Du kriegst einhundert Geld und denkst immer daran, dass George jetzt arbeitslos ist. Ich muss dich nicht danach fragen, du hast das verstanden." Derart ernst und modern hatte man Yervah wohl noch nie erlebt. Seine direkte Art wirkte auf Johnny eindrucksvoll. Ohne zu reagieren, kehrte er um und verließ das Büro.

Der Abend

Helle Farben erfüllten die spartanischen Wohnzimmerwände der Hirandis. Der TV lief bereits, während Uffus und Leyla den viereckigen Tisch von den letzten Resten der Nahrungsaufnahme befreiten. Es war ein beeindruckendes Zusammenspiel der beiden. Sie schienen auf dem Boden Laufwege zu sehen, welche beide in Perfektion nebeneinander arbeiten ließen. Bei diesem Tempo konnte das Abräumen keine drei Minuten gedauert haben und eben deswegen saßen beide einen Augenblick später auf der schwarzen Ledercouch, welche parallel zu dem flachen, großen Flatscreen stand. Es war kurz vor acht Uhr.

„Wir müssen die Seiten tauschen", erwähnte Uffus Hirandi in einem beiläufigen Ton.

„Haben wir den neuen TV für mich auf links programmiert?", entgegnete Leyla aufgeregt. Ihr Mann stand auf und gab ihr zu verstehen, dass er sich sicher sei. Seine Gattin rückte herüber.

„Wie viele Minuten hast du uns eingeteilt?", fragte der Polizeidirektor, während er sich wieder hinsetzte.

„16 Minuten werden es heute sein."

Uffus wippte unauffällig nickend mit dem Kopf. Er drehte den Kopf nach links und sah seine Frau an, welche ihre Hände auf die Oberschenkel abgelegt hatte und so ihre Arme in den stufenartigen Sitz ihres Körpers verschwinden ließ. Ohne sich selbst aus seiner selbigen Position zu verrenken, legte er den Arm um seine Frau und sah zurück zum TV.

„Sind Hirandi, Uffus und Hirandi, Leyla anwesend?", erklang die *Electronic Voice* des heimischen Haushaltes.

„Ja."

„Sie haben für den heutigen Abend ausgewählt: 16 Minuten Werbung."

Der Bildschirm des neuen *LargeScreenArea*s zeigte urplötzlich ein schwarzes Bild mit einer weißen Digitaluhr. Sieben Uhr neunundfünfzig. Während das nun erklingende Geräusch eines Sekundenzeigers begann die Aufmerksamkeit der Hirandis zu gewinnen, nahm Uffus beim genaueren Hinsehen an der oberen Kante des TVs zwei weiße Punkte wahr. Wenige Zentimeter auseinander schienen sie die Mitte des Bildschirmes zu kennzeichnen.

„Setzen Sie die Headphones auf."

Leyla und Uffus befolgten die Anweisung der *Electronic Voice*. Aus einer kleinen Klappe im Sofa entnahmen sie jeweils ein Paar Headphones.

Die Uhr sprang auf Punkt acht, die beiden Punkte begannen herunterzufahren und trennten den Bildschirm mit einem schwarzen Balken in zwei Hälften. Während sich die linke Seite mit einem schnellen Aufblitzen rosa färbte und eine nette Frau von unten herauffuhr, begann ein heiser klingender Mann in Uffus Ohr zu schreien. Der Polizeichef wendete seinen Blick umgehend von der Seite seiner Frau ab.

„DAS NÄHRSTOFFWASSER", drang es durch die Headphones in seinen Kopf „MUSS - GETRUNKEN - WERDEN!"

Große, blaue Zahlen mit tollen Preisen untermalten das anscheinend perfekte Angebot für den nun neugierigen Zuschauer. Wenige Sekunden später verschwand der aggressive Flüssigkeitsliebhaber aus seinem Kopf und machten die Bühne frei für einen Tracking-Shot, welcher mit viel Tempo über ein Schlachtfeld zog. Man sollte eine Radarkontrolle für Fluggeräte einrichten, dachte sich Uffus Hirandi. Unterdessen guckte eine grimmig dreinblickende Frau mit blutverschmiertem Gesicht direkt in die nun angekommene Camera und erklärte mit epischem Schmerz ihr Anliegen.

„Die Welt war eine andere. Nachdem Napoleon das antike New York einnahm, gilt es für uns zu kämpfen. Wir, die Minnesota Vikings, haben schon im achten Jahrhundert Skandinaviens Freiheit verteidigt und das werden wir auch diesmal tun!"

Der Polizeidirektor nahm einen Schluck Wasser aus dem Glas zu seiner Rechten. Das Bildungsministerium versuchte jeden Werbeblock erneut ihn davon zu überzeugen, die aufwändigen Blockbuster auf dem Historychannel zu gucken. Bisher nahm Uffus diese Chance auf Weiterbildung nicht wahr. Solange er dies nicht tun würde, würde er auch weiterhin diese Werbung sehen. Jeden Tag. *Das liberale Kapital* drehte an jeder Schraube, um das Wachstum zu ermöglichen. Zweihundertsechsundfünfzig Minuten personalisierte Werbung musste jeder Mensch ab 16 Jahren pro Woche schauen. Die *Electronic Voice* jeder Wohnung und jedes Hauses scannte täglich den Bestand an Produkten und wählte somit nur Werbung für etwas aus, was der Zuschauer noch nicht gekauft hatte. Oder in Uffus Hirandis Fall eben gesehen.

Weitere Minuten verstrichen, nicht selten nötigten ihn die schrillen Spots seiner Frau dazu, einen Blick auf die andere Seite des TVs zu werfen. Der *LargeScreenArea* war der neueste Erfolg des *DIK*-Projektes im Hause Hirandi. Das Beste an ihm war für Uffus in diesem Moment der kleine Timer unten in der

Mitte, welchen die beiden weißen Punkte vom Anfang gezeichnet hatten, als sie den Bildschirm herunter fuhren. Noch zwei Minuten.

Die beiden Spots von Leyla und ihrem Mann endeten urplötzlich synchron. Ebenso schnell verschwanden die Balken, wodurch der Bildschirm in eine geheimnisvolle Finsternis getaucht wurde. Die kleine Uhr zählte herunter.

„Sie sind unsere Gesellschaft, Sie sind schön", unterbrach eine bekannte Stimme die Stille. Es war die des Kanzlers. Eben jener erschien umgehend auf dem gesamten Bildschirm und schien sich direkt an die beiden Verwirrten zu wenden.

„Sie sind ein Ehepaar, Sie sind Uffus und Leyla Hirandi" Der nun eingeblendete rot-orangene Hintergrund überspielte, dass die Namen elektronisch erzeugt wurden. „Diesen letzten Spot in ihrem TV widme ich uns allen. Er ist sowohl für unsere Gemeinschaft, aber er ist auch ganz speziell für Sie. Seit einem Jahr leben Sie als Verheiratete und Sie sind glücklich. Ich kann deswegen nur für eine Sache werben: Für das Leben. Unsere Gesellschaft lebt von Teilnahme. Helfen Sie uns, dass dies auch in Zukunft möglich ist. Produzieren auch Sie Leben, produzieren Sie Nachwuchs. Lassen Sie ihre Familie wachsen und machen Sie sich selbst wunderschön."

Den letzten Satz ließ der Kanzler in einem wahrlich netten, angenehmen Lächeln enden. Sein Blick machte den Anschein, als fand er seinen Weg direkt in die Augen von Uffus und Leyla Hirandi. Erst jetzt bemerkten beide, dass die Schlussworte des Kanzlers mit dem Beginn eines Songs unterstrichen wurden. Easy Lover erklang langsam im ganzen Wohnzimmer, während der immer noch dar stehende Kanzler mit den Worten „Die Formulierungen: Hannah W." untertitelt wurde. Das Bild auf dem Flatscreen erlosch, lediglich ein Herz auf seinem Bildschirm erfüllte den sonst dunklen Raum.

Leyla und Uffus blickten sich langsam an, unsicher, was sie gerade gesehen hatten. Ihre Blicke verweilten sekundenlang auf dem Gesicht des anderen. Irgendwas war da, bemerkte Uffus. Unwillentlich ließ er sich leiten und verlor sich mit seinen Augen auf den Lippen seiner Frau.

„Wir gehen jetzt in das Schlafzimmer", flüsterte diese sanft.

Uffus stand auf und folgte ihr, sich stets bewusst um seine Position als Exekutive.

Die Wochenpause

‚*Post*' stand auf dem großen Transporter, welcher auf dem Parkplatz der *Firma Brauchbar* stand. Uffus Hirandi höchstpersönlich war extra für dieses Gefährt vor Ort und beobachtete den jungen Mann mit den blonden Haaren, welcher mit seinen auffällig langen Armen Kiste um Kiste in den Wagen verlud.

Der Polizeidirektor war an diesem Morgen mit seinen Gedanken woanders. Bereits nach dem Aufstehen gab die heimische *Electronic Voice* ihm und seiner Frau Bescheid, dass ein erster Scan ergeben hatte, dass er seine Leyla gestern Nacht erfolgreich befruchtet hatte. Er würde Vater werden. Ein Gefühl erfüllte ihn. Ein Gefühl, welches er so noch nie empfunden hatte und ihn verwundern ließ. Verwundern darüber, wie viel er nachdachte, wie sehr er nicht bei der Sache war. Die Wochenpause kam ihm gerade gelegen.

16 Tage zählte die Woche, aufgeteilt in zwei Arbeitsphasen. Der letzte und der erste Tag der Woche waren Ruhetage, es war das Wochenende. Die Tage acht und neun durften die Menschen ebenfalls so verbringen, wie man es eben wollte. Vorausgesetzt man umging die regelmäßigen Sonderschichten.

Eine solche verbrachte Uffus Hirandi in diesem Moment. Sie war nicht aufwändig. Er sollte lediglich beobachten, wie die *Post* die Waffen abholte und dies dem Kanzler später bestätigen. Eine Sache von vielleicht einer Stunde.

Während sich der Diensthabende, starr stehend vor seinem Dienstwagen, versuchte wieder auf seine Aufgabe zu fokussieren, kamen ihm knapp vierzig Arbeiter aus der Werkhalle entgegen. Vermutlich schienen sie eine Sonderschicht absolviert zu haben. Zügig schritten sie in einer Reihe auf den Parkplatz, über welchem dicke, graue Regenwolken hingen. Es ergab ein lustiges Bild, wie sich einzelne Mitarbeiter aus der Reihe lösten, um ihre Autos zu erreichen. Ein kurzer Blick ließ Hirandi wissen, dass sie alle *Massenkiste* fuhren. Ebenso trugen sie alle das gleiche. Der Polizeichef konnte sich vorstellen, wie schön diese Leute für die Firma waren, wie sehr sie sich der Gesellschaft widmeten und tagtäglich mit größter Präzision zum Wohle aller arbeiten.

Uffus gab sich einen Ruck. Schon wieder war er mit den Gedanken abgedriftet und hatte den Postboten mit der schrillen, wirklich unangenehmen Stimme aus den Augen gelassen. Er entschied, dass er die Kisten wohl lieber noch einmal durchzählen sollte. Seine Wochenpause würde sich dadurch zwar verzögern, aber das war er der Sicherheit der Gesellschaft schuldig.

Dieses große Missverständnis wäre damit endgültig für ihn beendet. Noch nie kam etwas so nahe an den Begriff ‚Verbrechen‘ heran, wie es die Pistolen taten. Dennoch war er froh, dass es in diesem Fall bei einem Fehlalarm bleiben würde.

Sein Blick fiel auf die mittlerweile dunkelgrauen Wolken. Er sah, wie ein erster Tropfen auf dem Weg zur Erde war.

Johnny Matteo schrak kurz auf, als er spürte, wie erste Spritzer des bald kommenden Regens auf seine Stirn trafen.

Er war erschöpft und trottete hinter seinen Kollegen zum Ende des Parkplatzes. Kurz vor diesem löste er sich aus der Reihe und floh zu seinem Auto. Es war die Rettung vor dem Nass, welches schlagartig auf die Stadt begann niederzuprasseln.

Johnny schloss die Tür auf, schnallte sich an und setzte seinen Wagen langsam in Bewegung.

Im Seitenspiegel bemerkte er das goldene *Schnellauto*. Das Wasser rann an seinem Seitenfenster hinunter und nahm ihm so die Sicht, doch der unvergleichliche Schein dieser Farbe in der sonst so trostlosen Kontrastwüste war für Johnny jedes Mal ein Augenfang. Er würde die Polizeiautos jederzeit und überall erkennen.

Erst jetzt ergab sich für ihn daraus ein Bild. Die Wahrnehmung des Postautos am Eingang der Werkhalle und die Anwesenheit des goldenen Geschosses konnte nur eines bedeuten: Nedt Yervah schien sein Versprechen zu halten und die Waffen an einen anderen, unbekannten Ort bringen zu lassen. Es beruhigte Johnny Matteo.

Anders als an den Werktagen, fuhr Johnny an diesem Tag in eine andere Richtung. Sein Ziel war nicht seine Wohnung, an diesem Tag war es die Innenstadt. In der heutigen Welt fuhren Menschen mit einem festen Ziel vor Augen, jede Fahrt hatte eine Bedeutung.

Die Innenstadt war der effektivste Ort, um Besorgungen zu erledigen oder um seine Freizeit zu gestalten. Die Arbeitnehmer der Innenstadt hatten in den meisten Fällen einen anderen Wochenablauf, ihre Wochenpause gestaltete sich individuell. Angeblich, so hatte Johnny es irgendwo in einem Fortbildungsseminar gehört, gab es sogar Menschen, welche ihre vier freien Tage an einem Stück nehmen konnten! Johnny fragte sich damals, wie viele gute Beurteilungen man für eine derartige Freiheit bräuchte. Er konnte sich so viele freie Tage an einem Stück nicht vorstellen.

Die damit einhergehenden vielen Arbeitstage am Stück konnte er sich hingegen sehr gut vorstellen. Seine Schichtleiterin fragte ihn nahezu jede Woche, ob er eine Sonderschicht absolvieren könne. Die heutige ging immerhin nur wenige Stunden.

Angekommen in einem fensterlosen, sehr hohen Parkhaus, begab sich Johnny an den Eingang der Innenstadt, welcher unter diesem makabren Bauwerk lag. Die Innenstadt war logisch aufgebaut. Eine lange Straße, von welcher kleinere Wege abgingen, führte die Besucher in einem Kreis vom Ausgang des Parkhauses zum Eingang des Parkhauses auf der anderen Seite. Die abgehenden Gänge waren thematisch geordnet, sodass jeder seine Besorgungen schnell machen konnte, das Ende der Innenstadt war erkennbar durch die Kontrollhäuschen, bei welchen man Strafe zahlen musste, wenn man sich nicht monetär an dem Wachstum der Gesellschaft beteiligt hatte.

„Immer den Kassenbon aufbewahren!" Die großväterliche Weisheit klingelte wohl jedem Bewohner im Ohr, sobald er Anstalten machte sich zu versorgen oder eine Dienstleistung in Anspruch zu nehmen.

Johnnys Ziel war am heutigen Tage keineswegs die am Ende liegenden Versorgungspfade, vielmehr wollte er seine Wochenpause so richtig genießen. Er wollte seine Freizeit gestalten. Er wollte auf den *Freeway*.

Freeway war der Name für die Gasse, in welcher der Spaß wohnte. Würde man sie in der Nacht besuchen, so würde man 16 große, leere Räume vorfinden. Durch die breiten Schaufenster sähe man die weißen Wände und den schlichten Parkettboden, aber kein einziges Regal. Auch kein einziger Schriftzug und kein einziger Name würde nach dem großen Bogen zu finden sein, welcher am Anfang des *Freeway*s diesen ankündigte. Der Grund für diese Leere war dieses eine ganz besondere Konzept der Freizeitgestaltung, welches die Bewohner dieser Welt pflegten.

Niemand wollte seine Zeit verschwenden. Zeit war bedeutungsvoll und aus diesem Grund wollte ein Jeder wertvolles erleben, sofern er sich nicht auf seiner Arbeit oder in seiner Wohnung befand. Der *Freeway* hatte sich als die optimale Lösung bewährt.

Mit Beginn des Arbeitstages wurden die 16 Boxen für jedermann geöffnet und jede Person durfte eine dieser Boxen für seine Zwecke benutzen und das vorführen, erzählen oder anbieten, was er für gesellschaftlich interessant hielt. Der Torbogen mit den altmodischen Glühbirnen am Anfang der Gasse zählte alle Besucher dieser und färbte mithilfe eines Computerprogramms die Wände in den Boxen grün oder rot. Sowas zu sehen war ganz und gar ungewöhnlich, aber der Erfinder des *Freeway*s hatte herausgefunden, dass es die Leute amüsierte. Grelle Farben wirkten unterhaltend, da sie viel bizarrer waren als ein schlichter Ton oder eine langweile Textmitteilung.

Befanden sich weniger Personen in einer Box als ein mysteriöser Prozentwert der Gesamtanzahl an Besuchern in der gesamten Gasse, so leuchteten die Wände rot auf. Der Besetzer musste die Box freigeben und sein Nachfolger erhielt fünf grüne Minuten, ehe es auch für ihn galt das Publikum zu überzeugen. Nur was die Gesellschaft wollte, nur was für alle von Interesse war, nur das gewann.

Johnny empfand alleine die Gedanken an dieses Konzept als eine hervorragende Freizeitgestaltung. Das öffentliche Urteil einer unbekannten Masse für eine mutige Einzelperson war schon seit Jahrhunderten ein Garant für Entertainment. Insbesondere, wenn es schlecht ausfiel.

Der Freeway

Johnny Matteo folgte den Menschen auf der breiten Straße, welche sich alle in dem gleichen Tempo fortbewegten. Direkt die vierte Abzweigung auf der rechten Seite war sein Ziel. Der *Freeway* lag mittig der Innenstadt. Hinter den Gängen, in welchen man garantiert nur für Dienstleistungen anwesend war und weit vor den Wegen, aus welchen man garantiert etwas mitnehmen musste, kennzeichnete er den zentralen Punkt der erzwungenen Runde. Die Vergnügungsgasse war immer wieder eine Überraschung. Auch Johnny war sich beispielsweise nicht sicher, ob er etwas zu seinem Auto tragen müsste nach seinem Besuch. Der Leitfaden, dass die Innenstadt für kurze Wege unter Last perfektioniert wurde, würde ihm allerdings niemals eine zu große sportliche Anstrengung aufbürden. Der *Freeway* würde niemals in der Mitte liegen, wenn es auch nur eine geringe Chance geben würde, dass man aus ihm einen Kühlschrank schleppen müsste. Einen Immobilienmakler hingegen hat man dort schon einmal angetroffen: Er warb mit dem niedrigen Gewicht der Schlüssel, welche man mitbekommen hätte. Nach fünf Minuten leuchtete seine Box rot.

Johnny schritt unter dem Bogen hindurch und blickte auf die vor ihm liegende enge Gasse. Durch seinen Eintritt vernahm er einen Farbwechsel auf der rechten Seite, Sekunden später schritt eine Menschenschlange zurück auf den perfekt asphaltierten Weg.

Ein schöner Mensch, und das war Johnny Matteo zweifelsohne, verfolgte eine klare Strategie in dieser Gasse. Da es keinen Anlass für ihn gab einen bestimmten Raum zu betreten, begann er seine Tour in der ersten Box auf der linken Seite.

„... drei Tomaten und vier Zwiebeln. Letztere werden zerschnitten, danach werden sie angebraten", kam es Johnny direkt beim Eintreten entgegen. Ein Mann in grauem Anzug las von einem Bogen Papier ab, während seine Zuhörer stumm und stocksteif in Reih und Glied zu ihm blickten und zuhörten. Die Wände leuchteten grün.

Fortbildungen waren eine der beliebtesten Freizeitbeschäftigungen der Menschen. Mehr über die Gesellschaft zu wissen war für den Fortschritt der Gesellschaft wichtig. So hatte es Johnny schon in der Schule gelernt. Heute hatte er allerdings keine Lust darauf. Vor allem nicht auf eine Fortbildung, die ihm lehrte, den Geschmack der Nahrung verbessern zu können. Das sei überflüssig befand er für sich und setzte seinen Rundgang fort.

Die zweite Zelle war nahezu überfüllt. An ihrem hinteren Ende standen drei Herren, welche eine Presentation auf eine der Wände warfen.

„Die Petition steht kurz vor ihrem Erfolg. Wir sind bereits seit siebenunddreißig Wochen auf dem dritten Platz, wenn Sie nun unterschreiben, so steigen die Chancen diese Woche zu gewinnen."

Johnny erkannte das Anliegen der Herren direkt. Bei seinen früheren Besuchen hatte er sich ihre Vorträge regelmäßig angehört. Er beschloss deswegen den Raum nicht noch weiter zu füllen und nahm den Eingang des nächsten in seinen Fokus.

Wenige Augenblicke später schritt Johnny an der dritten Box vorbei. Es war die Box der Rentner, welche aus Langeweile zum Arzt gingen. Irgendein Mediziner hatte sich die

Aufenthaltsrechte in ihr gesichert. Johnny war sich sicher, dass er den grünen Status theoretisch unendlich lange aufrechterhalten könne, ebenso wie die Dozenten der beiden darauffolgenden Boxen. Sie referierten über Wissenschaft und Vergangenheit, der feuchte Traum für neunundneunzig Prozent aller Besucher des *Freeway*s.

Erst die sechste Station weckte Johnnys Interesse nachhaltig. In ihr stand eine junge Rednerin. Adrett gekleidet. Schwarz gekleidet. Ihre blonden Haare fielen glatt über ihre Schultern und mit einem kühlen, selbstsicheren Gesicht blickte sie einen alten Mann an, welcher zu ihr sprach. Johnny vernahm weder was er sagte noch worüber es hier ging. Sein erster Eindruck ließ ihn vermuten, dass es etwas Anderes war als in den Boxen davor. Kein Vortrag, keine Behandlung, keine Wissenschaft.

„Es ist faktisch erwiesen, dass Frauen seltener in derartigen Positionen arbeiten", sprach die Frau den alten Mann an, nachdem er verstummt war.

„Eine Petition dagegen würde doch die Frauen dann bevorzugen!", schrie er wiederum zurück. Seine Stimme war voller Hass.

„Nein. Sie sorgt nur für eine Gleichberechtigung."

„Aber wie? WIE geeeeht das in einer Petition die sich nur mit den Frau-en befasst? Das diskriminiert die Männer."

Die Rednerin blickte kurz zu Boden und kniff die Lippen zusammen: „Es ist keine Diskriminierung der Männer, es ist eine Fokussierung auf Frauen", entgegnete sie kühn. „Es bedarf diesen Schritt, weil Frauen im Nachteil sind."

Johnny musterte sie nun genauer. Ihr helles Haar glich dem Teint ihrer Haut. Ihre winterblauen Augen waren leicht umrandet von schwarzem Kajal. Unterbewusst war er in die Box getreten und reihte sich in die Reihen der Zuhörer ein. Er verstand langsam das Anliegen der Rednerin und suchte in seinem Kopf hektisch nach einem passenden Moment, irgendeine passende Erinnerung, welche die Bedeutung des Themas belegte. Doch die junge Frau kam ihm zuvor: „Niemand hat etwas gegen Frauen, aber durch die jahrelange Besetzung aller Positionen ist die Welt UNBEWUSST für Männer ausgerichtet worden. Das erkennen Sie nur, wenn Sie das Offensichtliche voller Bedeutung ausblenden und selbstständig nachdenken. Ich weiß, dass das schwierig ist, aber nur weil beispielsweise bei einer Bewerbung die Geschlechter gleich betrachtet werden, ist unsere freie Welt nicht automatisch immer fair."

„Denken wir im Moment nicht nach?", fragte der alte Mann zornig nach. Er ignorierte das Eigentliche.

„Doch." Die Antwort klang ernüchternd. Erneut blickte sie auf den Boden. Erst jetzt sah Johnny, dass dort ein Timer ablief, welcher genau in diesem Moment auf null sprang. Die Box färbte sich rot, der Mann grunzte: „Die Gesellschaft sieht in Ihrem Anliegen keine Relevanz! Jetzt ist bewiesen, dass man Ihnen zugehört hat, wie Sie es verlangt haben, aber Sie sich wohl nur etwas eingebildet haben." Triumphierend machte der Gegenredner kehrt und verließ die Box mit einem Lächeln auf den Lippen und einem zügigen Schritt.

Johnny schaute ihm nach, ohne dabei seine Füße zu bewegen. Er war wie am Boden festgeklebt. Nachdenklich wandte er sich wieder um, mit seinem Blick auf der Suche nach der jungen Frau, welche wie vom Erdboden verschluckt schien. Er wanderte mit seinen Augen über die kahlen Wände, noch immer imponierte ihm diese These, die er eben vernommen hatte. Johnny Matteo hatte so etwas zum ersten Mal gehört.

Urplötzlich tauchte direkt vor ihm die Frau auf. Johnny starrte sie erschrocken an. Verwirrt, mit leicht geöffnetem Mund und großen, leuchtenden Augen erinnerte er in diesem Moment optisch an ein Auto. Ähnlich nahm ihn seine Gegenüber wahr.

„Sie denken gerade zum ersten Mal über dieses Thema nach, oder?", fragte sie ihn geradeheraus und durchbrach die peinliche Stille.

„Ja."

„Sie wundern sich, dass ich derartige Dinge ohne wirkliche Bedeutung für alle frage und über Themen wie Frauen in Führungspositionen spreche, oder?"

„Ja."

„Sie haben viele Fragen im Kopf und können Sie nicht zuordnen, weil Sie etwas versuchen zu verstehen, was Sie noch nie gesehen, gehört oder angefasst haben, oder?"

„Ja."

„Sie denken, dass Sie noch nie jemanden haben sagen hören, dass Frauen doof seien, aber dennoch kennen Sie keine Frau in Ihrem Umfeld, die Sie ‚Chef' nennen und Sie sehen auch keine Frau in den Medias. Alle Frauen, die Sie kennen, machen irgendwas für irgendwen, oder? Für einen Mann, oder?"

„Ja."

„Sprechen Sie es ruhig aus. Was fragen Sie sich?"

Eine erneute, lange Denkpause erfüllte die immer noch rot gefärbte Box. Die junge Frau schaute Johnny tief in seine Augen, während ihre dabei herausfordernd funkelten. Obwohl sie Johnny Matteo nach oben anschauen musste, fühlte sie sich in diesem Moment überlegen.

Johnny durchbrach seine Abwesenheit und schaute schließlich zu ihr herab. Er blinzelte mehrmals, ehe er ihrer Aufforderung stammelnd nachkam: „Als die Rednerin können Sie mir meinen Besuch hier quittieren. Ich möchte am Ausgang keine Wachstumsquotensteuer zahlen."

Die blondhaarige Frau machte keine Anstalten auch nur irgendwas zu tun. Mehrere Sekunden blickte sie Johnny weiter in die Augen und versuchte aus ihm schlau zu werden. In der mittlerweile menschenleeren Box vernahmen beide nur das Surren der Beleuchtung. Dreizehn… Vierzehn… Wie vom Blitz getroffen zog sie auf einmal einen kleinen Block samt silbernen Stift hervor.

„Name?"

„Johnny Matteo."

Sie trug die Antwort hastig auf die dafür vorgesehene Linie ein und riss den Beleg ab.

„In der *DancingDiscotheque* am morgigen Abend um einundzwanzig Uhr", entgegnete sie schließlich und drückte ihm die Quittung in die Hand.

Johnny blickte hinterfragend auf diese, doch dort stand nur sein Name und der Vordruck, dass er hier gewesen sei. Ihm blieb nichts von seiner flüchtigen Bekanntschaft, als dieser eine Satz. Nachdem er sich innerlich kurz geordnet hatte, verließ er die Box, in welcher mittlerweile ein Jugendlicher eingezogen war. Er schien ein Movie von den letzten Hinrichtungen der Parteivorsitzenden zeigen zu wollen. Johnny gab ihm nur die fünf grünen Minuten. Wer hatte heutzutage schon Zeit sich zwei Stunden so etwas anzugucken?

Vorbei an den beliebten Vorträgen der Astrophysiker über den gerade erste entdeckten Planeten Neun, die Besiedelung des Mars sowie dem dazugehörigen Eignungstest der Raumfahrtbehörde schritt der immer noch nachdenkende Johnny Matteo in Richtung des Ausganges. Lediglich die letzte Box auf seinem Weg ließ ihn kurz zögern: Thomas DeMacy befand sich als Redner in ihr und spoilerte den Leuten umfangreich in seiner gewohnten Art alle möglichen Movies und TV-Shows, damit diese Zeit sparen konnten, ohne etwas zu verpassen. Obwohl Johnny das gerne gehört hätte, begab er sich schließlich unter dem Torbogen des *Freeway*s hindurch auf die Straße der Innenstadt. Während sich der Timer im Raum mit der Hinrichtung-Movievorstellung im Hintergrund dank Johnnys Schritt auf die Straße grün färbte, hatte er nur eines vor: Über Frauen nachdenken.

Der Club

Schon von Weitem erkannte Johnny Matteo die lange Schlange vor der *DancingDiscotheque*. In einer perfekten Linie hielten die Besucher identische Abstände zueinander. Mit einem solchen reihte er sich hinter den anderen Leuten ein. Nun stand er da. In dieser Schlange.

Um ihn herum herrschte eine gespenstische Stille. Die pechschwarze Nacht, durchbrochen von dem schwachen, farbigen Schein der Leuchtbuchstaben über dem Eingang des Etablissements, unterstrich die besondere Atmosphäre, welche vor diesem Club herrschte.

Es war nur einer von vielen. Quer verstreut durch das ganze Stadtgebiet zierten immer wieder solch quadratischen Betonblöcke die leere Weite einer überdimensionalen Parkfläche, welche zwischen den funktionalen Wohnbauten hervorragten.

Johnny wartete. Sein Blick fiel unweigerlich auf die Garderobe der vor ihm Stehenden. Sie alle trugen etwas, was ihrem optischen Herausstellungsmerkmal am gerechtesten wurden. Ein muskulöser Typ trug ein Tanktop, eine etwas korpulentere Dame sehr viel Schminke. Sie schien nicht viel Selbstbewusstsein zu besitzen. Weiter vorne erkannte Johnny einen braunhaarigen Jungen, welcher ein Shirt mit einem roten Pfeil trug. Er zeigte direkt auf seinen Schritt.

All diese Menschen hatten eines gemeinsam: Sie waren alleine hier. Hoffnungsvoll schienen sie auf der Mission zu sein, den zweiten großen Auftrag für die Gesellschaft neben der Arbeit zu erfüllen: Einen Partner zu finden und sich fortzupflanzen.

Discotheken erlebten in dieser Welt ein ständiges Auf und Ab. Schuld daran war der wohl ausgearteteste Streit der politischen Geschichte. Die Kultur, dauerhaft überschattet von der Frage ‚Was soll das denn bedeuten?', erfuhr vor langer Zeit ihren Anfang vom Ende in der Kunst. Alles wich dem Grauen, dem Einheitlichen. Design und Ästhetik wurden neu definiert, ebenso andere Kunstformen. Die Music folgte prompt auf die Kunst. Wer brauchte schon Concerts? Menschen, die viel zu auffällig zu viel Geld verdienten, täten der Gesellschaft nicht gut entschieden die Menschen, die viel zu heimlich zu viel Geld verdienten. Talentierte Superstars waren out.

Aber die Clubs, die hatten seit jeher eine umstrittene Bedeutung. Dienten sie einst dem hemmungslosen Besäufnis und der unkontrollierten Flucht vor seinem Selbst, so wurde empirisch belegt, dass dies dennoch ein Vorteil hatte: überproportional viel sexuelle Spannungen, welche in diesen entstanden. Die Rechten erkannten damals das Potenzial und schenkten der Bevölkerung während ihrer einzigen Amtszeit die Partys. Zumindest den Leuten, die eine regionale Abstammung ihres Namens nachweisen konnten.

Discos als Ort, an dem man die Person für das Leben finden soll. Johnny gefiel das. Er hatte genaue Vorstellungen von diesem Abend, von dieser Nacht. Eine Einladung einer attraktiven jungen Dame in die Bumsbude der heutigen Gesellschaft, deutlicher hatte er selten etwas verstanden.

Vorbei an der automatisierten Einlasskontrolle betrat er den spärlich beleuchteten Raum, in welchem ihm die Trompeten aus dem Meisterstück Let's Dance empfingen. Die Music von David Bowie war hintergründig, nahezu leise für den großen Raum. Vordergründig sollten hier Gespräche stattfinden, sollten sich Suchende finden. Künstlich-romantisch untermalt von den roten Leuchtstoffröhren, welche ebenfalls ihre empirische Daseinsberechtigung genossen.

„Ein Glas Milch", gab Johnny dem Barkeeper zu verstehen, während er krampfhaft versuchte maximal perfekt zu stehen. Seinem Date würde es gefallen, dachte er. Ebenso wie seine Klamotten. Es waren die gleichen graubraunen Sachen, die er auch in ihrer Box auf dem *Freeway* getragen hatte. Sie sollte sehen, dass er immer und überall besonders war und sich nicht wie alle anderen nur für besondere Anlässe herausputzte.

„Machst du das eigentlich mit Absicht oder ist man einfach so?"

Johnny verschluckte sich fast an seinem ersten Zug Milch, die er gerade eben serviert bekommen hatte. Unkontrolliert drehte er sich herum und blickte der Blondine entgegen, welche sich so ganz und gar nicht schön vor ihn gestellt hatte. Mit einem hämischen Grinsen und leicht zur Seite geneigtem Kopf drehte sie eine Strähne von ihrem Haar in den Fingern lockig. Sie sah viel frecher aus als gestern. Eine enge, dunkle Jeans hob ihr helles Seidenoberteil hervor. Johnny störte sich unmittelbar an dem ‚Destroyed-Look' der Hose.

„Schon verstanden, du weißt mal wieder nicht was du sagen sollst. Ich stand dort drüben, genau neben dem Eingang." Mit einer schnellen Geste deutete sie auf ein Stück blanke Wand neben einem der roten Samtvorhänge, welche den Türbogen zierten. „Ich habe auf dich gewartet und hätte drauf wetten sollen, dass du um Punkt einundzwanzig Uhr hereinkommst."

Mit großen Augen und fasziniert von ihrer Selbstsicherheit setzte Johnny erneut das Glas Milch an seine Lippen und nahm einen Schluck. Er ahnte, dass dieser Abend kein leichter werden würde. ‚Mut' wäre hier das Stichwort gewesen, leider kannte Johnny es nicht.

„Smalltalk üben wir nochmal", entgegnete seine Gegenüber lachend, während sie Johnnys erneuten Schock in ihrer Gegenwart bewunderte. „Was interessiert dich an mir?"

„Inwiefern arbeiten Sie für unsere Gesellschaft?", entgegnete Johnny Matteo wie aus der Pistole geschossen. Er hatte diese Frage im Internetratgeber für Discobesuche gelesen.

„Wollen wir uns nicht erstmal dort drüben auf die Sessel setzen?" Ohne auf eine Antwort zu warten, zog sie Johnny an einem Arm durch den Raum und über die schwach besuchte Tanzfläche hin zu einer mit schwarzem Leder überzogenen Couch. Johnnys Verunsicherung nahm zu. Während er der Zugkraft nachgab und hinter seiner Abendpartnerin her stolperte, gab ihm die geordnete, ruhige Umgebung neue Kraft. Er war schön. Er war wie geschaffen für die Welt. Da würde er doch wohl einen Smalltalk führen können.

„Ich arbeite in der Mediaworld. Abteilung Education. Beim Movie", wurde Johnnys Frage just nach dem Hinsetzten beantwortet. „Und du arbeitest jetzt mal dran, mich zu duzen."

„Du meinst das Science-Movie?", fuhr er ihr unsanft entgegen. Leicht peinlich berührt von seinem Vorstoß verdrängte er dieses Gefühl postwendend. Sie hatte einen wichtigen Zusatz vergessen und er hatte Fehlinformationen unterbunden. Das war seine Aufgabe als schöner Mensch, denn wer würde schon beim altmodischen ‚Entertainment-Movie' arbeiten. Sowas gab es nur aus Erzählungen.

„Nee, wissenschaftlich ist das garantiert nicht, was wir da machen. Ich meine, wir restaurieren Geschichte. Ich spiele irgendeine Frau über die es einzelne Fragmente gibt, beispielsweise wo sie kurz vor einer Schlacht gelebt hat und wo danach, und alles dazwischen denken wir uns aus. Davon stimmt garantiert nicht mal die Hälfte! Und das nennen wir dann Education und alle gucken es sich an." Die blonde Frau schüttelte abfällig ihren Kopf. Johnny erkannte ihren Unmut sofort. Ihre unruhige Art, ihr belangloses Gerede. Die Mediaworld war durch und durch erkennbar in ihr. Und das wirkte.

„Die Science-Movies sind wichtig. Jeder bildet sich gerne fort. Nur so verstehen wir die Gesellschaft und können sie in eine neue Richtung entwickeln. Deine Arbeit ist unglaublich wichtig." Johnny warb mit Nachdruck für mehr Wertschätzung dessen, was er selbst so gerne schaute.

„Johnny Matteo." Sie blickte ihn ironisch verbittert an. Er verstand es nicht. „Weißt du, warum wir Geschichte restaurieren müssen?"

„Nein."

„Weit vor dem dritten Weltkrieg rief eine Partei zu einer erinnerungspolitischen Wende um einhundertachtzig Grad auf. Jegliche Aufzeichnungen wurden vernichtet. Der Blick der Geschichte ging nicht mehr nach hinten, er ging nach vorne. In die Zukunft. Jahrzehnte später begann man sich zu fragen, was vor dem dritten Weltkrieg gewesen sei. Einzelne Bookpages, wenige Sekunden Movie und vieles anderes wurden gesammelt und es wurde versucht alles in einen Zusammenhang zu stellen. Der Blick in die Zukunft alleine mündete im Krieg, man war sich uneinig über die Richtung. Aber was, wenn man die falsche Richtung schon ausschließen kann? Dann kann es doch nur gut werden."

„Welche Partei war das?", unterbrach Johnny sie. Sein Interesse war geweckt: Er konnte sich fortbilden.

„Keine Ahnung. Die waren so extrem, die haben sich durch ihre erinnerungspolitische Wende direkt selbst in Vergessenheit gebracht und abgeschafft. Irgendwelche Positionen, die den Taten entsprachen, die man verdrängen sollte als Volk. Ganz komische Bande", antwortete sie. Ihr Blick verweilte für einen kurzen Moment auf Johnnys Gesicht. Er schien keine Anstalten zu machen noch weiter zu fragen. „Auf jeden Fall kann es eben NICHT gut werden. Wir wissen nahezu nichts! Wir denken uns Geschichte aus. Und die, die vorgeben, was wir in unseren Movies spielen, was wir als wissenschaftlich verkaufen, genau die nehmen auf die Gesellschaft Einfluss! Die bestimmen durch ihre Art, also über was sie wie berichten, welchen Weg wir in Zukunft einschlagen. Das ist Politik! Politik ist nicht wissenschaftlich und eben deswegen arbeite ich nicht beim Science-Movie. Verstanden?"

Johnny gaffte sie verwundert an: „Nein."

„Ich habe es nicht anders erwartet", zuckte sie mit den Schultern. „Politik ist nicht nur am 16. Tag wählen und das Thema aussuchen. Politik ist das, was sie dir nicht erzählen. Verstanden?"

„Nein", schüttelte Johnny erneut den Kopf. Er kam nicht mehr mit.

„Das wirst du schon noch."

Johnny zögerte: „Woran erkenne ich wann?"

„Fragst du dich, warum ich um alles in der Welt so viel rede und über Sachen spreche, von denen du noch nie etwas gehört hast?"

„Ja."

„Dann hast du bereits damit begonnen."

In Johnnys Kopf begann sich langsam alles zu drehen. Zunehmend verwirrt, versuchte er seine Gedanken zu ordnen. Wie kann man um Alles auf der Welt herum sein und reden? Er wollte doch nur eine Partnerin kennenlernen... Einen Schluck Milch und einen tiefen Atemzug später setzte er sich wieder aufrecht auf die Couch. Unbewusst war er während des Vortrages seines Dates in sich zusammengefallen, er schien zu zerbrechen. Es war nicht so, dass er nicht verstand, was er da hörte, nein. Es war für ihn schlicht unbegreiflich. Dinge über die er nie selbst nachgedacht hätte.

„Werden wir heute noch Sex haben?", fragte er seine Gegenüber schließlich geradeheraus und besann sich auf das, was ihm noch klar erkenntlich war.

Sie lachte kurz laut auf und grinste ihn nahezu stolz an. „Du kommst jetzt erstmal mit! Ich will dir was zeigen."

Die Nacht

Die Frage, ob sein Date wirklich noch eines war, drehte sich unaufhörlich in Johnny Matteos Kopf umher. Ein eigenartiges Gefühl beschlich ihn zunehmend. Ein nicht definierbares. Er empfand starke Zuneigung für die blonde Frau. Ohne Frage war sie unglaublich attraktiv, aber Johnny vernahm nicht nur eine körperliche Anziehung. Da war etwas in ihm. Ein Interesse an ihrer Art. Was sie sagte, übte Faszination auf ihn aus. Wie sie mit ihm umging, imponierte ihm. Ihr Charme, ihre Fähigkeit ihm anscheinend etwas bieten zu können, wovon er noch lernen könne, all das machte sie zunehmend zu seiner Begierde. Er wollte sie so gerne verstehen, aber er konnte nicht. Er verstand ja nicht mal sich selbst: Lehnte er die Unruhe doch sonst immer ab, mochte er doch so sehr eigentlich das Geordnete, das Strukturierte.

Johnny begann nervös zu werden. Er verstand sich nicht, er verstand die Welt nicht. Die Einheitlichkeit, das ewig Graue in ihm schien endlos lange nach einer Kompatibilität zu suchen. Wie in Trance folgte er der erneuten Anweisung ihr zu folgen. Schnellen Schrittes führte sie ihn, diesmal ganz ohne Zerren, entlang des seitlichen Ganges an der Tanzfläche vorbei und um die Bar herum. Johnny sah, wie der Barkeeper seiner Flamme zunickte. Er dachte kurz nach, aber beschloss dieser Geste nicht allzu viel Bedeutung beizumessen.

„Bereit?", überrumpelte sie Johnny voller Euphorie, als sie vor einer unscheinbaren, schwarzen und schweren Tür zum Stehen kam und sich schnell zu ihm herum drehte. Ohne auf eine

Antwort zu warten, legte sie beide Hände an den Türgriff und zog energisch an diesem. Langsam schwang die Tür auf.

Johnny blinzelte. Ein Blitzlichtgewitter kam ihm entgegen, Bässe begannen in seinen Ohren zu wummern.

„Schnell!", wurde er angewiesen, ihr durch den Spalt zu folgen. Johnny kam dem nach und setzte einen ersten Schritt auf die oberste Stufe einer engen Treppe, welche durch einen dunklen Gang hinunter in die auf Johnny Matteo immer stärker wirkenden blauen Lichter und weißen Blitze führte. Während hinter ihm die letzten Klänge der behaglichen Dancemusic den Weg in sein Ohr fanden, blickte Johnny ein letztes Mal genau dahin zurück. Die sanften Lampen, welche ihm oben die Ruhe gegeben hatte, die er in dieser Nacht so dringend brauchte, erfüllten ihn, doch mit einem Schwung fiel die Tür ins Schloss zurück. Ruckartig löschte sich die Flucht zum Ruhepol aus seiner Wahrnehmung. Stattdessen dröhnten nun ganz unbekannte Beats in seinem Schädel. Schnelle, dumpfe, taktangebende Töne wechselten sich in einem enormen Tempo mit einem hohen, handschlagartigen Sound ab. Eine Frau sprach schnell und melodisch über dem Beat. Intuitiv hielt sich Johnny die Ohren zu. Er vernahm Lärm. Es schmerzte. Dazu dieses Licht. Alle paar Sekunden rotierte ein Scheinwerfer direkt in seine Augen und nahm ihm die komplette Sicht.

„Hier entlang!", schrie ihm die Stimme der blonden Frau ins Ohr. Johnny hatte Probleme seine Umgebung zu erkennen.

„Du gewöhnst dich daran, dauert ein paar Minuten!", setzte sie nach.

Langsam begann er ein Muster zu erarbeiten, in welchem Moment der Scheinwerfer sein Sichtfeld treffen würde. Jetzt. Er blinzelte. Vorbei. Er guckte. Links von ihm sah er einen Tresen.

Ein alter, ganz in schwarz gekleideter Mann saß dort. Jetzt. Blinzeln. Vorbei. Vor einem Glas. Er saß ganz geknickt, wirkte seines Körpers nicht mächtig. Johnny fragte sich. Jetzt. Blinzeln. Vorbei. Er fragte sich, ob er etwas von diesem Alkohol getrunken hat. Angeblich gab es ihn noch. Früher wurde er bei sogenannten Partys genutzt. Jetzt. Blinzeln. Vorbei. Der Tresen sank an einer Stelle deutlich ab. Mindestens einen halben Meter. An dieser Aussparung erkannte Johnny eine sehr alte Dame in einem Rollstuhl. Ganz in rosa gekleidet. Jetzt. Blinzeln. Vorbei.

„Das ist Instagram-Ina!", rief seine Begleiterin ihm ins Gesicht, als sie vernahm, dass Johnny sein Blick durch den Raum streifen ließ. „Sie ist die letzte lebende Person, die mal in einem Gefängnis saß. Sie war Influencerin, das fand das System aber mal so gar nicht geil! Habe ich über die Arbeit herausgefunden."

„Was ist ein Gefängnis?", sagte Johnny viel zu leise. Jeder der ihn ansah, vernahm wohl nur eine Lippenbewegung.

„Sie ist dreiundneunzig Jahre alt!" Mit einer auffordernden Handbewegung bekam Johnny zu verstehen, dass er ihr zum Tanzen folgen sollte. Er gab nach.

„Ich bin übrigens Sarah. Sowas zu wissen ist wichtiger als ihr alle denkt. Hättest du ruhig mal fragen können!"

Sarah fing an, sich unglaublich sicher rhythmisch zu der Music zu bewegen, während Johnny verklemmt einen Schritt nach links und wieder einen nach rechts machte. Er kam mehrmals mit der Taktgeschwindigkeit durcheinander und stoppte in seiner Bewegung. Der Disco-Internetratgeber ersetzte nicht die Praxis. Verunsichert von seinem zunehmendem Kontrollverlust, begann er zu schwitzen. Das Licht, die Music, die Bewegungen, was offensichtlich alles zu den wenigen, anderen

Menschen hier unten passte, machten ihm zu schaffen. Er sah gegenüber Sarah aus wie ein Idiot, dachte er. Er hatte Recht damit.

Sarah ließ ihre Arme um sich schwingen und setzte ihre Hüfte in Szene, ohne dabei den Blick von Johnny zu lassen. „Instagram-Ina war jahrelang oben in der *DancingDiscotheque*. Da stand sie dann immer mit ihrem Rollstuhl an der Bar. Stundenlang starrte sie auf die Holzvertäfelung vor ihrer Nase, während die Tresenfläche einen halben Meter über ihrem Kopf war. Getrunken hat sie da nie was. Nur weil sie reingelassen wurde, dachten alle, dass man ihr damit doch den Weg in die Gesellschaft geöffnet hätte. Hier unten ist sie besser dran."

Johnny verstand nur die Hälfte. Obwohl sich Sarah extra zu ihm vorgebeugt hatte, wusste er immer weniger, worauf er sich zu konzentrieren hatte. Er schaute neben ihr weg, über ihre linke Schulter hinüber. Im Hintergrund sah er einen dürren Mann. Eine weite, hellbraune Hose hörte über seinen Knöcheln auf, die weißen Lichtblitze ließen erkennen, dass sein Sakko dunkelblau war. Er trug es offen über seinem ansonsten nackten Oberkörper. Eine Kette sprang auf diesem auf und ab. Er trug eine quadratische Sonnenbrille. Silbernes Gestell. Sehr eigenartig. Er knutschte wild mit einem Mann herum. Seine weißen Schuhe waren perfekt gesäubert.

„Der alte Knacker neben ihr, das ist Pastor Prüde. Alkoholiker." Sarah missachtete, dass Johnnys Fokus ganz offenbar nicht mehr an der Bar lag. „Und was für einer! Die eine Hälfte seines Lebens nur am Saufen, die andere davor nur am Predigen. Hat immer Schulden, sein Geld muss er unserer freien Welt zahlen. Betrug und so. Keine Ahnung, wo er das Geld her hat."

Johnny wurde zunehmend wärmer. Der nächste Song war nicht wirklich besser, erneut beschallten ihn unangenehm überladene Geräusche, die ihn an seine *Electronic Voice* von zuhause erinnerten.

„Hier unten sind alle. Alle, die da oben nicht reinpassen. Jeder sieht uns, keiner nimmt uns wahr. Wir passen nicht rein, haben keine Bedeutung, sehen Dinge anders, haben keine Chance." Sarah überrannte Johnny unaufhörlich weiter mit den ungefragten Informationen. „Deswegen bist du hier. Du hast auch keine Chance in der Gesellschaft, weil du ein Teil von ihr bist Johnny!"

Eine Nebelmaschine verhüllte die Tanzfläche. Johnny suchte nach dem Ursprung der Music. Wer suchte hier die Songs aus? Wo kam der Nebel her? Immer mehr Blitze und grelle Lichter vernahm er um sich herum. Sarah brüllte ihn an. Von allen Seiten wurde er gestoßen, wurde berührt. Alle machten Sachen, saßen herum, sprangen umher, schrien die Lyrics mit. Alle machten etwas Anderes. Es war hektisch. Es war heiß. Es war grell. Es war bunt. Es war unruhig. Es war unschön. Chaos. Da hinten! Ein kleines Schild. Toiletten. Johnny taumelte um Sarah herum. Schritt schwankend an einem überdimensionalen Subwoofer vorbei. Seine Augen brannten. Seine Ohren schmerzten. Seine Stirn war nass.

Sarah zog an ihm: „Johnny! Wo willst du hin?"

Er atmete tief. Er hustete. Ihm wurde schlecht. Die Milch kam ihm hoch.

„Bleib hier Johnny. Wir wollen zusammen Spaß haben. Du bist wichtig! Wir brauchen dich!"

In seinem Kopf erklang die Fanfare von Bowies Let's Dance. Verzerrt. Er sah sich, starr stehend an der Bar oben. Es war so ruhig.

Der Bass, er war so laut. Das blaue Licht. Die Blitze.

Die Unterhaltung oben. So ruhig, man verstand alles.

Der Lärm. Die Schmerzen.

Hastig fiel er die letzten Schritte nach vorne, drückte mit seinem Oberkörper die Toilettentür auf und sank durch den Schwung auf dem Boden nieder. An der weißen Kachelwand vor ihm spiegelten sich die Lichtreflexionen des Clubs. Der Hölle. Der Eingang zur Toilette verschloss sich. Die Tür trennte ihn. Er atmete schnell. Schweiß tropfte von seinem Kinn auf seine mittlerweile angewinkelten Beine. Er saß erschöpft auf dem Boden. Das weiße Licht, erzeugt durch die einfachen Leuchtstoffröhren an der Decke, erfüllte den Waschbereich. Es war steril hier. Alles war einheitlich. Lediglich die dumpfen Bässe schallten von draußen durch die Tür herein, dennoch war es nahezu still. Johnny Matteo vernahm das nicht, seine Ohren piepten. Ein langer, immer gleicher Ton durchdrang seinen Schädel. Sekunden vergingen. Er blinzelte ein paar Mal.

Johnny stand auf und ging ans Waschbecken. Er zog sein Oberteil gerade und wusch sich die Hände. Auch das Gesicht. Er richtete seine Haare und dehnte seinen Rücken durch. Geradestehend trocknete er sich mit einem Papierhandtuch ab und erstarrte wunderschön. Er wartete, dass sich sein Atem beruhigte. Er blickte in den Spiegel. Die Farbe in seinem Gesicht entwich langsam. Seine Blässe, die kühl gefärbten Lippen kehrten zurück, der Glanz auf seiner Stirn erlosch, die Schweißperlen verdunsteten. Er schaute sich an. Ohne Mimik. Ohne Gedanken. Seine Arme fielen wie ein Lot in Richtung Boden.

Neunzig Grad Drehung links. Drei Schritte geradeaus. Er atmete durch und stieß die Toilettentür auf.

Sarah legte ein triumphierendes Lächeln auf ihre Lippen. Mit verschränkten Armen stand sie da, den Blick geradeheraus und herausfordernd. Eines ihrer Beine war stehend dem anderen übergeschlagen und leicht eingeknickt. Eine Hand berührte sie auf der Schulter. Es war wie ein Gruß, wie eine Beglückwünschung. Sarah kannte diese Geste, in ihrer engen, kleinen Welt war sie Standard.

Die Tür schwang auf und Johnny Matteo blickte wie Johnny Matteo heraus. Aber nur eine Sekunde. Dann schaute er wieder wie ein Auto. Sarah hatte ihn genau wegen dieses Blickes mitgenommen. Die Bereitschaft sich faszinieren zu lassen. Das unvoreingenommene Unverständnis dessen, was er gerade sah. Der krampfhafte Versuch allem eine Bedeutung zuzuschreiben, alles mit Erlebtem zu vergleichen. Die Verzweiflung, der Schock, wenn es nicht passte. Er war perfekt. Er war derjenige, der verstehen würde. Den man retten konnte. Den man zum Leben bringen konnte.

„Hallo Johnny", entgegnete der dürre Mann mit dem blauen Sakko und der Kette. Seine Sonnenbrille hatte er abgenommen. Johnny blickte sichtbar hinunter auf seine weißen Schuhe, dann wieder in sein Gesicht. Er war komplett von der Rolle. Die Music: aus. Das Licht: normal. Die Tanzenden: Aufgereiht vor der Toilettentür. Instagram-Ina und Pastor Prüde: Noch immer an der Bar und sehr betrunken.

„Was hast du gerade gemacht Johnny?", hakte der Fragesteller höflich nach. Er klang ganz ruhig, sprach ganz langsam. Es passte nicht zu seinem vorigen Verhalten auf dem Dancefloor vor ein paar Minuten.

Johnny überlegte. Es dauerte. Er stand noch immer wie eine Eissäule da.

„Ich war in dem Waschraum. Ich habe mich gewaschen."

„Wieso Johnny? Welche Bedeutung hatte das? Eine Toilette ist für Toilettengänge da. Du warst nicht auf Toilette. Und schmutzig warst du auch nicht."

Wieder wurde er ruhig. Johnny Matteos Pupillen wanderten über die Gesichter der vor ihm Stehenden. Es waren vier Leute. Der Rest saß verteilt im Raum.

„Mir ging es nicht gut."

„Brauchtest du eine Pause?"

„Ja."

„Aber wir brauchten dich doch? Du hast der Tanzgemeinschaft geschadet. War das falsch?"

Der schmale Typ bekam keine Antwort. Er schaute belustigt. Er wusste, dass er Johnny seinen Widerspruch aufzeigte und er wusste, dass Johnny begann das auch zu wissen. Er konnte diesen kleinen Systemling nach Belieben ausspielen.

„Du bist geflüchtet. Vor der Unruhe, vor dem Chaos", setzte er nach. „Johnny! Weißt du, was du gerade gemacht hast? Du hast das erste Mal dich selbst über eine vermeintliche Gesellschaft gestellt. War das richtig?"

Die eingeplante Pause seiner rhetorischen Frage beendete er mit der passenden Antwort selbst: „Jaaha!"

Johnny Matteo blickte zu Boden. Er verstand es. Er verstand, was ihm dieser Mann da erzählte. Er verstand, dass die letzten Minuten nicht in das gepasst hatten, was man von ihm erwartet hätte. Geknickt wie ein kleiner Junge, versuchte er krampfhaft sich selbst sein Handeln zu erklären. Aber er konnte es nicht. Er war doch schön. Aber es war doch eben gerade so ganz und gar nicht schön, schön zu sein. Das Unverständnis in ihm erstickte seinen Kopf. Es gab keinen Ausweg, keinen Ruhepol.

„Ich bin Äx", grinste ihn sein Gegenüber schließlich an und erlöste ihn. Er trat einen Schritt aus der Reihe hervor und hielt ihm seinen ausgestreckten Unterarm entgegen. Seine Stimme nahm Fahrt auf: „Und du wirst mir jetzt die Hand geben, weil sich das für einen Menschen so gehört verdammte Scheiße."

Der Plan

Hannah W. konnte nicht stillstehen. Sie schritt auf und ab, von der Fensterfront zur Wand und wieder zurück. Der Kanzler blickte stumm auf einen Punkt. Alle paar Sekunden lief sein Mediacoach vor der schönen, braunen Flügeltür entlang und füllte seinen Fokus mit Leben. Die Tür war geschlossen. Krisensitzung.

„Die einzige Option, die uns bleibt, ist etwas Außergewöhnliches. Etwas Neues", nahm Hannah den Faden auf.

Ihr Chef knirschte nur unentschlossen zurück: „Etwas neues stört die Gewohnheit der Menschen."

„Denken Sie an die Einführung der Schnellspur auf dem Traffic-Circuit. Ein unterschiedliches Tempo auf derselben Straße, an derselben Stelle und dennoch gab es seit dem ersten Tag nicht eine Petition dagegen. Die Menschen akzeptieren außergewöhnliches. Genau wie damals bei der Einführung von Bananen. Obwohl es schon Äpfel gab!"

Der Kanzler stand vor einem nachhaltigen Problem. Seine treue Zuarbeiterin hatte die neusten Beliebtheitsanalysen seiner Person vorgelegt. Sie waren grottenschlecht. Die Waffen kamen nicht sonderlich gut an. Die toten Eisbären nachträglich auch nicht, nachdem sich herausgestellt hatte, dass es Babytiere waren.

„Die Schnellspur war eine Erfindung der Polizei, um mehr Geld zu verdienen", schüttelte er den Kopf. Er empfand ihre Vergleiche als überflüssig. Als ob er die Präzedenzbeispiele nicht selbst kannte.

Hannah unterbrach ihren Spaziergang und schaute ihn grübelnd an. Er bemerkte es und ließ seine Augen über ihr Gesicht wandern. Sie zuckte mit den Schultern nach oben, der Kanzler mit den Augenbrauen.

„Stimmt das? Wieso ist sie das?", fragte Hannah schließlich genervt.

Der Kanzler verstand ihr Problem nicht. Dennoch bewahrte er die Ruhe: „Auf der Schnellspur gilt die gleiche Tempovorgabe."

Sie wirkte positiv überrascht und setzte ihre einfältige Tour durch den Regierungssaal fort.

Plötzlich klopfte es an der Tür. Der Kanzler betätigte den grünen Knopf an seinem Schreibtisch und gab damit zu verstehen, dass er den unangemeldeten Besuch empfangen wollte. Hannah verzog sich auf einen der Stühle. Die Geste Gäste zu empfangen war für sie mehr als eindeutig, inwiefern er sich des Problems seiner, aus ihrer Sicht, üblen, beruflichen Zukunft bewusst war. Selbst schuld, dachte sie sich. Sie würde ihm nicht beiseite stehen, wenn er in Ungnade beim Volk fallen würde. Aktuell folgten ihm noch alle registrierten Menschen der freien Welt auf seiner *MOK*-Site, dachte sie. Mal sehen wie lange noch.

MenschenOnlineKennenlernen war die wohl beachteteste Website im Internet. Fast alle Leute dieser freien Welt nutzten sie. Historynewschannels ohne Ende für alle, gesellschaftsrelevante Messages von bedeutenden Leuten für alle und der gläserne Chat, in welchem jeder Bürger offen einsehen konnte, wie sich die Politiker der einzelnen Parteien gegenseitig fertig machten. Ein Traum für das nach Dopamin süchtige Internet-Volk.

Vor dem Kanzler hatten erst fünf Amtsinhaber einen Follower verloren. Es dauerte keinen halben Tag, bis sie daraufhin unehrenhaft des Regierungssaales verwiesen wurden, obwohl sich in der realen Welt niemand dran störte. Likes und Follower. Diese Mischung war schon immer die wahre Essenz des Ansehens.

„Raus mit den Ausländern!", rief der eintretende Gast fröhlich in den Raum und riss Hannah aus ihrer dystopischen Vorstellung. Er war von der Partei *Die Rechte*.

„Ich habe den falschen Knopf gedrückt. Ich habe gar keine Zeit", entgegnete der Kanzler umgehend und energisch. Lügner. Er war von sich selbst überrascht. Starr lehnte er sich in seinem Chefsessel zurück und musterte den Kollegen. Verdutzt drehte dieser ab und verließ langsam den Raum. Vermutlich wollte er mit dem Kanzler über eine mögliche Koalition für dieses eine, von der Bevölkerung gewählte, Thema diese Woche sprechen. Wie jede Woche. Jede verdammte Woche kamen sie angekrochen und wollten so gerne etwas mitbestimmen, aber nie, ohne obligatorisch am Anfang irgendeinen themenfernen Müll zu skandieren. Der Kanzler stand darüber. Irgendwann würde er einem Entsandten seiner Hasspartei wohl doch mal die 16. Seite des Gesetzes dieser freien Welt ausdrucken, auf welcher die Regelung zur Aufhebung der Ländergrenzen verewigt war, welches vor ein paar Jahren verabschiedet wurde. Es war ein Meilenstein. Die Regierung rühmte sich nach der Verabschiedung damit, die strukturellen Ausländerfeindlichkeit abgeschafft zu haben. Mit nur einer Seite Papier. Weltklasse. *Die Rechte* war damals natürlich nicht anwesend. Strategiekonferenz. Auf einer Yacht. Im Südmeer. Alle neuen

Themen waren danach auch die alten und diverse bezahlte Plenarpraktikanten wieder arbeitslos.

„Das war ein gutes Stichwort", murmelte Hannah W. bewusst laut, während sie den Stuhl zurück stellte und sich die Schuhe enger zog. Sie hatten sich vom ganzen Laufen durch den Raum gelockert.

„Sie werden raus gehen!", stellte sie, wieder in Bewegung, ihre Überzeugung vor.

Der Kanzler beugte sich interessiert nach vorne und legte seine Unterarme auf der Tischplatte ab. Besonnen fragte er sie: „Aus diesem Regierungssaal heraus?"

„Aus diesem Gebäude heraus. Aus ihrem Amt heraus. Aus dem heraus, wie sie wahrgenommen werden."

„Dafür müsste ich mich verstellen." Die unterschwellige Kritik war in seinem Ton kaum zu überhören.

„Ja und nein. Sie bleiben der Kanzler. Aber nicht der Politiker, sondern der Mensch."

„Meinen sie eine Wahlkampfveranstaltung? Das ist nicht innovativ, das ist veraltet."

„Nein. Sie werden den Menschen begegnen und sie werden erkennen, dass Sie wie sie sind."

Der Kanzler dachte nach. Der Gedanke ließ in ihm ein Wettstreit zu. Was könnte er machen, um wie ‚die Menschen' zu sein? Und wie könnten ‚die Menschen' das trotzdem so werten, dass er politischen Nutzen daraus ziehen könnte?

Hannah krachte eindrucksvoll laut zwischen seine Gedanken: „Sie gehen einkaufen!"

„Das mache ich niemals. Dafür habe ich Bedienstete", verneinte er ihren Vorschlag entschlossen. „Was bezwecken wir grundsätzlich mit dieser Idee?", schlug er stattdessen einen neuen Gedanken vor.

„Ihren Absturz zu verhindern. Wähler zu überzeugen und Zustimmung zu erzielen."

„Nein. Wir wollen zeigen, dass es sich lohnt, mich zu mögen", gab der Kanzler sich die korrekte Antwort auf seine Frage selbst. „Es geht mir um Vertrauen und darum, Ängste zu nehmen. Ich werde raus gehen und den Leuten beweisen, dass sie keine Angst vor einem Waffeneinsatz aus dem Hinterhalt haben müssen. Dass ich nicht hier oben sitze und vergessen habe, wie Eisbärenbabys aussehen. Dass mich das interessiert, was wir schaffen. Die freie Welt, die Gesellschaft."

„Ja", stimmte Hannah ihm ungefragt zu.

„Ich gehe in den Lehr-Zoo."

„Sie reden endlich wie ein richtiger Politiker", fiel ihm sein Mediacoach verbal um den Hals. „Es erinnert mich an die Tage vor ihren Amtszeiten." Ihren Stolz hätte man noch viele Blöcke weiter vernehmen können.

Der Kanzler begann schon während der beweihräuchernden Bemerkung sein Vorhaben zu notieren. Er fasste den Kommentar Hannahs als mutmaßliche Ironie auf. Als einer der umfangreich gebildetsten Menschen der Erde war er in der Lage, zwei von zehn solchen ironischen Bemerkungen richtig einordnen zu können. Diesmal lag er daneben.

„Sie werden das nicht nur einmal tun", begann seine Strategin ihn über ihren Plan aufzuklären, welcher sich sofort in ihrem Kopf zusammensetzte. Für diese schnelle und präzise Arbeit und die logischen Verknüpfungen hatte der Kanzler sie eingestellt.

„Ich habe vor der nächsten Wahl zu viele Termine."

„Das werde ich Ihnen einrichten. Und Sie werden es nach der nächsten Wahl nochmal tun. Und nach der übernächsten auch."

„Es ist ungewiss, ob ich dann noch Kanzler bin."

„Das werden Sie sein. Die gesetzten Themen lagen Ihrer Partei in den letzten Wochen immer. Und diese Art von gesellschaftlichen Problemen werden auch in naher Zukunft behandelt werden. Die Partei hat Sie nicht abgesetzt, Sie erleben zunehmend eine außergewöhnlich lange Dauer auf diesem Stuhl. Bis eine Woche kommt, die Ihrer Partei nicht in die Grundsätze passt, haben wir Sie gesellschaftlich schon so integriert, dass Sie aufgrund Ihrer Sympathien trotzdem gewinnen." Hannah klang wie im Rausch. Die Bilder ihrer Worte schienen wie eine lebhafte Fantasie vor ihrem inneren Auge abzulaufen. „Wir werden Sie zum ewigen Kanzler machen."

„Wir verändern den Diskurs so, dass nur noch Sympathien im Vordergrund stehen?"

„Ja."

„Das ist Manipulation und das wird nicht funktionieren. Mein Charakter hat keine Bedeutung für meine Position", fasste er äußerst trocken zusammen.

„Nein", korrigierte sie ihn. „Das ist keine Manipulation, das ist Politik". Hannah W. grinste. „Das war schon immer so. Never change a winning team."

„Was soll das denn bedeuten?" Der Unmut des Kanzlers über den dramatischen Mediaworldimpact auf seine Beraterin nahm zu.

„Das ist ein Sprichwort. Über solche lief gestern ein neues Historymovie. Das ist wie ein Zitat."

„Und wer hat dieses formuliert?", heuchelte der Kanzler.

„Johann Wolfgang von Goethe. Das war ein Fußballtrainer."

Der Arztbesuch

„Dreiundvierzig Jahre." Der Doktor blickte während seiner Aussage nicht einmal von seinen Dokumenten auf. „Zwischen fünf bis siebeneinhalb Jahre könnten hinzukommen, sofern Ihr Sohn eine Arbeit aufnimmt, welche ihn körperlich nicht belastet."

Das karge, weiße Zimmer schluckte die anfängliche Euphorie von Leyla Hirandi mit diesen Sätzen sofort. Ohne zu zögern, zogen der Glastisch, der weiße Teppichboden, die beiden weißen Hochglanzstühle und der weiße *Babybenoter* jegliche Vorfreude aus dem Gesicht von der Patientin. Der pessimistische Unterton des Arztes entging ihr trotz dem fehlenden Blickkontakt keineswegs.

„Was bedeutet das?", fragte sie zögerlich. Die Verunsicherung in ihrer Stimme war klar hörbar.

Der Mediziner warf einen erneuten Blick auf das Display des *Babybenoters*, um die vorliegenden Daten zu kontrollieren. „Ihr Sohn wird ein Versager", urteilte er schließlich trocken.

Die Verunsicherung in Leylas Kopf wich prompt einer tiefen Enttäuschung. Inklusive Trauer. Das war gar nicht gut. Uffus hatte ihr gleich gesagt, dass sie nicht alleine zum Arzt gehen solle, aber sie war einfach zu neugierig gewesen. Zu neugierig, was da in ihr wuchs. Wie sehr es der Gesellschaft dienen könnte. Wie stolz sie auf es sein könnte. Doch von Stolz war sie in diesem Moment weit entfernt. Tausende Fragen schwirrten durch ihren Kopf und obwohl sie doch eigentlich alles über das Prozedere gelernt hatte, so war sie unfähig auch nur eine einzige zu beantworten.

Der *Babybenoter* war die Instanz. Er konnte den ganzen Sinn eines Lebens voraussagen, schon wenige Tage nach der Befruchtung. Er konnte voraussagen, wie hoch die Arbeitserwartung eines Menschen sein würde. Die perfekt abgestimmte Nahrung, die Bildung, welche für alle gleich verständlich war, und auch die Fitnessprogramme der Heranwachsenden reduzierten die individuelle Entwicklung einer Person hinsichtlich ihrer Arbeitsfähigkeit auf die Gene und die damit einhergehende körperliche Entwicklung. Dreiundvierzig Jahre war ein miserabler Wert. Eigentlich war Leyla Hirandi das bewusst, dennoch konnte sie jetzt gerade nicht anders, als sich in die Verwirrung ihrer Hoffnung zu flüchten.

„Der *Babybenoter* kann sich nicht irren?", hakte sie energisch nach.

Doktor Krysler blickte von seinen Papieren auf: „Nein." Er war umfangreich ausgebildet worden, sodass er die Psyche der Menschen bis ins Genaueste verstand. Das Stellen von unnötigen und überflüssigen Fragen war für ihn nichts Neues. Die meisten Frauen reagierten so, wenn sie ein unerwartetes Ergebnis mitgeteilt bekamen.

Leyla guckte ihn an. Er guckte zurück. Leyla starrte. Sie wartete auf eine Reaktion von ihm. Er schwieg. Sie hoffte, dass er ihre Fragen las, dass er ihr erklären würde, wie sie sich aus dieser Situation befreien könne. Ihr Mann Polizeidirektor, ihr Sohn vom *Babybenoter* mit einer Dreiundvierzig ausgewiesen. Sie war fix und fertig, ihr Gesicht erstarrte. Mit einer Dreiundvierzig würde ihr Sohn keine gute Quote hergeben. Im ständigen Wettkampf um bessere Qualifizierungen als die anderen Angestellten und Bewerber würde er oft seinen Job verlieren, müsste seinen Horizont an Beschäftigungsbereichen immer weiter eingrenzen.

„Sie entbinden in zweihundertdreiundsiebzig Tagen. Ich habe Ihnen bereits ein Bett auf der Station reserviert für diesen Tag. Sofern Sie nicht in den Wehen liegen, werden wir Ihren Sohn operativ aus ihrem Unterleib in das Leben befördern."

Die Mitteilung riss die nachdenkliche Patientin aus ihren Gedanken. Der Doktor legte nach: „Wir werden die zweite Testphase an dem Geburtstag durchführen. Vergrößerte Extremitäten oder einschränkende Eigenschaften lassen sich nach dem Termin heute ausschließen, dennoch könnte Ihr Sohn beispielsweise überproportional gute Lungenfunktionswerte besitzen. Das fließt in die abschließende Beurteilung mit ein, welche Sie bei der Entlassung von der Entbindungsstation erhalten." Er sprach jedes Wort in sich gesteigert und klang dadurch abgehakt. Als ob er etwas ungekonnt betont vorlas.

Leyla nickte zustimmend. Hoffnung keimte in ihr auf, während sie ihren grauen Mantel schloss und das Behandlungszimmer verließ. Als sie die Tür von außen ins Schloss zog, fiel ihr letzter Blick auf die grauen Wolken, welche, umrahmt von den weißen Gardinen neben den Fenstern, hinter dem sich schlank hervorragendem *Babybenoter* die Aussicht zierten.

Johnny Matteo saß starr in seinem Stuhl. Sein Kopf dröhnte und das künstliche Licht des Wartezimmers blendete ihn, doch er empfand es als unhöflich und unschön seine Augen zu schließen. Tapfer hielt er durch, während die Stimme von Doktor Krysler irgendeinen Namen über die Speaker im Raum aufrief.

Es war Tag zehn der Woche, der erste Arbeitstag nach der Wochenpause. Johnny hatte aufgrund seiner Sonderschicht frei. Er ärgerte sich, dass das mit dem ‚frei‘ wohl eher nichts mehr werden würde. Er fühlte sich dafür zu schlecht. Er war eingesperrt in seinem Unwohlsein.

„Du bist umsonst hier." Sarah schien seine Gedanken gehört zu haben, anders konnte sich Johnny die passende Anmerkung nicht erklären. Sie sagte es ihm heute bereits zum x-ten Mal, doch Johnny bestand auf den Besuch beim Arzt. Dieses Gefühl hatte er noch nie, das konnte nichts Normales sein.

„Wärst du mit diesem Gefühl deiner Verpflichtung nachgekommen heute zu arbeiten, wenn du eine Schicht gehabt hättest?", fragte ihn seine ungewollte Begleitung provokativ.

Sie hatte die Ellenbogen auf ihre Knie abgestützt. Alle anderen Menschen im Wartezimmer schauten sie auffällig unauffällig an. Ihre Fragen, ihre Art und ihre rote Bluse passten nicht in das Bild der Klientelen, welches Doktor Krysler bediente. Eigentlich passte es in überhaupt gar keine Klientel, beschloss eine ältere Dame innerlich, welche Johnny und Sarah gegenübersaß und die beiden beobachtete. Es passte nicht in diese Welt. Wo kamen solche Menschen her?

„Indirekt", antwortete Johnny auf die ihm gestellte Frage. Es war ihm unangenehm, dass er die einzige Person mit Begleitung hier war.

„Was soll das denn heißen?", entgegnete Sarah keck.

„Ich wäre zu Doktor Krysler gegangen. Ich kann es nicht verantworten die Schicht potenziell durch ein Infektionsrisiko zu gefährden. Vorausgesetzt er hätte keines festgestellt, so hätte ich meine Krankschreibung zurückgezogen und hätte die Arbeitszeit in einer Sonderschicht nachgeholt." Die wenigen

Stunden, welche er nun mit Sarah verbracht hatte, hatten ihn lernen lassen, ihr seine trivialen Verhaltensweisen erklären zu müssen. Die Mediaworld schien andere Vorgehensweisen zu pflegen.

„Du denkst immer noch, dass ich anders sei, da ich in der Mediaworld arbeite, hm?"

Johnny Matteo wusste nicht, ob er aufhören sollte, sich über diese Ergänzungen seiner Gedanken zu wundern, oder ob er gerade eine unheimliche Kette an mathematischen Wahrscheinlichkeiten erlebte. Der Wahrscheinlichkeit nach, müsste dieser Fall schließlich irgendwo und irgendwann irgendwie einmal im Universum eintreten.

„Johnny Matteo", erklang es grimmig aus den Boxen. Er beschloss die Frage von Sarah zu ignorieren, stand auf und ging in das Behandlungszimmer. Erst mit dem Schließen der Tür hinter sich, wurde ihm bewusst, dass seine Begleiterin immerhin vor diesem Weg Halt gemacht hatte. Er war alleine bei Doktor Krysler. Und das war gut. Das war schön.

„Ein Unwohlsein", begann Johnny dem aufschauenden Arzt seine Beschwerden zu erklären.

Der Mediziner drückte einen grauen Knopf auf seiner Schreibtischplatte. Er hob sich farblich nur minimal von dem Rest des Raumes ab. Johnny mochte die Einrichtung sehr.

„Setzen Sie sich auf den linken Stuhl", befahl Krysler Johnny. Während dieser der Aufforderung nachkam, fuhr an der Stelle, an der Johnny eben noch gestanden hatte, ein weißer Turm aus dem Boden. Ein kleines Display und eine Nadel brachen die optische Konformität.

Der Doktor stand von seinem Bürostuhl auf und ging zu der Anlage. Der gesamte Raum war mit allen möglichen Geräten ausgestattet, welche unter dem Teppich auf ihren Einsatz warteten. Mit einer gekonnten Bewegung schloss er Johnny an das Instrument an.

Johnny konnte beobachten, wie sich der weiße, dünne Schlauch rot färbte. Die Farbe verlief langsam von seinem Arm hin zu der weißen Säule. Das Blut erinnerte ihn an die Ader, welche er einmal in seinem Kräuterfleisch gefunden hatte. Nach einigen Sekunden unterbrach der Arzt den Blutfluss und entnahm die Nadel aus der Armbeuge seines Patienten. Johnny Matteo vernahm in diesem Moment den reinlichen Geruch, welcher von dem Mediziner ausging.

„Diese Behandlung kostet Sie 16 Geld", sagte Krysler schroff, während er den Weg zurück zu seinem Schreibtisch antrat. Dieser machte unterdessen Geräusche: Der Doktor empfing ein frisch gedrucktes Dokument.

„Keine nachhaltige Gefahr für Sie oder Ihr Umfeld", verlas er. „Keine Einschränkung der Arbeitserwartung." Johnny atmete nahezu unbemerkt erleichtert auf. „Die Diagnose: Toxischer Einfluss auf ihr Vollblut durch die chemische Verbindung C_2H_6O mit der Konzentration eins Komma zwei fünf Gramm pro Kilogramm. Eine aktive Anregung der ADH-Enzyme findet statt. Ihr Unwohlsein steht in Kohärenz mit der Diagnose. Die Heilungsaussichten sind sehr gut. Wünschen Sie eine Behandlung, welche hinsichtlich ihrer Symptome lindernd wirkt?"

„Ja."

Der Doktor tippte etwas auf seinem Keyboard ein. Die weiße Säule hinter Johnny begann zu rumoren. Mit einem Piepen fuhr eine kleine Fläche heraus, auf welcher eine schneeweiße Tablette lag. Sie war perfekt abgestimmt für Johnnys Gewicht und seine Daten. Wortlos bekam er sie in die Hand gedrückt, woraufhin er sie einnahm. Anschließend legte er 16 Geld auf den Tisch des Arztes und verließ das Behandlungszimmer.

„Und?", empfing ihn Sarah, welche sich sofort seinem gemäßigten Gang hinaus aus der Praxis anschloss.

„Eine Blutvergiftung", teilte ihr Johnny sein Verständnis der Diagnose mit. Er fühlte sich schon viel besser. Die Luft, welche ihm vor dem Gebäude nun entgegen strömte, nahm er voller Genuss wahr. Unbemerkt.

Sarah schaute ihn leicht grinsend an: „Du hast einfach nur zu viel Alkohol getrunken Johnny. Ein bisschen mehr Schlaf hätte es auch getan."

Die Maßnahme

Der konstant nervige Geräuschpegel der Fahrzeuge fiel Sarah und Johnny Matteo nicht mehr auf, als sie ihre Wanderung durch die Stadt antraten. Johnny hatte sich aufgrund seiner Kopfschmerzen spontan entschlossen, doch nicht in sein künstlich riechendes Auto zu steigen und den Weg zu fahren, sondern lieber die erfrischende Duftkombination aus Kraftstoff und Sauerstoff zu genießen.

Das Ziel der kurzen Reise war die dritte Komponente der Gleichung, welche ihm wieder auf die Beine helfen sollte: Die flüssige und feste Nahrung im *AMC*, so hatte Sarah ihm geraten, würde ihm gut tun.

„Äx wartet schon auf uns", wurde Johnny unterrichtet, während beide die Miller-Müller-Straße entlang gingen. Sie waren nur wenige hundert Meter von der Baker-Bäcker-Straße entfernt. Die Gesellschaft war sich bis heute nicht ganz einig, ob Straßennamen den Anglizismen verfallen durften.

Sarah setzte nach, als sie bemerkte, dass Johnny nur stumm vor sich hin schwieg und die Information einspeicherte: „Äx. Der aus dem Club. Weißt du das noch?" Johnny wusste nicht mehr. Der Alkohol hatte ihm das Gedächtnis gelöscht.

Eigentlich empfand er das als unschön, aber eigenartigerweise war seine letzte Erinnerung exakt die, wie die Türen zur Toilette ins Schloss fielen, welche seine Flucht vor dem Chaos beendet hatten. Das wiederum fand er toll. Was für ein sauberer Cut!

Sarah erkannte, dass die Erinnerungen an den Teil der Nacht fehlten, in welchem er, zunehmend gelöst durch seine unfreiwillige Getränkeauswahl, ihren Leader, den Denker der Unterdrückten, kennengelernt hatte. Das würde spannend werden, dachte sie sich. Sie beschloss, dass sie Äx dieses Mal komplett die Bühne überlassen würde. Sie liebte es, wenn er seine Spielchen trieb und geschickt Leute für sich gewann. Sie mochte es, dass sie Äx ergänzen konnte, dass er immer engagiert war, dass er für sie Alle alles tat, damit sich in dieser Scheinwelt endlich irgendwo ein Ausgang öffnen würde. Ein Notausgang.

Johnny Matteo und Sarah wechselten die Straßenseite. Eine Ampel verhinderte den flüssigen Verlauf dessen. Sie hatte sich beigebracht zu verstehen, dass es Menschen unangenehm war, wenn man sie während des Wartens anstarrte oder ihnen zu nah kam. Er hatte sich beigebracht nicht nervös zu werden, wenn so viele Menschen nebeneinanderstanden, sodass ihm andere gefährlich nah kamen. Gefährlich war für ihn die Distanz, ab welcher er die Menschen riechen konnte, Doktor Krysler mal ausgenommen.

Die perfekte Glasfassade des Cafés gab Johnny das Gefühl von Sicherheit. Hier war er schon so oft gewesen, hier wusste er exakt, was er bestellen musste. Unbewusst übernahm er erstmalig die Position vor Sarah, welche sich überrascht hinter ihm einreihte, während sie die Eingangstür durchschritten. Johnny setzte sich umgehend an einen Tisch links der Tür, welcher die Aussicht zur Straße ermöglichte. Sarah blieb vor ihm stehen.

„Äx sitzt da hinten", sagte sie und zog ihren Kopf leicht nach links oben, um an die Bar zu deuten.

Johnny gaffte sie an. Er verstand ihre Aussage nicht.

„Wir müssen den Platz wechseln", präzisierte sie ihr Anliegen. Johnny stand wortlos auf und folgte ihr. Auf einmal fühlte er sich wieder unwohl. Unterlegen und auf dem Weg zu einem ihm unbekannten Platz. Was wäre, wenn der Stammgast von diesem Platz jetzt kommen würde? Ein schöner Mensch würde niemals einem Stammgast den Platz wegnehmen, wenn er selbst regelmäßig im gleichen Lokal wäre.

„Johnny!", empfing ihn der hagere Wartende. Er hatte eine warme Art. Sein breites Lächeln war ehrlich, seine Augen voller Freude. Johnny beruhigte das ein wenig, saß vor ihm doch eine für ihn fremde Person.

„Hallo mein Freund!" Äx ergriff die schlaff herabhängende Hand Johnnys und schüttelte sie kräftig. „Wir hatten uns doch darauf geeinigt, dass sich das so gehört."

Johnny Matteo war schlagartig wieder überfordert. Er ließ es zu.

„Filmriss", verteidigte Sarah ihr Anhängsel, welcher mittlerweile den gewohnt leeren Blick in seinem Gesicht trug. Sie setzte sich hin.

„Ahhh", wandte sich Äx Sarah zu, ehe er Johnny behutsam an der Schulter auf einen Barhocker zwischen die beiden presste. Er erkannte, dass er für diese erste Phase definitiv Hilfestellung leisten musste, denn Johnny war in seinem Zustand der maximalen Aufnahmefähigkeit: Jede für ihn ungewohnte Sekunde versuchte er zu verarbeiten, suchte nach Abgleichen. Von einer Reaktion keine Spur.

Auch das erkannte Äx. Er wusste, was zu tun war. Ein Gespräch führen. Doch Johnny kam ihm zuvor: „Einen Saft", stotterte er sich aus seinem Zustand heraus und die Bedienung an, welche sich stumm vor die beiden neuen Gäste gestellt hatte.

„Warum macht ihr das immer?", fragte ihn sein Sitznachbar. Seine Haut war matt und unglaublich rein. Die kurz rasierten schwarzen Haare betonten sein Gesicht, auf welchem sich jede Emotion ablesen ließ. Äx war voll von Leben.

„Was?", kombinierte sich Johnny die passende Antwort zusammen, um sich selbst weiterzuhelfen.

„Artikel benutzen. Ihr gebt euch nicht mal die Hand, weil es euch unnötig Zeit kostet, aber egal was ihr sagt oder beschreibt oder bestellt oder erklärt, ihr benutzt immer einen Artikel. Was meinst du wieviel Zeit du zusammen bekommst, wenn du in Zukunft einfach nur Saft bestellst."

Äx blickte Johnny hoffnungsvoll an. Johnny war klar, dass der Ball bei ihm lag. Dass er jetzt erklären musste. Und er konnte es nicht, das wusste er. Äx hatte Recht. Er selbst hatte noch nie darüber nachgedacht.

„Und sowas macht ihr so oft", setzte Äx nach. „Ihr verrennt euch in Dinge, die so unnötig sind."

„In Dinge verrennen?", wurde er unterbrochen.

„Genau das ist es. Bei euch muss immer alles schön sein. Muss eine eindeutige Bedeutung haben." Intuitiv schüttelte er enttäuscht seinen Kopf. „Johnny Matteo, du fragst dich viele Dinge. Das merken wir, das hat Sarah mir erzählt. Weißt du, was du lernen musst?"

„Die Antworten auf solche Fragen?"

„Ha!" Triumphierend schlug Äx mit der Faust auf den Tresen und erntete Blicke aus allen Richtungen. „Eben nicht! Die Antworten findest du schon alleine. Du musst lernen mit den Antworten umzugehen. Du musst nicht nur wissen, was die Worte bedeuten, sondern entscheiden, inwiefern du dich danach anders verhältst. Verstehst du?"

„Die Worte ja, die Aussage nein", gab Johnny zu Protokoll. Er bemühte sich wahrhaftig. Er spürte, wie Sarah und Äx etwas von ihm erwarteten. Es war seine Aufgabe die Erwartungen zu erfüllen. Dieses Gefühl besaß er schon immer. Aber in diesem Moment fehlte ihm die Erfahrung. Äx hatte deutlich genug formuliert, was er meinte, doch Johnny fand keinen Moment in seinem Leben, in welchem er sein Verhalten seiner eigenen, einer neuartigen Schlussfolgerung anpasste. Ihm wurde klar, dass er noch nie etwas beobachtet hatte. Er hatte immer das gemacht, was man ihm gesagt hatte.

„Das was du gerade verstehst ist genau richtig", warf Sarah von dem linken Hocker ein. Johnny war es langsam gruselig, wie sie anscheinend jeden seiner Gedanken mithören konnte.

„Johnny. Hier!", zog Äx ihn direkt wieder auf die andere Seite und verhinderte ein erneutes Abdriften seines neuen Schützlings. Das erste Mal hatte er das Gefühl, dass Johnny bei der Sache war. „Wir üben das jetzt. Beobachtungen verstehen. Frag mich fünf Sachen. Los!"

Johnny blieb für ein paar Sekunden still.

„Ich meine das Ernst. Und löse dich von diesem ewigen Thema ‚Bedeutung für alle'. Du bist ein Mensch. Was interessiert dich?"

„Wo war ich letzte Nacht?"

„In der DancingDiscotheque", schoss es ihm entgegen.

„Was war das für ein Raum unten?"

„Aha! Du hast was erkannt, was du nicht kennst. Was nicht in die Welt passt. Merken! Folgendes: Der Alki-Pastor. Unten an der Bar der. Der ist der Sohn vom ehemaligen Besitzer der DD. Ihm gehört der Raum da unten und er hat ihn für uns umgebaut. Wir dürfen ihn immer nutzen."

„Was bedeutet der Raum?"

„Nicht so gute Frage, trotzdem sehr gut! Eben nichts! Er ist nicht existent, weil wir da Sachen machen, die niemals schöne Menschen machen würden. Wenn keine schönen Menschen zu uns nach unten kommen, dann werden sie auch niemals von unserem Club erfahren. Oder von unserer Music. Oder was auch immer. Wir leben unter euch, neben euch, aber niemals mit euch. Ihr guckt nicht hin, weil es nicht in eure Welt passt. Es ist euch egal."

Johnny zögerte kurz. Es kam ihm vor, als sei bei ihm ein Hebel umgelegt worden. Er verstand vieles von dem was er hörte. Und er hörte auf sich die Fragen zusammenzubauen, er begann sich zu interessieren. Es kam von ganz alleine. Johnny wusste nicht, woher oder warum. Das machte ihn ungeduldig.

„Du musst nicht nervös sein." Sarah legte ihre Hand auf Johnnys Schulter. „Was fühlst du?"

„Ich verstehe es nicht. Was bedeutet das?"

„Chaos Johnny. Chaos. Du fängst an dich nach deinen Gründen zu fragen. Das Chaos macht die grauen Mäuschen wieder zu Menschen. Die Unsicherheit lässt dich nach Lösungen suchen." Äx prasselte unaufhörlich mit Weisheiten auf Johnny ein, ohne dabei seine so souveräne Art aufzugeben. Johnny begann über jede einzelne nachzudenken. Es war ein immer größer werdender Teufelskreis.

„Nicht nachdenken Johnny! Das lernst du noch. Frag mich! Was hast du beobachtet?" Äx nahm einen Schluck seines Getränks.

„Wer sind ‚wir'?"

„Wer den Club besucht? Alle die, die du nicht siehst. Die niemand sieht. Die Unterschicht. Hast du dich schon mal auf einen Job beworben?"

„Ja."

„Das passiert ständig. Schon mal drüber nachgedacht was mit denen passiert, die abgelehnt werden? Immer und immer wieder? Die keine Arbeit haben und schwache Quoten vorweisen? Wo wohnen die, kennst du welche? Siehst du sie auf den Straßen?"

„George", überraschte sich Johnny selbst. Er dachte an seinen Kollegen. Per Münzwurf gefeuert. Warum George gefeuert wurde, wusste er nicht so ganz. Es gab doch keinen Grund.

„Wer?", hakte Sarah nach.

„George. Ein ehemal…"

„Nah! Was sollst du machen?", maßregelte Äx ihn. Johnny verstand nicht.

„Artikel!", feuerte Äx ihm einen Tipp hinterher.

„Ehemaliger Arbeitskollege", setzte Johnny die Erwartung an ihn zusammen. „Er wurde gefeuert."

„Eben!", rief Äx. „George ist unsichtbar! Der hat keine Bedeutung mehr. Bei uns kann er immerhin saufen und reden."

„George ist schön. Er redet nicht einfach so", verteidigte Johnny seinen ehemaligen Mitarbeiter. Der Drang nach der krampfhaften Richtigstellung machte ihn stolz.

„Ach was. Wenn niemand mehr mit dir redet, dann fängst du an zu reden. Schon mal in die Box mit dem Arzt aufm Freeway geguckt?"

„Ja", antwortete Johnny.

„Das war eine rhetorische Frage", kniff Äx seine Lippen zusammen. Ihm wurde bewusst, welche Arbeit noch vor ihm lag. „Nächste Frage!"

„Was haben Sie mit den Medias zu tun?"

„Wie kommst du denn darauf?", grinste er.

Johnny blickte verunsichert auf seine Oberschenkel hinunter. Erneut spürte er eine unterstützende Berührung von Sarah, welche ihm in seinem Augenwinkel aufmunternd anlächelte. In Wirklichkeit fand sie es witzig.

„Ich habe eine Beobachtung verarbeitet. Sie heißen X. Das ist Englisch. Das ist typisch für die Medias. Sie arbeiten für sie", erklärte sich Johnny. Das Erklären hatte er schon ganz gut drauf, empfand er. Ein paar Stunden mit Sarah hatten ihm dafür gereicht.

Äx lehnte sich zurück und antwortete nahezu lautlos. Er wirkte persönlich angegriffen: „Ich bin Künstler. Einer der ganz wenigen. Ich verachte die Medias! Wie kann man das Gegenteil der Gesellschaft sein und dennoch das Gegenteil von uns sein? Mein Name ist Ä-X! Das ist eine Parodie auf das Englische in den Medias." Er verschränkte die Arme. „Letzte Frage?"

Johnny zog die Schultern hoch. Sein kreatives Limit war erreicht.

„Naah! An Smalltalk arbeiten wir zum Glück auch noch. Das ist ja kein Zustand mit dir! Fragen sind nicht nur zum schlau werden da", rüttelte Äx an seinem Gegenüber.

Sarah sprach ihn währenddessen von der anderen Seite an: „Und hör bitte auf, uns immer zu siezen."

Johnny Matteo hatte gerade noch genug Zeit die zwei Aufforderungen in seinem Hirn zu verarbeiten, als Äx plötzlich hektisch auf und aus dem *AMC* hinausstürmte. „Mitkommen!", rief er laut.

Spaziergang

Johnny hatte kaum die Möglichkeit Schritt zu halten. Zu elegant schlängelte sich Äx hektisch durch die wie auf einem Fließband gehenden Menschen auf dem halbwegs breiten Fußweg. Es war wie auf einer Jagd an die Spitze der Menschenkette. Während er einen nach dem anderen einsammelte und gekonnt die missgünstigen Blicke der grau-braun-schwarz gekleideten Umkurvten ignorierte, bemerkte sein mittlerweile leicht außer Atem gekommener Verfolger die Abwesenheit von Sarah. Sie schien sich wohl verabschiedet zu haben.

„Neuer Auftrag!", warf Äx Johnny deutlich seine Worte an den Kopf. Er klang jetzt ganz anders als noch eben. So energisch, so geladen. „Du fängst an mir deine Gedanken zu erzählen." Er drehte sich nur mit dem Kopf zu ihm herum und lief beinahe gegen einen Laternenpfahl, welcher sich optisch nicht von den tristen Gehwegplatten abhob. „Sobald ich eine Pause mache, darfst du reden. Sollst du reden."

Johnny fragte sich, woran er eine Pause erkennen würde.

„Und bestätigte mir endlich, dass du das wahrnimmst, was ich dir erzähle!", setzte der Künstler nach.

„Ich bestätige es dir." Johnnys weiche Stimme klang leicht zweifelnd. Wie ein Schüler, der auf die richtige Antwort spekulierte.

„Ein ‚Ja' hätte es auch getan."

„Ja."

Äx und Johnny kamen wenige Momente später vor einem Park zum Stehen. Die Betonwüste, umrahmt von Kiesbetten und quadratischen Hecken, bat ihren Besuchern diverse Bänke um einen Brunnen herum an. Im Hintergrund zierten 16 rauchende Schornsteine den Ausblick, welcher unweigerlich die Blicke der Ankömmlinge anzog. Johnny blickte auf die Firma *EnergieErzeuger*, Äx in die traurige Zukunft.

„Wieso sind wir hier?", durchbrach Johnny das Schweigen, welches er als besagte Pause interpretierte.

„Hier kann man sich gut unterhalten."

Er schüttelte den Kopf: „Das hätte man im *AMC* auch tun können."

„Hm." Äx nickte sich selbst zu. Zu Johnnys Erstaunen holte er eine Sonnenbrille hervor und setzte sie auf. „Johnny", begann er. „Was ist dein Lieblingswort?"

„Waschmaschine", antwortete dieser erstaunlich schnell, sodass der Fragesteller kurzzeitig überrumpelt war.

„Wieso denn das?"

„Es beschreibt die Aufgabe des Objektes perfekt und erklärt die Ausführung." Überzeugt blickte er Äx an, ehe er sich nach einer kurzen Pause selbst ergänzte: „…im vereinfachten Sinne."

„Junge bist du durch", urteilte Äx lachend.

„Junge, du bist durch", korrigierte Johnny, der die nächste Pause ausgemacht hatte. Er merkte, wie er das Gefühl bekam, die Oberhand zu gewinnen. Er wusste nicht, ob ihm das gefiel.

„Wenn du schon die altmodische Anrede verwendest, dann ordne die folgenden Wörter richtig an. Syntax."

„Ahhh", brachte Äx ironischerweise sein nicht vorhandenes Interesse zum Ausdruck. Immerhin fehlte in Johnnys zwanghafter Berichtigung ein Artikel.

„Lass uns auf die Bank da setzen." Er deutete auf eine der Sitzgelegenheiten, welche den Blick hin zu der Lücke in der Bambushecke ermöglichte, sodass die beiden auf die Straße blicken würden, von der sie kamen. Johnny war es Recht, er mochte es nicht ohne ein Ziel zu gehen. Spaziergänge erzeugten bei ihm eine Anspannung.

Während sie die Bank anvisierten, begann es über den beiden zu dröhnen. Eine Flotte an Cargoflugzeugen flog in einer Formation über sie hinweg. Sie schienen den städtischen Airport als Ziel zu haben.

„Wenn die Unterschicht nach oben will, was macht dann die Oberschicht? Ist das ein Angriff, oder ein Wunsch nach Zugehörigkeit? Klassenkampf oder Prinzipienaufgabe?" Äx blickte Johnny direkt in sein Gesicht. Er wusste, dass Johnny verstand. Johnny wusste es nur noch nicht.

„Aber George ist doch so wie ich", zog er den Schluss, dass er wohl zur Oberschicht gehörte als nicht-Arbeitsloser.

„Ja, du warst ja schließlich auch bei uns unten im Club", konterte Äx. „Johnny, wir sind nicht nur die Arbeitslosen. Wir können alle sein. Alle die oben nichts wert sind."

Ein Schweigen schloss sich dem Satz an. Bei Johnny ratterte es. Er versuchte zu verstehen, zu verknüpfen, zu erkennen, zu denken. Doch letztendlich konnte er sich nur erinnern: In einem Club unter der *DancingDiscotheque* tanzen und trinken Menschen. Sie gehören zur Unterschicht, weil sie der Gesellschaft nicht helfen. Alles ist chaotisch, deswegen sind sie anders. Er gehörte eigentlich nicht dazu, aber irgendwie ist bei ihm auch alles chaotisch. Und er machte irgendwie was mit den Menschen aus der Unterschicht. Aber eigentlich eben oben in seiner Welt. Und Frauen wurden auch nicht fair behandelt, das fiel ihm auch noch ein.

„Wieso gehörst du zur Unterschicht?", fragte Johnny als logische Folge seines Fazits.

„Schwarz und schwul. In der Schule und auch danach waren alle immer mit mir befreundet. Alle waren tolerant. Aber letztendlich mit mir etwas unternehmen, das würde schon jemand von den anderen. Denn er hat doch so viele Freunde." Äx sagte es salopp, als wäre es ein Thema nebenbei.

„Wer ist der mit den vielen Freunden?", erkundigte sich Johnny.

„Oh man." Äx richtete sich auf. Wie ein schöner Mensch streckte er seinen Rücken durch und legte seine Hände auf seine Oberschenkel. „Niemand fühlte sich für mich verantwortlich. Ich hatte sehr viele Leute, die mit mir aus Prinzip befreundet waren und nicht, weil ich eben ich war, so wie ich bin." Dieses Mal füllte er seine Worte mit deutlich mehr Betroffenheit aus. Die sonst so freudigen Züge aus seinem Gesicht entschwanden und die Schwere wurde Äx abermals selbst bewusst. Seine ewige Flucht in die Komik würde ihm nicht auf Dauer helfen. Es würde nichts daran ändern, dass es ein Problem war. Selbst wenn er es nicht mehr als Problem ansehen würde, so würde es noch immer eines sein.

Johnny blickte in die verspiegelten Gläser der unnötigen Brille. Er erkannte keine Regungen dahinter. „Bin ich auch in der Unterschicht?"

Äx schüttelte verständnisvoll den Kopf. „Du bist es eigentlich noch viel mehr als ich." Er löste sich aus seiner Haltung und deutete in die Runde der Parkfläche: „Ihr alle. Ihr alle seid so viel weiter unten als wir es sind. Ihr seid grau, ihr lebt für die

Gesellschaft. Und die Leute über der Gesellschaft erklären euch, dass ihr durch das Arbeiten zur Oberschicht gehört. Dass ihr alles für euch selbst tut. Aber Johnny, ich sag dir mal was: Wir in der Unterschicht, wir wissen immerhin warum wir da sind und wer wir sind, was wir machen und wo unsere Grenzen sind. Das weißt du nicht. Das weiß niemand hier."

„Ja", antwortete Johnny und überspielte damit den Punkt, an welchem er den Faden verlor. Er hatte sich relativ gut geschlagen, dachte sich Äx. Schon viel früher hatte er Johnnys kognitiven Ausstieg für heute vermutet.

„Ich hole dich von unten nach ganz unten Johnny Matteo." Mit seinen Fingern malte er zwei Striche in die Luft. "Das ist der erste Schritt, um von unten nach oben zu gelangen. Unabhängigkeit. Das gilt für alle."

Zwei Anzugträger schritten vorbei. Ihre Taschen wirkten wie aus festem Material. Sie schwangen nicht, sondern passten sich perfekt dem Marschieren der beiden Herren an.

„Wieso erzählst du ausgerechnet mir so etwas?"

Äx zögerte.

„Warum hat Sarah mich mitgebracht?", unterstrich Johnny seine Auffassung, eine Pause identifiziert zu haben.

„Was ist Kunst Johnny?", sprach Äx schließlich.

„Music, Movies, Einheitliches", zählte der Befragte auf. „Ein Bild, das habe ich in einem Historyblockbuster gelernt", ergänzte er.

„Kunst ist nicht das Fertige. Kunst sind die Momente, wo man etwas schafft. Der Prozess. Diese Welt zu verändern, das ist die Kunst Johnny. Das ist meine Kunst. Und du bist Teil meiner Leinwand. Diese Welt ist so grau, so einheitlich. Alle hören zu und setzen genau das um, was man ihnen erzählt, aber niemand fragt nach. Niemand ist dumm, bei Weitem nicht. Alle sind schlau, relativ gebildet. Alle sind nur leider falsch erzogen. Niemand genießt und alle verwundern. Genießen Johnny! Man muss Kunst genießen! Man muss Veränderungen zu schätzen wissen! Du hörst mir zu. Du kannst verstehen, was ich verändern will. Du bist in der Lage in dem Bunten, in dem Chaos dieser Welt zu erkennen, wofür es sich zu leben lohnt. Das hat Sarah auf dem Freeway in dir gesehen, wie in noch keinem Anderen. Und das werde ich dir beibringen. Ich will in dieser Welt verändern, dass alle etwas verändern wollen. So, wie sie es selbst für gut halten! Wie sie es schön finden."

Johnny war zunehmend von der Rolle. Verstanden hatte er schon seit ein paar Minuten nicht mehr viel, aber dass Kunst ein Prozess war und er verändert werden sollte, das kam gerade noch so bei ihm an. Es war ihm recht. Er würde dadurch schon eine neue Bedeutung für diese freie Welt bekommen, da war er sich sicher. Schließlich veränderten doch alle die Welt. Die Politiker, die Arbeiter, die Firmen, die Schulen, die Medias. Alle wollten doch für alle etwas verbessern. Das war doch offensichtlich.

Froh über seine heutige Leistung, beschloss er das Thema selbstständig zu wechseln: „Was ist dein Lieblingswort?"

„Mikrowelle", antwortete Äx ihm, nachdem er zehn Sekunden nachgedacht hatte. „Es beschreibt nicht das ‚Was', sondern das ‚Wie': Wie es funktioniert." Leicht neckend grinste er Johnny entgegen. „…schon in einem etwas genauerem Sinne. Was dadurch passiert, das kann ich mir schließlich selbst denken."

Die Initiative

Krampfhaft versuchte der Kanzler sich einen passenden Spruch auszudenken. Irgendetwas menschliches, weniger kanzlerisch. Doch das Einzige, was sich in der kleinen Statusspalte veränderte, war das regelmäßige Auf- und Wegblinken des Cursors. Hannah hatte ihm geraten, das Bild aus dem Zoo noch mit ein paar Worten zu ergänzen, ehe er es auf seinem *MOK*-Profil hochladen würde. Der Besuch vor wenigen Tagen war der Auftakt des Planes, welchen er mit ihr ausgearbeitet hatte. An der weiteren Umsetzung seiner Popularität arbeitete er in diesen Minuten auf seinem Smartphone.

„Sind die Fraktionen wieder vollständig besetzt?", unterbrach ein greiser Mann den kreativen Flow des Kanzlers. Es war der heutige Sprecher des Parlamentes. Sitzungstag. Der letzte der Legislaturperiode und damit der letzte Arbeitstag für viele der Abgeordneten. Der Kanzler gehörte nicht dazu. Er hatte morgen noch den Besuch bei *The political hour* vor sich und war somit einer der wenigen, die das einen Tag mehr umfassende Wochenende eines Politikers nicht annähernd nutzen konnten.

„Ich verwarne die Parteien ein letztes Mal. Die Fortführung der Sitzung wird auf in 1 Komma 6 Minuten verschoben."

Irgendjemand hatte vor einigen Momenten den Buzzer betätigt. Spontane Kündigung. Der Kanzler hatte nicht aufgepasst, wer es gewesen war, doch es nervte ihn. Anstatt sich zu seinen Parteikollegen zu gesellen, blieb er alleine auf dem *Sessel der Macht* sitzen. Die Rückenlehne, modelliert in Form einer Eins, war komfortabel gepolstert, die Armlehnen bis auf den

Millimeter genau an die Maße des Amtsinhabers angepasst. Vor ihm befand sich ein ebenfalls grauer Tisch, an welchem zu seiner rechten die Sitzungsführer und die Protokollanten saßen. Links von ihm befand sich lediglich ein alter, morscher Hocker aus Holz. Er hatte noch nie jemanden darauf sitzen sehen. Sollte dies jemals der Fall sein, so würden alle 16 hier Sitzenden direkt auf den Halbmond aller Fraktionsstühle blicken. Die jeweils erste Reihe, die Stühle des Parteivorsitzenden und die seines persönlichen Beraters, welcher in der Regel der wahre Kopf der Partei war, waren der Partei entsprechend dekoriert, dahinter türmte sich eine Unmenge an Einheitlichkeit auf. Insgesamt fasste der Saal 16 hundert Abgeordnete.

Auf ein Neues lehnte sich der Anzug tragende Mann in der Mitte der Führungsbank zu seinem Microphone vor: „Sind die Fraktionen wieder vollständig besetzt?"

Eine allgemeine Zustimmung machte sich breit.

„Der Tagesordnungspunkt fünf, die Wahl einer Lösung zur Umsetzung des, vom Volke der freien Welt gewählten, Themas ‚Petition zur Abschaffung der Kontoführungsgebühren'. Der erste Unterpunkt: Die repräsentative Darstellung des Problems durch den Kanzler."

Der Aufgeforderte blickte überrascht von seiner Beschäftigung auf. Während er fluchtartig sein Wasserglas heranzog, um den auf ihm lastenden Blicken eine Erklärung für sein Verweilen zu bieten, tippte er mit der anderen Hand den Satz „Ich war letzte Woche im Lehr-Zoo." unter sein Bild und klickte auf ‚posten'. Danach erhob er sich, schloss sein perfekt sitzendes Jackett und schritt zum Rednerpult.

„Die Petition sieht eine vollständige und alternativlose Abschaffung der Kosten vor, welche die Banken für das Einlagern des Geldes der Auftraggeber erheben", begann er. „Die Bedeutung dieses Vorhabens ergründet sich aus dem Widerspruch, dass in vereinzelten Fällen erstens die Gebühren den monatlichen Eingang an Geld überstiegen und zweitens die Banken mit einem Konzept von Sicherheit für das Geld werben, obwohl seit Beginn unserer Zeit kein Interesse von Niemandem besteht, das Geld zu entwenden. Die Petitionsführer sprechen in diesem Fall von ‚Systemverrat'. Ich zitiere: Die Banken würden Geld für unser Geld bekommen, auf welches sie nicht aufpassen, sondern welches sie als ihr Geld ausgeben, um Geld damit zu verdienen. Das Zitat ist beendet. Mit ihrer Petition konnten sie die wöchentliche Abstimmung mit einundachtzig Prozent für sich entscheiden."

Mit Ende des letzten Wortes machte der Kanzler kehrt und schritt zurück zu seinem Platz. Das Echo seiner Schritte erfüllte den Saal. Wie gewohnt nahmen alle Abgeordneten das Gesagte zur Kenntnis. Schreien und pöbeln würden sie erst nachher, wenn die Parteien ihre Lösungen und Koalitionen vorstellen würden. Dem Kanzler zollten sie Respekt. Und Desinteresse. Es wussten eh schon alle über das Thema Bescheid.

„Der zweite Unterpunkt: Das Ausarbeiten von Lösungen und Bündnissen in freier Arbeitszeit", klärte der Sprecher auf. Zeitgleich begannen bereits alle den Saal zu verlassen, erste Politiker verschiedener Parteien luden sich gegenseitig zu Verhandlungsgesprächen ein.

„Die Fortführung der Sitzung wird auf in 1 Komma 6 Stunden verschoben."

Der Kanzler erhob sich ebenfalls langsam. Wie ein Lehrer würde er jetzt durch die Räume streifen müssen, um sich die Lösungsvorschläge anzuhören. Seine 16-fache Stimmkraft setzte eine genaue Kenntnis dessen voraus, was das Parlament erarbeitete. Die enorme Verantwortung erforderte höchste Objektivität und eine gute Fähigkeit, das Gehörte einordnen zu können. Auf das alles schiss der Kanzler ebenso sehr, wie alle anderen vor ihm auch. Er würde selbstverständlich für seine Partei stimmen. Und die Pause damit verbringen, sich ein neues PR-Ausflugsziel zu überlegen.

Schon beim Betreten des Saals wurde allen Abgeordneten bewusst, dass sich der Rest des heutigen Parlamenttages unterhaltsam gestalten würde. Es stand ein Gastredner vorne. Von den Banken. Während sich die Abgeordneten belustigt zu ihren Plätzen begaben, blickte der feine Herr in dem marineblauen Anzug anmutig in die Runde, aber dennoch leicht zögerlich wartend auf den Moment, ab welchen er final an das Microphone treten durfte.

"Der dritte Unterpunkt, der wissenschaftliche Expertenhinweis, ist eröffnet", nahm der Sprecher dem Lobbyisten die Entscheidung ab. "Es spricht der Vorsitzende der Landesbank."

Entschlossen trat der Aufgerufene an das Pult und zog einen kleinen Zettel aus seiner Seitentasche. "Meine geheime Forschung in der Szene hat ergeben, dass meine Bank in dem ÄUßERST UN-WAHR-SCHEIN-LICH-EN FALL…", begann er und blickte mahnend in die Runde. Ganz bewusst gab er den Abgeordneten die Zeit nachzudenken, ehe er deutlich ruhiger fortfuhr: "… des Verbotes der Kontogebühren eventuell jegliche Dienstleistungen einstellt. Primär würden dies die Kunden dadurch bemerken, dass sie logischerweise keinen Zugriff mehr auf ihren aktuellen Kontostand haben. Sie würden unwissend wirtschaften müssen." Er unterbrach sich selbst mit einem Räuspern. "Dass sich unsere Gewinne durch die Zinsen der unfreiwilligen Kredite im Vergleich zu denen durch die Kontogebühren aktuell deutlich erhöhen, sei an dieser Stelle nur beiläufig erwähnt." Mit einem Nicken trat er vom Pult zurück.

"Nein!", brüllte irgendwer aus dem Plenum dem Redner entgegen.

Augenblicklich kam aus der anderen Ecke des Halbmondes die Antwort: "Doch!"

"Das Volk…", schallte es zurück, ehe sich endgültig immer mehr Stimmen erhoben und ein verbaler Kampf auszubrechen schien.

"Hören Sie auf mit dem Volk! Die Wirtschaft…"

"Eine Petition, das darf nicht…"

"Vorlaut nennt man sowas!"

"Die Zinsen müssen nach dem Berechnungsgese…"

"Es ist so typisch für die Auslä…"

"AUSNUTZEN!"

"Ein Deal ist okay, die Vorgabe war nur de…"

"Der was?"

"Absolut!"

"BRRRR." Ein lautes Surren ließ schlagartig die Lautstärke abebben. Es war ruhig.

"Die Unvollständigkeit des Parlamentes wurde per Knopfdruck bemängelt. Lassen sich die Fraktionen umgehend wieder vollständig auffüllen?" Der Sitzungsvorsitzende sprach gewohnt gelassen seine Zeilen. Er behielt immer den Blick für das Wesentliche. "Sind die Fraktionen wieder vollständig besetzt?"

Keine Regung.

"Die Sitzung wird um 1 Komma 6 Minuten unterbrochen."

"Die Mitte-rechts-besorgt-Partei benötigt eine Unterbrechung von 16 Minuten", forderte ein Mann, welcher sich in der ersten Reihe erhoben hatte. "Unser Neuanwärter sitzt mit Durchfall auf der Toilette." Er war gnadenlos ehrlich. Er musste es sein. Er wusste ganz genau, dass seine Forderungen einen exakten Grund haben mussten.

Der ältere Herr am Vorsitz ergriff einen silbernen, hochwertigen Schreiber und begann sich etwas zu notieren. "Die Sitzung wird in 16 Minuten fortgeführt. Die Unterbrechungsoption zwei ist hiermit gültig", sprach er nebenbei. Er wirkte konzentriert, unterbrach seine Niederschrift kurz selbst, las sich leise das Verfasste durch und reichte es schließlich weiter an den Kanzler, welcher seine Unterschrift drunter setzen musste.

"Henrik Hass", bekam der Kanzler den Namen mitgeteilt, welcher der Sitzung noch nicht anwesend war. Es gehörte zur Vorschrift, dass er darüber informiert werden musste.

Der Kanzler setzte sein Autogramm unter das Formular und legte den Namen mental in seinem Kurzzeitgedächtnis ab. Er langweilte sich insgeheim. Er fühlte sich so nutzlos, so leer. Viel zu oft gab es Pausen, viel zu sehr war seine Arbeit gelähmt. Dennoch liebte er seinen Job. Er beschloss, dass er sich dem Rest der Sitzung entzog, um sich auf die morgige TV-Appearance vorzubereiten. Der Kanzler wusste ohnehin schon, wie das Ergebnis aussehen würde. Links im Parlament hatte man das Verbot durchgesetzt und zudem die Anzeige des Kontostandes gesetzlich verankern lassen. Weiter rechts setzte sich die Idee durch, dass man künftig eine

Abhebegebühr leisten müsse. Nach einem netten Gespräch mit dem Bankexperten fielen nicht Wenigen noch die Idee ein, dass sich künftig von Woche zu Woche immer weniger Geld pro Log-In abheben ließ, damit die Kunden öfter zum Automaten müssten und als letztendlich noch eingearbeitet wurde, dass Politiker nicht davon betroffen seien, waren alle zufrieden. Ein wahrer Fortschritt für die Gesellschaft. Was der Kanzler auf den Fluren zu seinem Büro allerdings noch nicht ahnte, war die Einführung einer neuartigen Sprache samt Schriftzeichen, welche sich die Banken über Nacht ausdenken würden und in welcher ab dem nächsten Morgen jeder Automat der Welt den Kontostand seines Benutzers anzeigen würde.

Der Vorfall

Die vielen Tage seit der Diagnose hatten Uffus Hirandi zum Denken gebracht. Eine Dreiundvierzig. Das belastete.

Er hatte sich sehr gefreut, als sein hauseigenes Computersystem die Schwangerschaft vermeldete und auch in der Zeit nach dem ersten Tag der Nachricht entfielen noch immer bestimmt drei bis vier Gedanken pro Tag an dieses schöne Ergebnis, welche er im Gegensatz zu seinen sonstigen Ausflügen in die Abwegigkeit gerne tolerierte. Doch dem stand die ewig gleiche Fantasie gegenüber. Der große, erfolgreiche Polizeidirektor, der angesehene Retter der Polizei in seinem goldenen *Schnellauto*, er fuhr seinen Sohn herum. Seinen Sohn mit einem Rating, über das selbst im Kindergarten schon gelacht werden würde. Niemand würde es aussprechen, doch alle würden es wissen. Familie Hirandi, die angehenden Kapitalisten zum Wohle der Gesellschaft, sie hätten nur an ihre Generation gedacht. Hätten die Tests vor dem Fortpflanzungsakt geschwänzt, hätten der Zukunft eine wertvolle Kraft geraubt. Es waren Gedanken ohne Ausweg. Seine Frau und er trauten sich nicht einmal selbst darüber zu sprechen.

„Da' Pafümör", riss sein Kollege ihn aus seiner Angst zurück in die Gegenwart. Uffus war bei der Arbeit. „Der hat's entdjeckt." Hermann hatte sich behilflich gezeigt und selbstständig die Nachbarn befragt.

Der Polizeidirektor war sich sicher, dass es für die Entdeckung keine feine Nase bedurft hätte. Schon auf der Treppe nach oben roch es in dem engen Mehrparteienhaus unangenehm nach

Urin, Scheiße und Verwesung. Es roch nach Leiche. Ein typischer Vorkommnisort halt.

Seinen einen Begleiter schien es nicht zu stören: „Erhängt hat'a sich", kam Manfred Hermann der nächsten Frage zuvor. Es war immer der gleiche Ablauf. Ankommen, begutachten, Ursache erfragen, Name herausfinden, optional den Abschiedsbrief lesen und der Akte beilegen, Abtransport, Unterschrift, Akte weg und auf nimmer Wiedersehen. Und dabei weder was aufklären noch Geld verdienen. Es war kein Wunder, dass sich nahezu niemand bewusst war, dass sich die Polizei neben ihrer Hauptaktivität regelmäßig um die Vielzahl an Selbstmorden kümmern musste. Im Prinzip war es nicht mal ein richtiges Kümmern. Es war nur das Ausschließen einer Straftat. Es war obligatorisch. Hirandi setzte sich schon lange dafür ein, dass künftig nur noch der Bestatter sich diesen Fällen annahm.

„Gibt es einen Namen?"

Hermann zog den Abschiedsbrief heran und begann die Buchstaben zu entziffern: „Tschotsch Cljwiway…. Tschorge… George Clj… Clea-ry-way."

Uffus zog seine linke Augenbraue hoch und musterte den kurz vor der Rente stehenden Polizisten, wie er das Blatt Papier immer weiter von seinen Augen wegführte.

„George Clearyway", begann der heute besonders gutaussehende Castro zu wiederholen, „war Mitarbeiter bei der Firma Brauchbar. Im Zuge der Waffenvernichtung wurde er in einer Akte erwähnt." Bisher hatte er sich wie ein Mysterium zurückgehalten. Er wirkte geheimnisvoll. Er wirkte attraktiv.

„In dem Brief steht, dass se' ihn gjefeuert ham", klärte Hermann den Rest des Falles auf.

Hirandi, welcher mittlerweile begonnen hatte etwas in einen Fragebogen einzutragen, nahm die Antworten hin. Das leise Kritzeln seines Stiftes erfüllte den engen Raum, in welchem sie um die noch von der Decke baumelnde Leiche standen. Eine dunkelrot-braune Lache, leicht überzogen mit Schimmelpilz und wimmelnd voller Insekten, umrahmte auf dem Boden das Gebiet, welches in der luftigen Höhe mittlerweile von diversen Maden, Fliegen und Käfern eingenommen wurde. Sie alle hatten ihren Weg über die Decke hin zu der leckeren Futterquelle gemacht, welche sich insbesondere im Gesicht schon in Teilen erschöpft zeigte. George hing hier bestimmt schon weit über eine Woche. Das war nichts Ungewöhnliches. Niemand hatte ihn vermisst, niemand hätte ihn kontaktiert und die Nachbarn hätten ihn auch bestimmt weiterhin nicht bemerkt, wenn er nicht so unglaublich gestunken hätte. Das war alles ganz normal. Mitunter hatte die Polizei schon Leute gefunden, bei welchen sich das Skelett in Ansätzen gezeigt hatte. Weit ab in ihren eigenen Häusern und frisch fristlos entlassen, nahmen solche Ereignisse nun mal ihren Lauf.

Mit einer präzisen Unterschrift schloss Uffus Hirandi die Akte und atmete einmal auf. Mit zusammengekniffenen Lippen fiel sein Blick erst auf seine Kollegen und danach hinauf zu dem bleichen Kopf des Toten. In seinen Augenhöhlen machte es sich eine fette Kakerlake bequem. Uffus tippte vorsichtig an seine Beine und ließ George somit leicht an seinem Strick schaukeln.

„Machste' njchts." Hermann zuckte mit den Schultern. Die anderen beiden blickten ihn zweifelnd an. Was für eine unnötige Bemerkung. So bedeutungslos.

Die Fahrt zurück zur Hauptwache war eine stille Angelegenheit. Kein Wort. Kein Geräusch. Alle drei waren müde, der heutige Dienst war anstrengend gewesen. Die Spitze des Ganzen, die Beschwerde einer Nachbarin über den unangenehmen Geruch und der fehlenden Rücksichtnahme des toten George gegenüber seinen Nachbarn, hatte Uffus Hirandi, Manfred Hermann und Uniform-Castro den letzten Nerv geraubt. Es war so eine Grauzone mit derartigen Beschwerden. Inhaltlich sicherlich richtig, so urteilten die drei Männer, aber ob eine Beschwerde nach dem Suizid noch seine Berechtigung hätte, das war so eine Sache in der heutigen Welt. Wen sollte man schließlich belangen?

Während der Wagen eine gefühlte Ewigkeit an der nächsten roten Ampel stand, musterte Uffus Hirandi eine graue Gehwegplatte. Sekunde für Sekunde sprenkelte der einsetzende Regen den sonst hellen Farbton dunkel. Das Auto hielt lange genug, sodass der ganze Stein letztendlich nass war. Triste Dynamik. Uffus sah in diesen Regentropfen eine Bedeutung. Es ging voran, es veränderte sich etwas, aber es war eben nicht besonders. Es passierte halt. Genau wie das Leben, welches vor ihm lag. Vater, aber eben kein besonderer. Irgendwie eine frustrierende Existenz. Genau wie das Leben von George. Gestorben, aber eben nicht besonders.

„Wie heißt der Eingriff zur Geburtsverhinderung, welcher vor langer Zeit abgeschafft wurde?", durchbrach ein Geistesblitz seine Zweifel. Er erinnerte sich, dass Hermann vor einiger Zeit davon erzählt hatte.

Ohne seine Augen von der Straße zu nehmen, antwortete dieser: „Die Abtrejbung."

Die Müdigkeit im Körper des Polizeidirektors verschwand umgehend. „Wieso ist die verboten?", hakte er nach.

„Offjziell ham se' das Recht auf Lejben für jede Exjstenz einga'führt. Direkt nach'm Krjeg war das. Damals gjng aber das Gerücht ‚rum, dass se' Arbejter brauchtn'. Im Krjeg sjnd so viele von denen gjestorben."

„Das stimmt nicht. In den Lehrbüchern steht, dass es ein großzügiger Akt der Ethik unserer freien Welt war", konterte Uniform-Castro. Er hatte es satt, dass Hermann immer so pessimistisch alles in Frage stellte.

„Steht in den Lehrbüchern auch, wie eine Abtreibung funktioniert?" Hirandi nutzte die Chance das wandelnde Lexikon zu befragen.

„Nein."

Eine kurze Ruhe erfüllte den Wagen. Man sah auf jedem der drei Gesichter die Arbeit, welche ihre Gehirne leisteten, jeder war bereit den jeweils anderen zu informieren oder zu berichtigen. Doch niemand begann.

„De' Poljtker tötn' se aber auch...", löste Hermann die entstandene Spannung auf. Er musste seine Zweifel einfach loswerden.

„Ja", stimmte der schöne Uniform-Castro ablehnend zu. „Das ist damit zu begründen, dass damit der Schutz auf das Leben der Bevölkerung aufrechterhalten wird. Gefahren müssen minimiert werden."

Seinen logischen Argumenten konnte niemand ein Wort entgegensetzen. Insbesondere, weil niemand erkannte, dass es wohl eher der Schutz der Arbeitsfähigkeit war, wie Hermann schon richtig vermutet hatte. Etwas Anderes bemerkten sie hingegen sofort. Beim Aussteigen aus dem *Schnellauto* war da etwas. Irgendetwas lag in der Luft. Irgendetwas bedeutungsvolles?

Geschichte

„Johnny, hier drüben!" Sarah lief an ihm vorbei in Richtung einer künstlichen Hecke. Sie holte einen roten Ball hervor. Und warf ihn. Zu Johnny. Und der fing ihn. Und warf ihn wieder zurück.

Äx saß etwas abseits auf einer Bank und schaute den beiden zu. Es war ein guter Kompromiss, fand er. Johnny dachte, dass er Sport betrieb, um seinen Körper einwandfrei in Form zu halten und ahnte, dass Sarah ihn gerade eher für eine dieser unproduktiven Freizeitstunden eingespannt hatte, in welchen er sich auch hätte fortbilden oder richtig hätte trainieren können. Doch das war okay. Sarah dachte wiederum, dass Johnny langsam Spaß entwickelte und ahnte, dass er noch lange nicht so weit war, wie sie es gerne hätte. Doch auch das war okay.

Ein Vibrationsgeräusch unterbrach die Situation. Johnny kam schnurstracks zurück zur Bank, Sarah ließ sich übertrieben enttäuscht zusammenfallen und seufzte.

„Na Johnny, hat dir dein Chip mitgeteilt, dass du deine exakte Kalorienmenge verbrannt hast?", lachte Äx ihn an.

„Ja."

„Iss nachher einfach ein bisschen mehr und komm wieder spielen!", forderte ihn seine mutmaßliche Freundin heraus. Noch immer stand sie auf der Fläche und spekulierte auf ihre Überredungskünste.

„Meine Nahrungsaufnahme ist genau bemessen."

„Immerhin antwortest du schon mal auf solche Aussagen Johnny", lobte ihn Äx und begann ihn umgehend wieder zu ermahnen: „Aber lerne deine Zeit zu erleben und nicht zu verleben."

„Ja", gab Johnny obligatorisch zu verstehen, dass er noch im Kopf dabei war. Die regelmäßigen Treffen mit Sarah hatten ihm gleichzeitig viele Sessions bei Äx beschert. Es half ihm. Nicht alles, was er erzählt bekam verstand er, aber vieles interessiert ihn. Er lernte etwas. Zwar nicht immer über die Welt, aber über sich. Eine Perspektive, welche er so noch nie wahrgenommen hatte.

„Nächstes Mal spielen wir länger!" Sarah warf Johnny den kleinen Ball an die Brust. Überrascht zuckte er zusammen. Sarah nutzte den Moment und quetschte sich auf die Bank. Es war ein unschöner Anblick für die anderen, wie sie da alle zu dritt saßen. Viel zu eng, viel zu viele Berührungen.

„Heute wurden in der Firma Brauchbar kleine Modelle von der Firma Brauchbar produziert. Ich stand am Schlund und habe Kartons geöffnet."

Das war die neuste Aufgabe von Johnny Matteo. In unregelmäßigen Abständen holte ihn Sarah von der Arbeit ab, noch unregelmäßiger war Äx dabei. Dieser hatte ihm einmal aufgetragen den beiden fortan von seinem Arbeitstag zu erzählen. Smalltalk lernen.

„Sehr interessant. Das wird einen großen Einfluss auf unsere Welt haben." Äx ließ eine bewusste Pause folgen.

„Ja?"

„Natürlich nicht Johnny. Einfluss werden nur Sachen haben, mit denen die Gesellschaft nicht rechnet."

Sarah grinste: „See-Story?"

„Ganz genau", bereitete der Weltenkünstler triumphal seine nächste Lektion vor.

Johnny fiel umgehend auf die Anspielung herein: „Was ist die See-Story?"

„Johnny, warst du schon mal in einem See schwimmen?"

„Nein."

„Stimmt", brummte sich Äx selbst zu, „Warum auch? Naja, du weißt, was ein See ist?"

„Ja."

„Gut."

„Ja."

„Lass mich doch mal ausreden, man. Nicht jedes Luftholen ist eine Pause."

„Ja."

„Gut."

Johnny blickte Äx an.

„Also Johnny. Du schwimmst in einem See. Es ist nachts und komplett dunkel. Frag mich auf gar keinen Fall, warum du das tun sollst, ich möchte dir mit dem Gedanken nur etwas zeigen. Okay?"

„Wieso sagst du mir den Gedanken nicht ohne Vergleich?", entgegnete Johnny voller Stolz, dass er die Methode der Metaphern langsam begann zu verstehen.

„Die Systemstrukturen lassen sich ohne externen, gravierenden Einfluss nicht verändern", ratterte Äx drauf los. „Besagter Einfluss wird, sobald die betroffene Gesellschaft davon erfährt, grundsätzlich aufgrund seiner Fremdheit abgelehnt und der objektive Fakt, dass er das System positiv ergänzen würde, wird somit aufgrund der Subjektivität in dem Diskurs nicht anerkannt. Kannst du dir jetzt vorstellen, was ich sagen möchte? Johnny war verwirrt: „Nein."

„Eben. Also lass mich jetzt Künstler sein. Schlimm genug, dass ich meine Erklärung erklären musste." Er schüttelte den Kopf. „Du schwimmst nachts in einem See und möchtest das Wasser verlassen. Jetzt gibt es ein Problem. Das gesamte Seesystem kann dir nicht dabei helfen das Ufer zu erkennen. Der See ist voll mit Wasser, am Rand liegen Sand und Steine, vielleicht wachsen dort ein paar Pflanzen. Aber wirklich nichts davon siehst du. Es ist eine graue, dunkle Nacht. Voller Nebel. Alle Richtungen sehen gleich aus. Gleich dunkel. Du schwimmst wild drauf los und weißt nicht, ob du gerade weiter raus schwimmst oder genau richtig bist. Du versuchst es so lange, bis du entweder zufällig Erfolg oder eben keine Kraft mehr hast und im See, im System bleiben musst. Nicht so gut, oder?"

„Nein."

„Eben. Das raubt Energie und kostet Hoffnung."

„Aber jetzt", übernahm Sarah das Wort, „Jetzt siehst du auf einmal was. Etwas, was da nicht hingehört. Ein kleines Licht. Eine Kerze. Sie steht auf den Steinen am Ufer und brennt. Flackert ganz leicht vor sich hin und für dich, der im See schwimmt, ist sie eine Orientierung. Du siehst, wo du hin-musst. Du schwimmst zu ihr und die letzten paar Meter erkennst du sogar das Licht auf den Wellen vor dir, kannst dich beim Herausgehen aus dem See zurechtfinden, kannst sehen. Was ist an dieser Kerze besonders?"

Johnny regte sich nicht. Er wusste darauf keine Antwort. Sarah wusste das.

„Wo kommt sie her? DAS ist das Besondere. Das System See hat keine Kerzen. Da gibt's am Ufer nur Steine. Die passen zwar perfekt in die Umgebung und zu allen anderen und jeder findet, dass die dazugehören, aber letztendlich sind sie einfach da. Sie sind nutzlos. Niemand guckt zu ihnen und sie werden niemals zu dir gucken. Aber eine Kerze, die fällt auf. Die fällt dir auf, wenn du Teil des Sees bist. Sie ist nicht normal, sie gehört da nicht hin, aber sie hilft dir. Jeder würde sie sehen und jeder würde in der Nacht zu ihr schwimmen."

„Johnny Junge", zog nun erneut Äx die volle Konzentration auf sich. „Jetzt kannst du natürlich losgehen und dir denken: Okay, ein Licht, etwas Anderes. Schon klar. Da gucke ich hin, das kann mir helfen. Das ist besonders. Aber hier hört es noch nicht auf! Eine finale Frage stellt sich doch, oder?"

„Ja."

„Welche?"

Johnny spekulierte darauf, dass exakt diese Frage nicht käme. Pech gehabt. Äx erkannte es. Es war mittlerweile ein gängiger Mechanismus von Johnny sich anzugleichen und seinen Fortschritt vorzuspielen. Alleine das Vorspielen war jedoch bereits einer befand Äx.

„Woher Johnny? Wo kommt diese Kerze her? Eine Kerze gehört da nicht hin, gehört nicht ins System. Irgendjemand muss sie nicht nur dort platziert haben, sie muss auch angezündet worden sein. Jemand muss erkannt haben, dass es in der dunklen Nacht genau das war, was du als Schwimmer im See brauchtest. Und während die Kerze vielleicht das Objekt ist, welches nicht in das System passt und welches die Gesellschaft verunsichert, so ist es doch viel, viiiel interessanter, wer die Idee hatte. Und wer sie ausgeführt hat. Wer verstanden hat, dass man Hilfe brauchte und welche Hilfe man brauchte. Wer seine Zeit dafür geopfert hat den grauen, trostlosen, toten und immer gleichen Steinen eine Kerze in ihre Reihen zu setzen."

„Und genau das war Äx für mich", sprach Sarah leise. Ihre Stimme war emotional geladen. Den Kopf leicht zur Seite geneigt blickte sie voller Leere auf den vor ihnen liegenden Weg. Sie schien sich zu erinnern.

„Und Johnny: Sarah war deine Kerzenbringerin. Und auch du wirst eine bringen. Das ist deine Aufgabe. Schon immer gewesen."

Alle drei schwiegen. Das Bild, welches diese überfüllte Bank hergab, es war skurril. Wie drei kleine, fette Kinder. Eng aneinander gepresst saßen sie stumm da. Jeder für sich. Der eine grübelnd, die andere in Erinnerungen schwelgend und der letzte mit großem, konzentriertem Blick ins Nichts. Bunte Klamotten umrahmten den grauen, langweiligen Mantel von Johnny, welcher ein wenig im Dreck auf dem Boden hing. Ebenso hing mittlerweile sein Träger durch. Er versank in sich selbst.

Ein älterer Mann näherte sich der Bank und nahm automatisch einen halben Meter mehr Abstand. Es war, als ob er die fehlende Distanz zwischen den Dreien mit seiner zusätzlichen ausgleichen wollte. Er hielt es für schön, vielleicht war es das auch. Doch genau vor Johnny blieb er plötzlich stehen. Den Rücken zu den Sitzenden gewandt.

Äx blickte zuerst auf. Als auch Sarah es bemerkte, zog es sie aus ihrem Sitz. Sie stand, die Hand leicht erhoben vor ihrem Gesicht, letztendlich ganz und gar aufrecht.

Johnny begriff zuerst gar nicht. Der Mann vor ihm versperrte die Sicht, doch er spürte es zunehmend. Das Etwas. Langsam erhob er sich und ging erstaunt direkt an dem Herrn vorbei. Dessen Schulter streifte die seine, doch allen war es egal. Mit zugekniffenen Augen starrte er hoch in den Himmel. Seine Haut fühlte sich warm an, die Welt um ihn herum auch.

Zwischen der grauen Wolkendecke über der freien Welt hatte sich ein Loch gebildet. Durch dieses hindurch schienen einige Sonnenstrahlen auf die Erde, umrahmt von einem strahlend blauen Himmel. Das Licht durchfuhr Hecken, Häuser und Straßen, nicht wenige begannen zu weinen, sich zu fragen, was gerade geschah. Alles und jeder stand. Jeder blickte auf. Jeder war verwirrt. Verunsicherung machte sich breit, Chaos stieg in den Körpern der Erleuchteten auf. Es war nur ein Bruchteil einer Minute, doch es reichte, um alle nach dem Etwas suchen zu lassen. Nach dem Grund, nach der Bedeutung. Wie ist es geschehen, was wird man drüber berichten? Panik. Zumindest bei fast Allen. Nur Johnny, Sarah und Äx standen im Licht und schlossen langsam die Augen. Unabhängig voneinander taten sie nur eins: Sie genossen. Ganz automatisch.

Breaking News

„Es ist zehn Uhr, es ist Newstime. Der heutige Tag wird in die Geschichte unserer freien Welt eingehen. Sehr verehrte Damen und Herren, am Nachmittag ereignete sich ein äußerst sonderbarer Prozess am Himmel unserer freien Welt. Einige Orte, darunter kleinere Teile der Hauptstadt, wurden durch ein nicht erklärbares Loch von der sogenannten ‚Sonne' beschienen. Dazu hören Sie nun ein Kommentar des renommierten Meteorologen Thomas DeMacy, welcher sich intensiv und seit langer Zeit mit Phänomenen wie diesen in der Theorie befasst hat. Seine Professionalität ist an seinem Ton nicht zu überhören."

„Was heute Teile unserer Gesellschaft erfahren haben, das ist einmalig und lässt zurecht die Frage zurück, inwiefern sich das alles erklären lässt. Die Bedeutung des Vorganges liegt auf der Hand. Das Aufziehen der Wolkendecke erübrigt den Rest. Ich kann nur erneut betonen, dass Menschen, welche diesen Vorgang nicht nachvollziehen können, zurecht hinterfragt werden sollten. Mein Verständnis ist offensichtlich. Der weitere Verlauf der Geschehnisse kann sich durch das Wetter erkennen lassen. Es bleibt abzuwarten."

Der Radiopresenter schwieg. Er schwieg ungewöhnlich lange. Und auch wenn diese Länge nur den Bruchteil einer Sekunde darstellte, so war doch jedem Zuhörenden klar, dass DeMacys Beitrag nicht nur bei ihnen ein halbwegs großes Fragezeichen zurückließ.

„Dieses einmalige Vorkommen stößt in der Politik auf klare Stellungnahmen. Gemäß der parlamentarischen Sitzordnung stellen wir Ihnen die Shortcut-Statements der Parteien vor."

„Shooortcut!", schrie die bekannte Computerstimme.

„Der Kapitalismus der Sonne! Anders kann es morgen nicht in den Medias verkündet werden. Erneut zeigt sich, dass man in dieser Gesellschaft eben nicht alles erreichen kann. Oder wie erklärt uns der Kanzler, dass nur an wenigen Orten und für einige Leute heute die Sonne schien? Revolution!"

„Ein historisches Ereignis. Denken Sie immer dran, dass dieses Ereignis geschah, als wir in diesem freien Land politisch aktiv waren! Wählen Sie uns!"

„Das Klima ist erbarmungslos. Es ist entsetzlich. Kennen Sie die Solarkonstante? Wissen Sie, was diese Sonnenstrahlen bewirkt haben? Außerdem sollten wir anlässlich dieses Ereignisses Plastik verbieten. Es könnte sonst schmelzen."

„Dass die Politik solche Ereignisse nicht wirtschaftlich vorbereitet hat, zeigt, dass die DlK von einem unschätzbaren Wert für diese freie Welt ist. Wie kann es sein, dass es keine Technologien gibt, welche dieses Ereignis haben kommen sehen? Wieso durften arme Menschen dieses Ereignis gratis genießen? Wieso durften sich die reich... äh alle Menschen nicht in einem freien und fairen Wettkampf einen Platz an den Sonnenspots kaufen oder ersteigern? DAS ist sozialer Rassismus! Dagegen ist ja selbst der Sozialismus noch fair!"

„Die Mitte-rechts-besorgt Partei ist darüber besorgt, dass einige unserer vorhin im Parlament getätigten Meinungen bezüglich der Nichtexistenz der Sonne als sogenannte ‚Verschwörungstheorie' im Parlament abgetan wurde. Es war ein erstmaliges und bisher einmaliges Ereignis, welches folglich erstmal durch alles Logische erklärt werden könnte. Das wird man ja wohl noch sagen dürfen."

„Mit vollem Stolz können wir Ihnen mitteilen, dass sich die Wahl unserer Partei lohnt. Unser Vorhandensein zu diesem Zeitpunkt zeigt, dass sich der Himmel unseren Ideen nach besserem Wetter gebeugt hat. Wählen Sie uns!"

„FAKE-NEWS! Komisch, dass niemand unserer Partei die Sonne gesehen hat. Die lügenden Medias reden von nur einigen Stellen. Wie soll das denn funktionieren? Jeder weiß, dass die Wolkendecke eine Scheibe ist! Außerdem sollten wir die Sonne verklagen."

„Shooortcut!"

„Meine Damen und Herren, abschließend informieren wir Sie über den Preis, welchen Sie bei einer Behandlung zu bezahlen haben, sofern Sie einer derjenigen sind, welche von einem sogenannten ‚Sonnenbrand' betroffen sind. Die Politik hat sich auf einhundert Geld geeinigt. Diesem Preis ist eine nachträgliche Eintrittsgebühr für die Orte inklusive, an welchem die sogenannte ‚Sonne' schien. Es ist zudem illegal einen Sonnenbrand nicht zu behandeln. Außerdem zitiere ich die Regierung: Dieses Gesetz wurde drei Sekunden vor den Sonnenstrahlen beschlossen. Darauf haben wir einen Eid geleistet. Zwinker in Klammern letztes Wort auf keinen Fall vorl… Zitat Ende."

Behandlung

Es schmerzte. Es brannte. Johnny ärgerte sich. Zu unbedacht hatte er den Moment im Park genossen, seine größte Angst vergessen und letztendlich genau dafür bezahlt. Wortwörtlich. Mit einer großzügigen Schicht an weißer Creme auf dem Gesicht und einem großen Loch in seinem Portemonnaie verließ er die Praxis von Doktor Krysler. Die mittlerweile wieder kühle Luft unter der dichten Himmelsdecke begann augenblicklich die feuchte Masse auf seiner Haut zu trocknen.

Sarah und Äx, welche ihn beide am Straßenrand in Empfang nahmen, zeigten Johnny, wie ein echter Sonnenbrand aussah. Er blickte in beide Gesichter, welche unangenehm rot gefärbt waren. Knallrot. Die Haut der Menschen hatte sich innerhalb der letzten Jahrzehnte zunehmend daran gewöhnt wenig ultravioletter Strahlung ausgesetzt zu sein. Umso empfindlicher reagierte sie auf diesen kurzen Moment Sonne.

„Tut's weh?", fragte Sarah den näherkommenden Patienten.

„Ja."

„Ich meine damit eher, dass dich das alles einhundert Geld gekostet hat."

Die beiden Roten hatten Johnny augenblicklich nach der Breaking News Show angefangen damit zu belagern, dass eine Behandlung überflüssig sei. Sie bestanden drauf, dass sie das Problem selbst angingen. Bei sich zuhause. Johnny fand das gar nicht gut. Das war illegal. Und so weit, dass er Illegales tat, war er noch lange nicht. Dachte er zumindest.

Ein Gespräch durch belanglose Informationen am Laufen zu halten, das fiel ihm hingegen zunehmend einfacher: „Das tut nicht weh, aber es ist ein unschönes Gefühl."

„Wie unterscheidet sich das von deinem sonstigen Gefühl?", sprang Äx umgehend auf die nächste Möglichkeit an, Johnny sein Leben vor Augen zu führen.

„Ich bin verstimmt, da diese Rechnung zu verhindern gewesen wäre."

„Mal angenommen, dass du das geschafft hättest. Dann wäre dein Gefühl…?"

„Ein glückliches?", versuchte Johnny die richtige Antwort über sein Inneres zu erraten.

„Schwachsinn!", unterbrach Sarah. „Du hättest ja nicht gewusst, dass du gerade eine Rechnung verhindert hast. Darauf wurdest du ja erst später hingewiesen!"

Mit zustimmendem Interesse schaute Äx Sarah an. Wieder einmal war er beeindruckt, wie sich ihre Worte als eine Vorlage für das erwiesen, was er aussagen wollte, aber noch nicht konnte, da ihm der Bezug fehlte. Sie war Gold wert. Johnny sollte sich glücklich schätzen mit ihr.

„Bist du grundsätzlich glücklich Johnny?", wandelte er schließlich seine Freude in die Praxis um.

„Ja."

„Wieso?"

„Ich habe eine Arbeit, ich habe Geld und ich fühle mich nicht alleine."

„Du hast deiner Meinung nach also Alles?"

„Ja."

„Das ist traurig."

„Aber ich bin nicht traurig."

„Oh man. Genau das ist der Punkt! Johnny, nur weil man keine Sorgen hat, ist man noch lange nicht glücklich. Und das ist okay."

„Aber ich bin nicht traurig", wiederholte Johnny seinen Punkt mantraartig.

„Naah, das habe ich so auch nicht gesagt. Du bist sogar nicht einmal schlecht drauf. Du verwechselst einfach nur die Akzeptanz deines Seins mit der absoluten Zufriedenheit. Die Unbekümmertheit mit dem glücklich Sein."

„Ja."

„Falsche Antwort!" Sarah stieß Johnny neckend den Ellenbogen in die Seite. „Weißt du, was Glück ist?"

„Der Eintritt eines Zufalls?"

„Nein, ein Gefühl. Es geht um Gefühle! Man kann sie erzeugen. Man kann aber auch von ihnen überrascht werden. Glücklich zu sein, das merkt man. Weil man es so selten merkt, wissen viele nicht, was es eigentlich bedeutet."

„Und zu akzeptieren, dass es nur selten geschieht, das ist traurig. Traurigkeit entsteht, wenn du genau das begreifst", ergänzte Äx. „So schließt sich der Kreis Johnny. Wenn du nicht glücklich bist, von mir aus. Aber wenn du aufhörst danach zu suchen, dann bist du traurig. Ganz ohne es zu merken."

Johnny blieb ruckartig stehen. Mittlerweile hatte er sich davon gelöst einfach nur stumm dreinzuschauen und zu versuchen alles irgendwie zu verknüpfen. Vielmehr blieb er seit Neustem bei komplizierten Sachen, die er gehört hatte, einfach stehen. Allem, was ihm im Ansatz als Zugewinn seines Wissens nützlich schien, gab er die Chance auf Verständnis. Doch das wäre ein Ding der Unmöglichkeit, wenn sein Gehirn sich nebenbei noch auf andere Dinge wie das Gehen konzentrieren musste. Sarah hatte das akzeptiert. Etwas ironisch, aber mit einem leichten Hauch von Angst, hatte sie neulich darüber gescherzt, ob er auch irgendwann aufhören würde zu atmen, wenn Äx nur das richtige Thema ansprach.

„Wie kann ich Glück suchen und finden?", meldete sich Johnny schließlich aus seiner Wartungspause zurück und schaute Sarah an.

„Erkenne das Unterbewusste." Äx lächelte, als er sah, dass sein Adressat alleine mit diesem Blick genau das getan hatte, was er selbst zu lernen versuchte. „Erkenne die kleinen Dinge, welche du tust und verfolgst."

Johnny Matteo verstand es nicht wirklich, was dort hinter seiner Schulter erklang. Dennoch fand er sich augenblicklich in einem Gefühl wieder, was verhinderte sich einfach umzudrehen. Stattdessen verblieben seine Augen auf Sarahs verbranntem Gesicht, aus welchem ihm ein Grinsen entgegen strahlte. Das Gefühl, welches er empfand, war die Anziehung. Die Anziehung, welche sich auf das leichte Annähern Sarahs Gesicht an das seine ausübte. Ganz unbemerkt schlossen beide schließlich die Augen, ehe Sarah ihre Beine durchstreckte, sich auf die Zehenspitzen stellte und Johnny ganz sanft einen zärtlichen Kuss gab. Ihre Lippen lagen zunächst nur auf seinen, doch mit jedem Moment, mit jedem Augenblick der Verbundenheit fühlte sich Johnny zunehmend wohler. Die anfängliche Berührung wurde intensiver, der Kuss ließ aus der Öffentlichkeit der Kreuzung, an welcher die beiden zwischen zu vielen Menschen standen, ein Raum der Zweisamkeit werden. Johnny vernahm immer weniger Geräusche und fühlte immer mehr sich selbst.

Mit einem letzten, festen Kuss ließ Sarah schließlich von ihm ab. Johnny Matteo fand sich unumgänglich-plötzlich zwischen dem Surren von Motoren und dem Klackern von Absätzen wieder. Die Umgebung wurde mit jeder Sekunde, in der sein Bauchkribbeln abnahm, greller, das große Gebäude der *Post* auf der anderen Straßenseite schien aus dem Boden zu wachsen. Er blickte Sarah an, welche in ihrem Gesicht deutliche Abdrücke seiner Creme trug und drehte sich schließlich um zu Äx.

„Das ist das Glück. Nicht deine Arbeit oder dein Geld. Dein Sein. Das Erleben des Seins", erklärte dieser ihm in einem ruhigen Ton. Noch immer lag eine auffällige Genugtuung in seinen Gesichtszügen, seine Augen strahlten nahezu vor Begeisterung. Äx shippte die beiden seit dem ersten Tag. Gegensätze, die sich mit jeder Sekunde des Beisammenseins annäherten.

„Ein Kuss?" Johnny ließ nicht locker.

„Ein unnötiger Kuss!", bestätigte Sarah ihm seine Frage. „Niemand würde sich hier küssen, es hat doch keinen Zweck. Aber wir wissen doch beide, dass wir es mögen, dass da etwas ist zwischen uns. Warum sollten wir das nicht exakt dann auch ausleben? Warum überraschen wir uns nicht einfach mit den Gefühlen, auf welche wir uns zum Teil tagelang freuen? Das ist natürlich nur ein Beispiel. Leben Johnny! Man muss leben zum glücklich sein."

„Nicht immer muss alles eine Bedeutung haben! Manchmal muss man einfach machen, weil es sich richtig anfühlt."

„Ja!" Begeistert bestätigte Johnny diesmal voller Wahrheit sein Verständnis der Aussage. Die Sonnenstrahlen, der Kuss, all die Dinge hatte er heute erlebt. Der Rest der Zeit würde in seinen Erinnerungen wohl kaum eine Rolle spielen. „Ein Kuss", wiederholte er für sich seine Erkenntnis. Es war ihm egal, dass es keine Aussage war.

„Ganz genau. Und jetzt passt mal auf!" Äx lief los. Er sprintete nahezu. Er rannte wahllos. Wahllos über die Kreuzung und zu Menschen hin. Überrascht von der explosiven Art, blieben diese stehen und ließen das geschehen, was sogar Sarah den Atem raubte: Äx küsste die Leute. Ins Gesicht. Er presste ihnen flüchtig seine Lippen auf die Wange, auf die Stirn oder auf den Mund. Frauen, Männer, kleine, große, grau, braun oder schwarz Tragende. Er küsste die Menschen einfach. Völlig außer Atem und verfolgt von so ziemlich allen Blicken blieb er letztendlich wieder vor seinen Begleitern stehen.

„WAS - WAR - DAS?", begann Sarah loszuprusten.

Äx atmete schwer durch. „Erinnerungen! Johnny hat Recht. Ein Kuss! Ein Kuss ist ein Moment, ist ein Stück Leben. Ein gutes Beispiel halt. Entweder sind sie heute Abend glücklich darüber oder sie sind glücklich darüber, dass es vorbei ist. Aber es ist ihnen etwas passiert! Jedem von ihnen. Sie werden sich fragen, was das zu bedeuten hat. Sie werden keine Antwort finden. Es wird sie beschäftigen. Es war spontan. Sie werden schlafen gehen und daran denken. Das zu schaffen ist Kunst!" Er war voller Stolz.

Die Post

„Los!", gab die künstliche Stimme den Start der 16 Testminuten bekannt. Lautstark erfüllte sie das kleine, fensterlose Büro sofort mit einer anreizenden Atmosphäre, welche die zierliche Mitarbeiterin der *Post* sofort mit der nötigen Motivation versorgte, um die Vorgänge zu bearbeiten. Dokument für Dokument nahm sie von einem rechts liegenden Stapel, hielt es kurz in der Hand, fand sich mit den darauf stehenden Angaben in der Datenbank auf ihrem *WorkPad* zurecht und sortierte es schließlich auf den linken Stapel wieder ein. Mit jedem Handgriff bildeten sich zunehmend Schweißperlen auf ihrer Stirn, welche sich in dem kleinen, schwarzen Sensor an der Decke grell spiegelten.

Die *Electronic Voice OfficeEdition,* welche dort direkt neben der Leuchtstoffröhre hing, war verantwortlich für den Schweiß. Es war Angstschweiß. Und das war kein Wunder.

Die *Post* war der wohl lukrativste Arbeitgeber in der heutigen Zeit. Dementsprechend gab es viele Bewerber. Viel zu viele. So viele, dass die Hälfte der Belegschaft mittlerweile aus Angestellten für das Bearbeiten der Bewerbungen bestand. Und genau hier begann der Teufelskreis: Die Postboten glichen Spitzenathleten. Nur wenige unter ihnen rannten die einhundert Meter in über elf Sekunden, proportional zu lange Gliedmaßen besaß der Kader mit einer durchschnittlichen Überlänge von elf Prozent gegenüber der Gesellschaft und die Marathondistanz würde jeder von ihnen problemlos noch nachts um halb vier laufen können. Ganz ohne Schlaf. Den Quotenletzten auf dieser Liste zu ersetzen, das schafften die wenigsten Bewerber.

Aber die Büroangestellten, die waren wie das Futter im Haifischbecken. Und das führte zu obszönen Szenen. Neben der Prüfung der Bewerbungen für die Zusteller, prüften sie beispielsweise auch die Bewerbungen für die Prüfposten. Nicht selten entließen sich in der Vergangenheit einige Angestellte auf diese Weise selbst. Und damit diese Entlassungen auch garantiert nicht überflüssig sein würden, prüfte einmal am Tag ein vollautomatisches System der *Electronic Voice OfficeEdition* die Bewerbungsprüfquote der Prüfer für die Bewerbungen auf den Posten der Prüfer. Das Ganze wurde selbstverständlich gegengerechnet mit der durchschnittlichen Gesamtanzahl der am Tag absolvierten Prüfungen, sodass der 16-minütige Sprint die Wahrheit nicht maßgeblich verzerren konnte. Obwohl natürlich niemals ein schöner Mensch versuchen würde, etwas durch nur eine einzelne Testaufgabe zu manipulieren.

„Das Ende", erlöste der Kasten an der Decke die erschöpfte Mitarbeiterin. Ihre braunen, glatten Haare hatten sich zerzaust, auf ihrer sonst blassen, reinen Haut waren deutlich die Poren zu sehen und ein glänzender Film erfüllte sie mit Farbe. Sie trank einen Schluck Wasser. Sie hatte den gesamten Stapel an Bewerbungen abgearbeitet, ihre Kündigung lag in weiter Ferne.

„Ihr Ergebnis wurde gespeichert", wurde sie erneut angesprochen. Die Information ließ sie ihre Wasserflasche abstellen und etwas gemäßigter weiterarbeiten.

Bereits vier Mal musste sie die 16 Minuten in ihrer bisherigen *Post*-Karriere wiederholen, da es ein Problem bei der Auswertung gab. Probleme. Es gab sie. Genug von ihnen. Die freie Welt dieser Zeit schien makellos, ihre Bewohner lebten und strebten dies an, aber hier bei der Post, da ergründeten sich die

Abgründe der Perfektion. Die Fehler. Und sich dieser anzunehmen, das war eine weitere Aufgabe der Mitarbeiterin.

„Fehler sind menschlich und eben deswegen gilt es sie zu verhindern und zu beheben." Diesen Satz hatte ihr Vorgesetzter ihr einst mit auf den Weg gegeben, ehe er die Tür zu dem fünf Quadratmeter großen Raum schloss. Es war ein guter Raum, um die Menschlichkeit auf ein Minimales zu reduzieren.

Nach der Nahrungspause widmete sich die verwundbar wirkende Brünette den Problemen der vergangenen Woche. Nicht viele waren es, dennoch zu viele. Die oben aufliegende Mappe gab ihr direkt zu verstehen inwiefern. Sie berichtete über die Insekten in der Kantine. Irgendwie hatten sie einen Baumangel ausgemacht und sich in einer Wand eingenistet. Nicht sehr appetitlich. Ein Anruf bei einem Entferner sollte helfen. Entferner entfernten nämlich alles. Traditionelle Sachen, wie ein bisschen Müll oder eklige Tiere, aber eben auch spezielle Angelegenheiten. Die Postmitarbeiterin selbst wusste ganz genau was das bedeutete: Ihr Ex-Mann hatte sie nach der Geburt ihres Kindes aus der Beziehung entfernen lassen.

Die folgenden Berichte waren weniger spektakulär. Eine Beschwerde eines Zustellers, welcher eine Quotenanpassung forderte. Hausnummer und Firmenschild würden zu weit auseinander liegen, sodass er Zeit verlieren würde bei der verpflichtenden Überprüfung beider. Außerdem zwei Anträge auf Arbeitsplatzerhaltung, da Roboter doch eigentlich nicht gesellschaftsfördernd seien, und die obligatorischen Nachfragen nach dem Verbleib von Geldsendungen. Dieser Bericht kam nahezu jeden Tag. Der Postchef nahm sich der Zustellung dieser Wertbriefe seit Jahren persönlich an, doch schien laufend

Unglück mit unfreundlichen Menschen zu haben. Anscheinend hatten sie sich alle verschworen ihm etwas anzuhängen, dachte die Angestellte. Ein so netter Mensch wie Herr Post würde niemals eine Aufgabe falsch ausführen. Schon gar nicht absichtlich.

Ganz unten lag schließlich ein sehr dünner Hefter. Es war der letzte Vorfall, den sie der *Post* vom Hals zu schaffen hatte. Doch wie das gehen sollte, das war ihr im ersten Moment nicht einmal klar.

‚Die Beschwerde: Postzusteller eins erfüllt den Arbeitsauftrag über das geforderte Maß hinaus mit persönlichen Botschaften.' Das stand auf dem vor ihr liegendem Papier. Zusteller Nummer eins war in diesem Fall der Quotenbeste. Der Weltmeister im Briefe Verteilen. Der Effizienteste, der Schönste. Inwiefern gab es über diese Person eine Beschwerde? Und was bedeutete es, wenn die Eins seine Aufgabe über das Maß hinaus erfüllte? Noch während ihr diese Fragen durch den Kopf schossen, bemerkte sie ein zweites Blatt Papier in der Mappe. Vorsichtig blätterte sie den Bericht um und schaute auf einen kleinen Zettel. Er war nicht sehr schön gestaltet. Ein schwarzer, dünner Strich kurz unter der oberen Kante thronte über einem Text, welcher, so schien es, handschriftlich verfasst wurde. Wie unkonventionell. Der Verfasser hatte sich sichtlich bemüht möglichst nah an den schönen Schriftarten der Elektronik zu sein, dennoch gelang es nicht ganz. Die Mitarbeiterin ließ ihre Augen über die ersten Wörter fliegen, begann aber umgehend zu stocken. Was sie da las, das ergab keinen Sinn. Nicht im Entferntesten. Sie beschloss noch einmal von vorne anzufangen.

‚Wussten Sie, dass ein Mal pro Year keine Tauben auf unseren Straßen zu finden sind? Dass denen an diesem Tag die

Batterien gechanged werden, damit sie uns weiter überwachen können? Haben Sie schon mal eine Taube aufgecuttet? Die Cameras und die Microphones? Kennen Sie die? Die da oben wollen uns kontrollieren. Ich will das nicht. Wollen Sie das auch nicht! Wachen Sie auf! Null.'

Noch immer unwissend was das zu bedeuten hatte, verließ ihr Blick die Buchstaben und fokussierte ein schlecht angefertigtes Symbol. Zwei nebeneinanderstehende, unrunde Punkte wurden von einem nach oben geöffnetem Halbkreis untermalt. Sie hatte so etwas noch nie gesehen. Ganz komisch.

„Prüfe Vorgang vierhundertneunundneunzig", zog sie Hilfe heran. Die *Electronic Voice OfficeEdition* war im Vergleich zur normalen *Electronic Voice* um genau diese Fähigkeit reicher: Sie wusste um alle Vorgänge in der eingesetzten Institution Bescheid und konnte somit alles verknüpfen und abgleichen.

„Zusteller eins", begann sie, „fiel innerhalb der letzten Woche negativ dahingehend auf, dass er seinem Gebiet eigens formulierte Verschwörungstheorien ungefragt zustellte."

„Was ist eine Verschwörungstheorie?"

„Unter einer Verschwörungstheorie versteht man die bedeutungslose Annahme eines Vorganges, welchen man sich aufgrund von Beobachtungen selbst erschlossen hat. Sie entspricht nicht den Anforderungen an das Mindestmaß, welches die Bildung unserer freien Welt voraussetzt. Eine Verschwörungstheorie ist eine Lüge."

Eine Lüge war ganz und gar nicht schön empfand die Mitarbeiterin. Sie entschied sich dafür den Zusteller hinsichtlich seiner Effektivität abzustufen. Würde man alle Sekunden zusammenrechnen, welche das Einwerfen dieses Flyers bedarf, so würde er im Vergleich sicherlich an Tempo verlieren. Eine knappe Minute über einem Taschenrechner bestätigte ihr genau das. Umgehend gab sie den neuen Wert in das Profil des Angestellten ein, welcher daraufhin von der eins zur acht wurde. Sein Job war damit noch lange nicht in Gefahr.

DoItDay

Sarah lag schon lange vor dem automatischen Wecker wach. Trotz der grauen, dünnen Gardinen bahnte sich das aufkommende Tageslicht Stück für Stück einen Weg in den kahlen Raum. Minutenlang beobachtete sie die Decke im Schlafzimmer, deren weiße Farbe mit jedem Moment mehr und mehr aus der Dunkelheit der Nacht erwachte. Sie dachte nach. Während Johnny neben ihr schlief. Noch. Nicht mehr lange und der Wecker würde ihn so wecken, dass er mit einer perfekten Portion an Schlaf in den Tag starten könnte. Sarah wusste nicht ganz, ob sie sich auf das Aufwachen von ihm freuen sollte. Schlafend gab er nicht viel her, doch wach würde er wohl kaum länger als nötig im Bett Zeit verbringen. Die Hoffnung auf ein Gespräch oder auf Zweisamkeit, eingekuschelt unter den weichen Decken, sie war gering.

Die sanfte Vibration der Matratze in Verbindung mit einem immer höher anschwellenden Ton startete zu einer absolut ungeraden Uhrzeit. Auf den ersten Blick erschien sie Sarah rätselhaft. ‚Unschön' würde man so etwas wohl heutzutage nennen, dachte sie. Den Tagesplan um sieben Uhr dreiundzwanzig und ein paar Sekunden starten müssen, das passte sogar ihr nicht ins Konzept. Bedachte man hingegen die vermessenen Schlafzyklen, so war es der wohl beste Zeitpunkt, den man wählen konnte. Aber eben nicht musste. Sarah stand lieber jeden Morgen um Punkt acht Uhr auf.

„Guten Morgen", begrüßte sie Johnny in dem Tagesabschnitt der Wahrnehmung. Offensichtlich verstand er sie nicht ganz und brummte als Antwort nur halb verschlafen herum.

Während sie die Laute so vernahm, wurde ihr bewusst, dass es wohl die menschlichsten Sekunden des Tages von ihm waren. Sie waren sonderbar wundervoll. So rar. Und doch wurden sie zahlreicher. Das mussten sie auch werden. Denn viele kleine Gründe reichten ihr langfristig nicht, sie wollte viel lieber einen ganzen Menschen. Den Menschen. Johnny Matteo.

Zwanzig Minuten später fand sich das nächtliche Pärchen am Frühstückstisch wieder. Sarah startete mit Essen in den Tag, Johnny nahm Nahrung zu sich. Schnell und effizient. Für ihn schön, für sie unschön. Unästhetisch um genauer zu sein. Doch was spielte das schon für eine Rolle. Es war schließlich sinnvoll in seiner Welt.

„Begleitest du mich den Tag über?", fragte Johnny Sarah, ohne von seinem Teller aufzuschauen. Er sprach mit vollem Mund.

„Gerne. Ich muss es doch ausnutzen, dass du frei hast."

Sarah wählte bewusst Johnnys Definition von ‚frei haben'. Erholung oder Ruhe würde er heute nicht finden, vielleicht würde ihm am Abend eine halbe Stunde bleiben, aber den Tag über würde er zu tun haben. Es war der *DoItDay*.

Der *DoItDay,* das wusste Sarah, war ein Marketingschachzug. In unregelmäßigen Abständen, circa alle zwei Wochen, erledigten die Einwohner der freien Welt alles Anfallende an nur einem Tag. Beginnen tat der Tag mit der spontanen Ankündigung dessen durch die hauseigene *Electronic Voice,* welche einem achtundvierzig Stunden vorher Bescheid gab, dass es wieder so weit war. Dieser Thrill der Überraschung kam erstaunlich gut bei der Bevölkerung an: Szenen von jubelnden kleinen Kindern oder sich anlächelnden Pärchen konnte man zuhauf durch die Fensterscheiben des Landes bestaunen. Alle voller

Vorfreude endlich wieder Geld ausgeben zu dürfen. Dass die Kunden dabei nicht einmal selbst bestimmen durften, was sie da bezahlen würden, erschrak diese dabei auffallend wenig. Sarah fand das außerordentlich bemitleidenswert. Ganz gemäß dem Motto des Tages kreierten die Köpfe des *DoItDays* einen scheinhaften Selbstverwirklichungsritt, beginnend durch die Nahrungsgeschäfte, über den Friseur und schließlich durch den Haushalts- und Kleidungsmarkt. Zumindest bei zwei von drei Stationen würde Johnny heute selbst entscheiden dürfen, dachte sich Sarah, wobei sie den Gedanken schnell um den stillen Wunsch ergänzte, dass er sich doch bitte keine Glatze rasieren lassen würde.

Urplötzlich durchbrach die *Electronic Voice* Sarahs haarigen Albtraum: „Die Einkaufsliste befindet sich im Druck. Bereit zur Entnahme in einer Minute." Sie war so aufmerksam, dass sie den Vorrat an Nahrung mit dem Bedarf und den Zutaten für die vorgefertigten Gerichte von Johnny abgeglichen hatte und dementsprechend vorgab, was ihr Besitzer einzukaufen hatte. Dass es überhaupt zu diesem Schritt gekommen war, lag zudem an Johnnys Frisur: Sein Zuhause hatte seine Nackenhaare überwacht und folgerichtig beschlossen, dass es wieder Zeit für den Friseur war. Sie waren zu lang. Ein schöner Mensch hatte heutzutage adrett auszusehen.

„Möchten Sie Music hören?" Die *Electronic Voice* gab wirklich alles, um den *DoItDay* zu einem wahrlichen Erlebnis werden zu lassen. Marketing halt. Sarah rollte mit den Augen.

„Ja", antwortete Johnny. Eine andere, der Gesellschaft nicht einheitliche Antwort hätte Sarah sowieso nicht erwartet. Während ihre Augen wieder zurück in ihre normale Position fanden, zählte Prince seinen Hit Raspberry Beret an. Aus

Erfahrung wusste Sarah, dass dieser Song den ganzen Tag laufen würde. Und Johnny würde den ganzen Tag nichts dagegen haben.

Es war ein spontaner Einfall, der Sarah kam und sie selbst aus der Rolle als Begleitung entließ. Eigentlich stand sie dem Modell der auferlegten Entscheidungen kritisch gegenüber, doch während Johnny brav die vorbestimmten Artikel in seinen Einkaufswagen legte, welcher sich zunehmend mit der immer gleich grau verpackten Nahrung mit simpler Aufschrift füllte, fiel ihre Aufmerksamkeit auf eine Kühltruhe. Sie stand in einer großen, ungemütlichen und mit Metallwänden verkleideten Halle. Links und rechts von ihr befanden sich Kühltruhen. Vor und hinter ihr waren Kühltruhen und die langen Lichter an der Decke sahen auch aus wie kleine Kühltruhen. In der Kühltruhe vor ihr aber, da lag eine große Menge an verpacktem Proteineis. Geschmacksrichtung Vanille. Allerdings nur mit einem fünfprozentigen Anteil. Sie mochte das Eis dennoch. Sie mochte es sehr.

„Johnny, wo hast du deinen Einkaufswagen her?"

„Am Eingang auf der linken Seite befinden sich die Einkaufswagen", antwortete er ihr und beachtete gar nicht erst, wie sie sich umgehend auf den Weg dorthin machte. Es war ein bisschen komisch, aber das war für sie ja normal, dachte er.

„Danke", hechelte sie, als sie eine Minute später im zügigen Tempo mit einem Wagen angerollt kam. Johnny nahm es hin. Hastig, so als ob sie Angst hätte, dass sie ihren Gedanken gleich wieder verlieren würde, wenn sie ihn nicht sofort umsetzen würde, schob sie die Abdeckung der Vanilleproteineiskühltruhe auf und legte eine Packung in ihren Wagen. Stolz blickte sie auf ihren Artikel und lächelte zufrieden.

„Was tust du?", schenkte Johnny ihr letztendlich doch seine Aufmerksamkeit. Die Gier nachzuvollziehen, was sie oder Äx für eigenartige Dinge taten, sie wurde immer größer.

„Damit rechnet niemand!"

„Womit?"

„Dass ich das Eis kaufe, das habe ich eben gerade erst entschieden. Obwohl ich noch eine angebrochene Packung habe. Das hat das System nicht berechnet."

„Doch, das hat es." Johnny war sich seiner Sache ganz sicher. Oft genug hatte er sich die Strategie seines Arbeitgebers zu Gemüte geführt. „Wir rechnen spontane Kaufentscheidungen mit ein. Das System hat dich eingeplant."

Aus Sarahs Lächeln wurde ein immer enger werdender, zusammengepresster Mund. Leichte Falten zeichneten sich auf ihrer Stirn ab. Sie rechnete.

„Und damit?", forderte sie Johnnys These heraus und begann urplötzlich sich wieder hektisch zu bewegen. Mit beiden Armen hob sie Packung für Packung aus der Kühltruhe und lud sie in ihren Einkaufswagen.

„So viel Proteineis wirst du nicht zu dir nehmen können. Außerdem braucht dein Körper nicht so viel davon", merkte der jetzt voll in der Rolle des Beobachters steckende Johnny Matteo an.

„DAMIT rechnet niemand!", entgegnete sie jetzt noch überzeugter.

„Jetzt werden andere Kühlschränke Listen mit Vanilleproteineis ausdrucken und ihre Besitzer werden es nicht kaufen können. Die produzierte Tagesrotation ist…"

Sarah unterbrach ihn: „Mir egal! Sie ist mir egal! Ich will, dass sie nicht stimmt. Sie ist nur eine Nummer. Komm, wir zahlen!" Schon mit dem letzten Wort machte sie kehrt und scherte sich nicht wirklich darum, ob Johnny seine Liste abgearbeitet hatte. Wie in Windeseile stürmte sie auf die Kasse zu, scannte jede Packung Eis ein und verlud mit dem eben gleichen Elan diese auch wenig später in Johnnys *Massenkiste*.

„Bist du mit deinem Einkauf zufrieden?", fragte Johnny sie, während er den Wagen zur nächsten Station, zum Friseur, steuerte.

„Nein." Die Antwort war klar. Und Sarah lachte etwas, während sie sie gab. Sie hatte Ideen. Sie würde den *DoItDay* dafür nutzen, genau diesen auszuleben. Ganz seinem Motto nach. Und so saß sie wenig später ohne Termin in dem kleinen Haarsalon und bestand auf einen Schnitt. Ein paar gelogene Sätze, über die Angst in der Gesellschaft unangenehm aufzufallen, später bekam sie diesen auch. Und als der Friseur wiederum zwanzig Minuten später fertig war, war Sarah nicht zufrieden. Und ließ sich nochmal neu behandeln. Und danach nochmal. Und mit den frisch geschnittenen, braun gefärbten Haaren ging sie shoppen. Sie kaufte Unmengen an langweiligen Klamotten. Nichts gefiel ihr wirklich, alles entsprach dem Bild, welches eine schöne Frau zu haben hatte, aber so sehr sie auch dagegen war, so sehr genoss sie es, den heutigen Wachstum mit seinen eigenen Waffen zu schlagen.

Müde, aber glücklich saßen Sarah und Johnny Matteo schließlich in dem Auto auf dem Weg zurück zur Wohnung. Es war ruhig. Das Rollen der Reifen über den perfekten Asphalt drang leise in das Innere des Wagens. Keiner der beiden hatte etwas dagegen. Sie brauchten weder Music noch eine Unterhaltung. Johnny versuchte es trotzdem: „Bist du mit deinem Einkauf zufrieden?"

„Hast du mich vorhin schon gefragt."

„Du hast es verneint."

„Johnny,", begann sie und atmete hörbar schwer aus, „Smalltalk heißt nicht, dass man jede Stille füllen muss."

„Ja."

„Und erinnere dich daran, was wir dir erklärt haben."

„Dass Smalltalk immer ein grundsätzliches Gehalt an ernsthaftem Interesse beinhalten müsse?"

„Schön zitiert." Sarah gähnte. „Aber ja. Auch wenn Belangloses der Inhalt ist, so muss es keinesfalls auch die Intention sein. Sprich einfach über simple Dinge die dich interessieren. Daraus wird sich mit dem richtigen Gesprächspartner immer ein vernünftiges Gespräch entwickeln."

„Ja."

„Du musst es üben Johnny." Sein ständiges Bejahen aller Lehrsprüche nervte sie ein wenig. „Auftrag: Sprich in den nächsten Tagen irgendjemanden irgendwo an. Aber nur, wenn dich etwas an ihm oder ihr interessiert. Sprich die Person genau darauf an. Oder Personen. Das ist besser. Sprich mehrere Menschen an." Sarah klang müde.

Johnny entgegnete dem nichts mehr. Es schien, als ob auch er gerade eben zum ersten Mal verstand, was Sarah gerade dachte. Der Gedanke daran, dass sie sich immer näherkamen, ließ Sarah zufrieden in ihren Sitz sinken vor Müdigkeit. Und während Johnny zum ersten Mal in seinem Leben jemanden in einem Auto schlafen sah und sich diese absolut neue

Information in seinem Gehirn einordnete, schmolzen hinten im Kofferraum über einhundert Liter Vanilleproteineis.

Der Ausflug

Selbst für die heutigen Verhältnisse war das Wetter an diesem Tag schlecht. Da waren sich alle einig. Alle waren der Kanzler und seine Entourage, angeführt von Hannah.

„Immer schön interessiert gucken!", rief eben diese ihrem Chef hinterher, welcher die auf Hochglanz polierte, schwarze *Kanzlerkarre* verließ und Hannah W., zumindest für den ersten Moment des Überfalles der Mediaphotographer, hinter den getönten Scheiben zurückließ. Ihre Worte gingen im Rauschen des Wetters unter.

Es war wieder so weit. Die Umsetzung des Planes. Die Arbeit an der Unendlichkeit. Der Lehr-Zoo war ein guter Anfang gewesen, die Stationen danach taten ebenfalls ihren Dienst, aber heute, in dieser Woche, da betrat der Kanzler ganz neues Terrain. Er besuchte das Neubaugebiet. Und gab sich als Architekturinteressierter aus. Dass er dabei sicherlich mit irgendwelchen Menschen dieser freien Welt ins Gespräch über den Wohnort ihres Lebens kam, das war ein positiver Nebeneffekt, dachte sich Hannah. Falsch gedacht. An diesem Ort würden sie wohl kaum normalen Menschen begegnen.

Auch sie stieg jetzt aus, blickte kurz auf ihr Smartphone und stellte sich schließlich an die Seite des Kanzlers. So intelligent hatten die beiden den Aspekt ‚Politik' und ‚Menschsein', diesen schieren Gegensatz, noch nie verknüpft, dachte sie sich. Zumindest in der Theorie war das richtig. In der Praxis lag nun dieses Nichts vor ihnen.

„Ab wann spreche ich meinen Text?", fragte der Kanzler. Eine gewisse Nervosität war in seiner Stimme zu hören. Eine souveräne Nervosität.

„Sobald es genug Aufmerksamkeit gibt. Und bleiben Sie flexibel. Beantworten Sie Fragen oder stellen Sie welche, wenn Sie etwas sehen, was Sie interessiert. Seien Sie einfach Sie selbst."

Der Kanzler nahm die Anweisungen kommentarlos entgegen. Er hatte verstanden.

Hannah nahm das zum Anlass, um ihn weiter mit Informationen zu versorgen: „Meine Recherche hat ergeben, dass sich die Baufirma BauBuildings mindestens genauso vorbereitet hat, wie wir es getan haben. Sie wollen von Ihrer Anwesenheit profitieren."

Der Kanzler zwang sich selbst zum Nicken. Das Schema der entspannten und coolen Privatperson, so fand er, das hatte er mittlerweile ziemlich gut drauf. So gut, dass er nicht mal mehr seinen Anzug trug bei diesen ‚raus-Gängen'. Er hatte sich stattdessen für eine braune Lederjacke mit einem weißen Hemd und einer einfachen, schwarzen Jeans entschieden. Hannah fand die Entscheidung nicht so gut, das Hemd wich noch im Auto einem Strickpullover. Was seine Außendarstellung betraf, da saß noch immer sie am längeren Hebel.

Das Staatsoberhaupt in Zivil hatte sich in den stark wehenden Wind gestellt und schaute geradeaus. Seine offene Jacke flatterte, doch er machte keine Anstalten seine gerade herabhängenden Arme in die Taschen dieser zu stecken, sodass er dem etwas entgegensetzen könne. Stattdessen ließ er sich richtig durchpusten. Seine Haare stellten sich auf, seine Hose presste sich eng an sein Schienbein und der schräge Nieselregen brachte diese dazu, sich genau dort festzukleben. Allen anderen erging es gleich. Aneinander aufgereiht standen sie da und ließen es über sich ergehen. Auf einer höher gelegenen Ebene aus Sand, kurz vor einem wenige Meter tiefen, steilen Abhang und mit bester Aussicht auf die in der Grube liegende Baustelle. Genau dort ließen sie sich alle vom Wetter berieseln. Die Minuten geschahen. Mit einem verständnisvollen, sich aber selbst fragenden Blick schaute der Kanzler auf die Wohnbauten. Es war der Ausdruck, mit dem er versuchte, etwas Interessantes zu erkennen. Doch es fiel ihm schwer. Zu sehr vernebelten die kleinen Wassertröpfchen die Sicht, welche ringsherum durch die Luft getragen wurden. Und zu wenig Interesse hatte er tatsächlich für Architektur übrig. Der Kanzler fror. Das machte es nicht leichter.

Plötzlich vernahm er ein rhythmisches Platschen, welches ihn sofort zur Seite gucken ließ. Es war wie eine Erlösung, sich endlich nicht mehr mit den schlichten weißen Gebäuden in der Ferne befassen zu müssen. Stattdessen sah er den älteren Mann an, welcher sich seinen Weg durch den Matsch und über die Pfützen herüber bahnte. Wie ein Storch hob er seine Knie auf Bauchhöhe an und setzte sie vorsichtig auf die vermeintlich trockenste Stelle, welche sich ihm auf dem nassen Untergrund bot. Seine weite, hellbraune Hose war, ebenso wie seine Schuhe, mit dunklem Schlamm bespritzt. Er ging leicht gebückt. Auffällig waren zudem seine Arme. Der Kanzler fragte sich, ob der Mann körperliche Probleme hatte, da er sie in einem leichten Winkel ganz starr neben sich herführte. Es wirkte so, als ob ein Gerüst in ihm steckte. Jede seiner Bewegungen mutete den Zuschauern grobmotorisch an. Zuschauer hatte er mittlerweile viele. Anscheinend war in seinem Begleittross keiner ein heimlicher Liebhaber der modernen Baukunst.

„Das ist der Architekt", flüsterte Hannah W. ihm zu. „Fragen Sie ihn nach den Besonderheiten." Sie konnte ihre Worte gerade noch rechtzeitig zu Ende sprechen, ehe der gebrechlich wirkende Mann sich an die Seite des Kanzlers stellte. Auch er nahm jetzt die Position der Anderen ein: Den Blick auf die Grube, stumm verharrend im Wind und Regen. Doch während alle anderen zunehmend die Augen zusammenkniffen und sich bemühten, etwas Schönes an der Sache zu finden, so blickte der Architekt wie ein stolzer Löwe von einem Berg herunter auf sein Reich. Er genoss es.

„Wunderschön, nicht wahr?", durchbrach er schließlich seinen Moment des Triumphes. Der Kanzler schwieg. Lange.

„Sie müssen ihm antworten", hauchte Hannah ihm ins Ohr. Es machte sie nervös, dass der Kanzler nicht mehr nervös zu sein schien. Vielmehr schien er desinteressiert.

„Ich finde es nicht ‚wunderschön'", bestätigte er ihr sogleich die Vermutung. „Ein Gebäude soll funktionieren und nicht aussehen. Außerdem fällt mir nichts Besonderes auf."

Der Architekt drehte unelegant-mechanisch seinen Kopf zu den beiden. „Ich kann Sie hören", gab er einen freundlichen Hinweis. Er hatte sich schon jetzt mehr erhofft von diesem Tag. Viel mehr. „Darf ich Ihnen das Besondere an diesem Neubaugebiet erklären?", startete er den Versuch seine extra hierfür verwendete Zeit in gesellschaftlichen Profit umzuwandeln. Irgendwie musste sie doch noch zu etwas gut sein. Doch der Kanzler schwieg erneut.

„Selbstverständlich", grinste Hannah ihn übertrieben an. Ihr Gesicht vermittelte automatisch eine Art Entschuldigung. Zunehmend bereute sie, dass sie dem Kanzler Flexibilität angeboten hatte, anstatt ihn einfach seinen auswendig gelernten Text herunter reden zu lassen.

„Das sich vor Ihnen befindliche Gebäude besteht aus sechzig exakt gleichen Wohneinheiten. Eine Wohneinheit besteht dabei aus zwei Zimmern, wovon sich in einem eine große Glasfassade befindet. Die Firma BauBuildings hat die Außenwand mit einem weißen, extrem glatten Stein gemauert, sodass das Gebäude rein wirkt. Die Wohneinheiten sind über zehn Eingänge zu erreichen, wovon sich jeweils drei Wohneinheiten pro Etage erreichen lassen. Die Flure sind minimalistisch und dadurch wunderschön. Selbstverständlich besitzt jede Wohneinheit das neuste Modell der Electronic Voice." Es schwang ein melodischer Ton in der Stimme des Architekten mit, welcher dem eines Singvogels glich. Für einen kurzen Moment hätte man das schlechte Wetter vergessen können.

„Stimmt es, dass Sie einen Architekturpreis für dieses Projekt erhalten haben? Dass Sie der Beste sind?", setzte Hannah erneut übertrieben freundlich an einem Punkt an, von welchem sie sich erhoffte, dass er den Kanzler mit ins Gespräch ziehen würde. „Und warum haben Sie das geschafft?" Es war nun vielmehr eine unterschwellige Nachricht an ihren Chef, als eine wirkliche Frage an den Architekten. Sie kam nicht an. Dafür verstand er zu wenig von dieser Art der Kommunikation, vom Bedeutungslosen.

„Ich wurde mit dem Preis für Innovation und Mut ausgezeichnet", antwortete der Gefragte stolz. „Sehen Sie sich die Ecken des Gebäudes an."

Hannah kam dem nach. „Es sind keine Ecken", erkannte sie schließlich.

„Das stimmt. Sie sind leicht abgerundet. Es ist keine Kurve, das wäre unschön, aber es ist eben auch keine Kante. Es ist abgerundet. Wunderbar! Ist das nicht der Inbegriff von Kreativität?"

„Nein." Der Kanzler meldete sich erstmalig selbstständig laut zu Wort. Er hatte die ganze Zeit seinen Kopf in der Richtung der Baustelle gehalten. Und tat dies auch weiterhin. Er verstand seinen weit vor ihm regierenden Vorgänger, welcher die Sinnhaftigkeit von Kunst infrage gestellt hatte, nun besser denn je. Der Kanzler ärgerte sich über den damaligen Kompromiss der Neudefinition von Design und Ästhetik. Hätten die das mal lieber abgeschafft, befand er.

„Wieso?", fragte der Architekt nun verdutzt. Er schien sonst nur zahlreiche Bestätigungen auf sein Selbstlob gewöhnt zu sein. Eine solche Antwort hatte er nicht für möglich gehalten.

„Das ist eine Besonderheit", wandte er sich zunächst nur an Hannah, ehe er schließlich doch seinem Gastgeber in die Augen blickte: „Mir ist aufgefallen, dass es nicht wirklich einen Unterschied macht. Es ist besonders unbesonders. Nicht kreativ." Der Kanzler urteilte die Euphorie des nun mürrisch dreinblickenden Baumeisters gnadenlos ab.

Hannah begann umgehend zu intervenieren: „Warten Sie hier ein paar Minuten. Wir werden gleich wieder bei Ihnen sein." Mit den letzten Worten zog sie den Kanzler energisch zurück in die *Kanzlerkarre* und schloss die Tür.

„Was ist los mit Ihnen?", fuhr sie ihm entgegen.

„Ich finde das nicht interessant."

„Sie sind doch sonst anders. Sie können doch sonst Smalltalk. Denken Sie an die Shows bei Thomas DeMacy!"

„Da bin ich der Kanzler. Ich soll heute eine Person sein. Ein Bürger dieser freien Welt. Und dieser findet das nicht besonders." Er war nahezu bockig.

„Sie hatten Text gelernt!"

„Der Kanzler hatte Text gelernt."

„Sie sind …" Hannah unterbrach sich selbst. „Okay, hier sind keine Bürger. Insofern ist es nicht ganz so schlimm. Aber die Medias. Die beobachten Sie. Versuchen Sie ab jetzt in Ihren Text einzusteigen. Ungefähr an der Stelle, wo Sie sich nach den Preisen erkundigen."

Der Kanzler öffnete umgehend die Tür. Es war seine Art Hannah W. mitzuteilen, dass er verstanden hatte. Dachte sie zumindest. Selbstsicher stellte ihr Chef sich zurück in den nassen Wind und noch während der Mediacoach aus dem Wagen stieg, sah sie, wie ihr Vorgesetzter dem Architekten in die Augen blickte und mit ihm sprach. Gerade als sie sich darüber freuen wollte, kam dieser ihr jedoch schnurstracks entgegen.

„Was ist passiert?"

„Ich habe beschlossen, dass wir fertig sind." Erstmalig am heutigen Tage lag wieder diese Weisheit in seiner Sprache. So ruhig und überzeugend. So selbstbewusst. „Das habe ich dem Architekten mitgeteilt."

Entgeistert stieg Hannah, welche den Türgriff noch in der Hand hatte, zurück in das Auto. Diese Stunde würde ein Mediacrash für sie werden. Die ganze Mühe, der ganze Plan, er würde zurückgeworfen werden. Sie empfand Stress. Und es stresste sie zusätzlich, dass sie die Einzige im Auto war, die diesen Stress empfand. Das Gefühl, dass diese Aktion bedeutungslos gewesen war, dass diese dumme Menschlichkeit das Große und Ganze gefährdet hatte, es zermürbte sie. Sie verstand es nicht. Dass am heutigen Tage nichts passiert ist, das war für sie nur eines: Unschön. Es hatte voranzugehen. Hannah schaute auf ihr Smartphone, doch sie konnte sich keine drei Minuten auf ihre Arbeit konzentrieren. Sie fand es einfach richtig scheiße heute.

Begegnungen

Johnnys Tag begann sehr früh. Die *Firma Brauchbar* hatte irgendeinen Auftrag erhalten, um Produkte für die frühmorgendliche Nahrungsaufnahme zu produzieren. Die gesamte Schicht erfüllte den Auftrag ‚für die Gesellschaft nützlich' aus. Was das bedeutete? Als Johnny Matteo seine Arbeitsstelle hier angetreten hatte, da gab es noch die Formulierung ‚zufriedenstellend'. Doch das hatte sich schnell geändert. Wenn jemand die Anforderungen, die an seine Arbeit gestellt wurde, erfüllte, wieso sollte man dann zufrieden mit ihm sein? Das war doch wohl das Mindeste. Zufriedenheit hob man sich fortan für Fälle auf, wenn beispielsweise eine über das errechnete Maß hinaus erreichte Produktionsmenge gelang. So genau wie heutzutage gerechnet wurde, trat dieser Fall allerdings nie ein. Und außerdem: Wer war so bescheuert und missachtete die für ihn vorgesehenen Teilaufgaben, beziehungsweise das Tempo, mit welchem das Fließband durch die Produktionshalle fuhr? Man konnte sich mit seinem schön-Sein doch auch einfach mal zufriedengeben.

Mit der gewohnt neutralen Laune verließ Johnny den Parkplatz. Sein Auto blieb dort stehen. Anstatt nach Hause zu fahren, begab er sich zu Fuß ins *AMC*. Er fühlte sich müde. Eine Tasse Kaffee würde ihm dagegen helfen. Action Reactio, es war seine Routine. Wie die von so vielen. Kaffee zu trinken, das tat man, um nicht müde zu sein. Eine logische Bedeutung.

Das *Amazing Media Center* war so besucht, wie Johnny Matteo es gewohnt war. An den immer gleichen Plätzen saßen die immer gleichen Leute mit dem immer gleichen Abstand, um sich immer gleich fühlen zu können: Sicher. Äx war der Meinung, dass die Menschen Sicherheit mit einem anderen Gefühl verwechselten. Dem des alleine zu sein.

Während Johnny an diese Worte dachte und sich sein Fokus auf den Blitzer vor der Tür richtete, welcher unaufhörlich regelmäßig auslöste, kam ihm die Frage in den Sinn, wie er seinen weiteren Tag gestalten solle. Doch noch bevor er sich überhaupt das Problem fertig erdacht hatte, hatte er schon die Lösung dafür. Das, was Sarah ihm aufgetragen hatte. Anscheinend reizte es ihn, erschloss er sich, während er sich fragte, warum ihm genau das als Antwort auf die vorige Frage einfiel. Johnny tat das jetzt immer öfter. Mehrere Gedanken verknüpfen. Voraus denken. Hinterfragen. Ganz unbewusst schien die Arbeit an ihm Früchte zu tragen.

„Smalltalk." Unbewusst sprach er das kleine Wort leise aus. Ganz ohne Adressaten. Dieses kleine Stück Wochenende, diese öffentlichkeitsscheue Tat, er würde sie gleich begehen. Wahllos begann sein Blick über die Gesichter und Körper der Leute zu streifen, ganz auf der Suche nach etwas Interessantem. Etwas, was er ansprechen konnte, was er ansprechen wollte. Seine Neutralität wich einer ganz sanften Begeisterung. Die Narbe des Mannes am Tresen? War ihm eigentlich egal. Die ungerade Anzahl an Knöpfen auf dem schwarzen Mantel des Herren hinter ihm? Schon eher, aber nicht genug für den Mut zum Gespräch. Die Frau mit ihrer zweiten Tasse Kaffee, obwohl eine zum wach werden reicht? Wahrscheinlich eine unschöne und finanziell schlecht durchdachte Angewohnheit. Johnny betrachtete sie genauer. Hatte sie viel Geld? Er musterte ihre Kleidung, ihre Frisur und letztendlich ihre Handtasche auf dem Sitz neben ihr. Und dann sah er es dort liegen. Etwas, was ihn sofort ansprach. Ganz sauber und ordentlich stellte er sein

Geschirr beiseite und begab sich geraden Schrittes zu ihr herüber. Er war ein bisschen aufgeregt.

„Ist das eine A Uniform?", weckte er ihre Aufmerksamkeit, während er sich elegant auf den ihr gegenüberstehenden Stuhl setzte und in ihre Augen starrte.

Sie hob ihren Kopf. „Ja", antwortete sie.

Johnny zögerte. Er war es gewohnt, dass er die Informationen bekam, aber erst jetzt fiel es ihm auf, dass sie nichts zurückfragte. Er müsste nun aktiv sein, unschön darauf eingehen. Nachhaken. All das, was Sarah und Äx sonst bei ihm taten. Schließlich überkam ihn die Neugier: „Arbeiten sie in einem A Beruf?" Die Frage reizte ihn tatsächlich. Eine Frau in einer Spitzenposition, von sowas hatte er ganz selten gehört. In den fair und stets nur nach Qualifikationen besetzten Stellen fanden sich sonst komischerweise nur Männer wieder. Die hatten halt einfach viel mehr vorzuweisen. Alleine schon, weil sie sich nicht jahrelang mit ihrem Nachwuchs beschäftigten und stattdessen den wirklich wichtigen Dingen des Lebens nacheiferten: Gesellschaftlicher Bedeutung. Man müsste halt Prioritäten setzen, fanden die, die das entschieden hatten: Männer.

„Nein", enttäuschte sie seine Hoffnungen. Es zog Johnny den Zahn. Während die streng wirkende Frau sich wieder ganz in ihre Lektüre der *Newspaper* vertiefte, überlegte er, was ihn jetzt noch interessieren könnte. Er hatte sich diese Gesprächsaufgabe irgendwie unterhaltender vorgestellt. Im wahrsten Sinne des Wortes.

„Wem gehört sie dann?", versuchte er es ein letztes Mal, unterstützt von einem schmerzhaft peinlichem Zwangslächeln, zu welchem er sich durchrang, während er ihr weiterhin voll ins Gesicht gaffte.

„Meinem Mann", erklärte sie ihm, ohne dabei aufzublicken. Johnny Matteos Mundwinkel fiel augenblicklich zurück in die schöne Normalität. Perfekt sitzend begann er nach zehn Sekunden der Höflichkeit seinen Kopf erneut im Café herumzudrehen. Er suchte eine Möglichkeit zur Flucht. Eine Alternative. Die Frau ihm gegenüber blätterte ihre Zeitung um. Johnny suchte schneller. Die Dame an der Tür? Nein. Das Ehepaar in der Schlange auch nicht, der Typ vor dem Tresen? Auf keinen Fall, der sah viel zu unschön aus. Stattdessen der am… Moment! Es fuhr wie ein Blitz durch seinen Kopf. Die Erinnerung wurde immer klarer und wie ein kleines Movie erlebte er sich in Zeitlupe erneut. Damals auf dem Parkplatz. Der Typ vor dem Tresen. Er erkannte ihn. Er hatte ihn schon einmal gesehen. Diese Doofheit in seinem Gesicht, der unsaubere Schnitt in seinen blonden Haaren, sein unrasiertes Kinn und die hässliche Brille mit einem viel zu dicken, alten Rahmen, all das stimmte genau mit dem Bruchteil einer Sekunde seiner Erinnerung überein. Dazu seine Kleidung. Multifunktionssachen aus Sportstoff. Die blaue Plastikuhr in Kindergröße. Es passte alles zusammen.

„Käsebrötchen. Zwei", krächzte der junge Mann dem Angestellten entgegen und räumte damit den letzten Zweifel bei Johnny aus. Dieses Gejaule gehörte dem Postboten, welcher nach der Sonderschicht die Waffen abgeholt hatte. Und mit seinen überlangen Armen nahm genau dieser sein gewünschtes Brötchen entgegen.

„Sie sind Postbote!" Johnny überfiel den genüsslich Kauenden geradezu.

„Einer der besten überhaupt. Drei", antwortete ihm dieser schmatzend. Er sprach, als ob sich die beiden schon stundenlang unterhielten. Es imponierte Johnny. „Und du kannst du zu mir sagen. I'm Patrick. So nennt man mich. Drei."

„Du hast die Waffen von der Firma Brauchbar abgeholt. Wo hast du sie hingebracht?" Ganz innerlich außer sich vor Freude über die erfüllte Aufgabe, welche Sarah ihm gegeben hatte, fragte er weiter. Er hatte es im Gefühl, dass Patrick sich unterhalten mochte.

„Keine Ahnung." Patrick schluckte die zerkleinerte Masse herunter. „Ich verteile Briefe, lade Things ein, woanders wieder out. Ich mach nur, was man mir sagt. Siebzehn."

„Ich habe erfahren, dass du die Waffen an den Kanzler geliefert hast. So berichteten es die Medias."

„Nö", entgegnete er ihm frech. Er sprach sehr laut. „Da war ich nichts abgeben. Die da oben wollen nur controllen. Man kennt se'. Sage ich schon ganz lange. Vierunddreißig."

Erst jetzt bemerkte Johnny, die Zahl, welche Patrick am Ende eines jeden Satzes sprach. Er betonte sie deutlich höher und schneller, deutlich glücklicher als den Rest seiner Wörter. Dennoch gingen sie in der Wahrnehmung unter.

„Was zählst du?", begann er dem auf den Grund zu gehen.

„Ich bin der beste. Siebenunddreißig."

Mit großen Augen blinzelte der Interessent Patrick zwei Mal an, sodass er die Unvollständigkeit seiner Antwort verstand.

„In unserer World wird alles geranked. Alles was man kann ist important. Ich kann zählen, wie viele Words jemand zu mir sagt. Ganz automatic. Dadrinnen bin ich der beste. Habe sogar eine Urkunde. Die da oben meinten, dass ich ein Problem habe. Haben mich in eine Lernschool gesteckt. Siebenunddreißig."

Erneut biss Patrick von seinem Brötchen ab. „Außerdem kann ich extrem good Post austragen. Ich war for a long time der beste. Number One. Aber jetzt nicht mehr. Irgendwas habe ich falsch gemacht haben se' gesagt. Jetzt bin ich achter. Vierunddreißig", ergänzte er mit vollem Mund.

„Was ist eine Lernschool?", fragte Johnny nach.

„Könnte auch Lernschule heißen." Patrick unterbrach sich wieder selbst. Diesmal trank er einen Schluck Wasser. Johnny Matteo würde erst später realisieren, dass es ein fremdes Glas war, aus dem er trank. „Aber ich hab das mit den englischen Words noch nicht so verstanden. Einundvierzig."

„Was ist eine Lernschule?"

„Mein Dad meinte, da kommen die Behinderten rein. So haben se' die früher genannt. Die nicht ganz richtig im Head sind. Habe da gelived. Haben mir alles beigebracht da. Wie ein Idiot, als ob ich se' nicht verstehen könnte. Nur weil ich gerne zähle und rede und so. Fünfundvierzig."

Johnny war entsetzt: „Nur deswegen?"

„Nur deswegen. Siebenundvierzig." Sichtlich zufrieden über die Gesellschaft und sein Brötchen zog er den Moment in die Länge und kaute langsam und stumm vor sich hin.

„Why? Siebenundvierzig", fragte er schließlich.

„Ich verstehe nicht."

„Du fragst mich, wo ich die Waffen hingebracht habe, but you know, dass die Medien gesagt haben, dass ich se' zum Chancellor geliefert habe. Fünfzig."

„Medias", korrigierte Johnny ihn automatisch. Irgendwie war ihm es unangenehm.

„Kann es sein, dass du denen da oben nicht glaubst? Sechsundfünfzig."

„Doch." Johnny war noch immer tiefgründig überzeugt, dass es immer um die Gesellschaft ging. Keine Lügen, keine geheimen Pläne, nur der Fortschritt. Und das, obwohl er Äx und Sarah kennengelernt hatte.

Als sei diese Frage nie gestellt worden, ignorierte Patrick die Antwort und fing direkt weiter an etwas Neues zu erzählen: „Mein Vater ist bad. Siebenundfünfzig."

„Wieso?"

„Ich bin froh, dass ich in der Lernschool war. Dass ich schön früh away von ihm war. Er ist böse. Weißt du, was er alles mit mir gemacht hat?" Er fuhr, ohne zu warten fort. „Als Kind hat er mich als Bestrafung in meine eigenen, vollen Windeln gedrückt. Mit meinem Face. Als ich die School nicht hinbekommen habe, hat er mir in meinem Bathroom die Spülung der Toilette abgestellt. Eine Week lang. Als ich dann woanders gelived habe, hat er mich mal besucht. War ganz nett. Super nice. Hat mir ein Geschenk mitgebracht. Ein Duft. Goldgelb. Hab mich voll gefreut. War happy. Es war seine Pisse." Patrick verstummte kurz, ehe er ein leises, kleines „Achtundfünfzig" hinterher folgen ließ.

„Ich glaube dein Vater ist ein Sadist." Johnny konnte nicht so ganz verarbeiten, was er da gehört hatte.

„Yes. Fünfundsechzig."

„Hast du noch Kontakt zu ihm?"

„Nö." Patrick klang selbstbewusst. „Soll ich dich mitnehmen? Einundsiebzig."

„Wohin?"

„Dahin, wo du hin willst. Ich komme mit! Zweiundsiebzig."

So schnell kann es gehen, dachte sich Johnny. Einmal ein bisschen Smalltalk führen und schon einen neuen... Er stockte.

Wie so oft an diesem Tag. Was war Patrick? Ein Freund? Ein Bekannter? Ein Irrer? Ein Fremder mit zu viel Energie? Er hatte keine Ahnung. Aber er hatte ein Gefühl. Ein Gefühl, dass sich jemand ganz bestimmtes bestimmt mal gerne mit Patrick unterhalten würde. Doch nur nicht heute. Die Bestätigung wollte er Äx nicht geben.

Perspektivenwechsel

„Er sieht die Welt verzerrt. Er erkennt keine Probleme und wenn doch, dann findet er die Ursache in seiner Fantasie." Das sagte Äx eines Abends, nachdem er sich wieder einmal mit Patrick an der Bar des Untergeschosses in der *DancingDiscotheque* für lange Zeit unterhalten hatte. „Das sind keine Unterhaltungen", klärte er auf. Sarah und Johnny saßen stets Abseits. Ihnen beiden war Patrick irgendwie unbehaglich. „Er hält Monologe. Er redet unglaublich viel. Er springt wahllos zwischen den Themen, tut Dinge, die niemand erwartet ohne sichtlichen Grund." Es klang wie eine Kapitulation. „Ich kann ihn nicht verstehen, weil er sich selbst nicht versteht. Er lebt von den schönen Dingen und konstruiert sich selbst etwas vor, indem er alles real-relevante einfach verdrängt."

Das deckte sich damit, was die drei in den vergangenen zwanzig Tagen erlebt hatten. Johnny hatte Sarah von seiner Begegnung erzählt. Dass er Smalltalk geführt hatte, dass die Aufgabe ein Erfolg gewesen sei. Sie ließ es ihn Äx erzählen. Dass er drauf verzichtet hätte, sich von ihm mitnehmen zu lassen, stellte Johnny die Szene aus dem *AMC* daraufhin vor Äx nach. Dass er keinen Hinweis auf seine Person gegeben hätte, nichts erzählt hätte über sich selbst, berichtete er wiederum ein wenig später, als Patrick das erste Mal neben Pastor Prüde und Instagram-Ina am Tresen saß. Keine einzige Sekunde widmete er seine Aufmerksamkeit Johnny, stattdessen erklärte er sich vor den beiden Dauergästen des dunklen Kellers, welche niemals physisch abwesend zu sein schienen. Er hingegen schien Johnny nicht zu suchen dort unten, sich nicht für ihn zu interessieren, obwohl er trotzdem wie aus dem Nichts nach dem Kennenlernen hier aufgetaucht war. Niemand wusste, wie er das gemacht hatte. Wie er oben überhaupt hinter die Theke zur Eingangstür gekommen war. Dass er bestimmt über Johnny Matteos Namen und seinen Job bei der *Post* herausgefunden hätte, ab welchem Ort man ihm hätte folgen können, um hierher zu gelangen, spekulierte Sarah. Johnny verneinte, er hätte seinen Namen nicht genannt. Das war die Nacht, in welcher Äx Patrick ansprach. Er vergewisserte sich, dass er Johnnys Namen wirklich nicht kannte. Er tat es nicht. Johnny beschloss, dass es dabei bleiben solle.

Johnny und Sarah waren nicht oft hier unten, aber es sprach sich zunehmend herum, dass Patrick es jeden Abend war. An dem immer gleichen Platz. Nur einmal hatte sich Johnny wieder mit ihm unterhalten. Er steigerte seinen Wörterscore um wenige Punkte auf einundachtzig. Er war sich sicher, dass Patrick derart viele Wörter ihm gegenüber alleine mit einer Aussage gesprochen hatte. Er sprach von seiner Arbeit und ganz plötzlich beschwerte er sich über das Wetter vor drei Jahren. Er beschwerte sich lebhaft. Die Wut, der tatsächliche Frust, Johnny sah es in seinen Augen und hörte es in seinen Worten. Es gruselte ihn.

Äx hingegen versuchte unermüdlich Patrick für seine Sache, also für sich selbst zu gewinnen. Patrick entgegnete, dass er sich bereits selbst verwirklichen würde. Äx drängte auf einen Plan, immerhin ein Ziel, sodass es sich lohnte für etwas zu handeln. Patrick sagte, dass der Plan sei kein Ziel zu haben, sodass man nicht wisse, was im nächsten Moment geschehen würde. Er setzte Äx damit matt. Bedeutungsloses Handeln. Chapeau.

Äx ließ sich mit Schwung in die Sitzecke fallen. Johnny sah, wie er seine Backen mit Luft füllte und diese ruckartig auspustete. Auch er schien zu erkennen, dass er begann aufzugeben.

„Patrick ist anders", stieg Johnny nun auf das ein, was Äx zu den beiden gesagt hatte, kurz bevor er sich hingesetzt hatte.

Sarah verstand nicht, Äx ebenso: „Du musst lauter sprechen!" Wieder einmal dröhnte die Music durch den Raum. Silence von Stromae. Allerdings in der Liveversion. Die letzten zwei Minuten des Livetracks seien nämlich besser als die Studioversion, meinte Äx einst zu ihm. Er ließ die für die Music verantwortliche Person, welche Johnny noch immer nicht ausgemacht hatte, diesen Track jeden Abend spielen. Passend dazu durchzuckten weiße Blitze den Nebel im Takt.

„PATRICK IST ANDERS!", gab sich Johnny nun deutlicher zu verstehen.

„Das bedeutet?" Irgendwie schaffte Äx es vergleichsweise normal zu sprechen und dabei verstanden zu werden.

Johnny beugte sich vor: „Er ist behindert. Er war in einer Lernschule."

„Tu sowas nicht", warf Äx ihm bissig an den Kopf.

Johnny stockte. Mit dem Anspruch der Selbstreflexion eines schönen Menschen fragte er: „Was tue ich?"

„Du kategorisierst."

„Er meint, dass du aufhören sollst dich zu fragen, was Patrick ausmacht und das als gleichwertig wie… ich weiß nicht… wie sein Name zu handhaben", warf Sarah ein.

„Genau", bestätigte Äx. Er hatte sich weiter zurückgelehnt und zog durch einen Strohhalm an seinem Drink. Strohhalme waren illegal und äußerst selten. Was für eine Bedeutung hatten sie schon? Man konnte auch einfach aus dem Glas trinken. Sie waren der Gesellschaft nicht dienlich und unschön. Äx hatte sie einst mit einem Neologismus verglichen. Johnny verstand das Prinzip eines Neologismus bis heute nicht.

„Hast du dich schon gefragt, was Patrick ist? Ob er irre ist?" Sarah hatte dieses Mal nicht nur Johnnys Gedanken erraten, sondern imitierte ihn sogar noch mit dem letzten Satz. Ganz sanft und grau sprach sie ihn aus. Wie eine Haltestellenansage im Bus.

„Ja."

„Weißt du Johnny", Äx stellte sein Glas beiseite und beugte sich vor. „Selbst wenn Patrick behindert sein sollte, dann ist es egal. Du sagst: Das ist Patrick der Irre und steckst ihn in eine Schublade. Das ist diskriminierend, weil du seinen Nachteil als primäres Identifikationsmerkmal ausmachst. Was Sarah schon richtig meinte: Du setzt seinen Namen gleich dem, was er zu sein scheint. Aber tue dir selbst den Gefallen und kategorisiere Menschen nur nach zwei Sachen. Eine ganz einfache Frage: Ist der Mensch lieb oder ist er es nicht? In unserer heutigen Zeit wird viel zu viel auf schön und unschön und was auch immer geachtet. Das ist das Problem. Genau deswegen sitzen hier unten die drei da vorne an der Bar und werden von allen in der Gesellschaft nur missgünstig und willentlich übersehen." Er zog seinen Kopf nach rechts oben und deutete damit in Richtung Tresen.

„Aber du meintest doch mal, dass wir die Unterschicht seien. Du tust es doch auch?"

„Naah. Das war, um es dir verdeutlichen zu können. Damit du weißt, wer wir sind. Wer ich bin."

Sarah unterbrach ihn: „Aber es stimmt schon."

„Was?"

„Das sage ich dir oft: Jeder kann aufgeklärt sein und auch tolerant sein, aber grundsätzlich sind wir alle so erzogen. Da reichen die drei ersten Jahre des Lebens, in denen wir nicht selbst denken können und schon fangen wir an zu kategorisieren. Wir können uns das nicht mehr abtrainieren. Wir können uns nur lehren, sich selbst damit kritisch auseinanderzusetzen, dass wir es tun."

„Naaaaah." Äx zog den Laut theatralisch in die Länge.

„Du vielleicht nicht. Du bist ja auch schwarz und sc…" Johnny erstarrte. Es war ihm einfach so rausgerutscht. Entgeistert blickte er in die ebenfalls entgeisterten Gesichter der anderen beiden. Die Sekunden zogen sich endlos dahin, es war eisig.

„Hahaha!" Äx lachte los. „Ich bin mir unsicher, ob ich mich freuen soll, dass du den Mut hast, so einen belanglosen Müll auszusprechen oder traurig darüber, dass die Schubladen bei dir sehr manifestiert zu sein scheinen."

Johnny war sich noch immer nicht sicher, ob Äx ihm böse war und die Lache nur gespielt hatte.

„Es fängt ja schon damit an, dass wir unsere Existenz der Gesellschaft verschenken", überspielte der Künstler kunstvoll den Moment und beließ es tatsächlich genau dabei, was er gerade gesagt hatte. Er wusste nicht, was er davon halten sollte, aber er wusste, dass Johnny es nicht böse meinte. Er gab der Erziehung die Schuld. Dem System.

Sarah hakte nach: „Inwiefern?"

„Jedes Kind, jeder Schüler oder jede Schülerin wird ständig eines gefragt: Was willst du werden? Und je nachdem, was für eine Arbeitserwartung der oder diejenige hat und was der Körper sonst noch so an Specialeffekts hergibt antwortet man erst mit seinem Traumberuf, dann, je älter man wird, mit seinem

Wunschberuf und schließlich mit der bitteren Wahrheit." Er legte eine kurze Pause ein. „Ich, Äx, möchte Verkäufer sein." Er zeichnete irgendwas in die Luft und sprach mit verstellter Stimme. „Schwachsinn! Ich BIN doch kein Beruf. Ich bin doch nicht gleichwertig mein Name, also ein Mensch, und ein Zahnrad XY im System der Gesellschaft."

„Da hast du Recht." Sarah antwortete trocken. Es war eine Geste der respektierenden Zustimmung.

„Und genau deswegen sitzen die drei da an der Bar und gehen in der Masse unter. Wobei, da gehen eher die Teilnehmer der Masse drinnen unter. Die da, die fallen unter die Masse durch." Sarah, Johnny und Äx drehten ihren Kopf in Richtung des außergewöhnlichen Trios. Patrick war verschwunden.

„Bestimmt auf Toilette", beantwortete Sarah die Frage, die sich alle stellten.

„Nö. Neununddreißig", antwortete Patrick. Er saß äußerst komfortabel genau neben Äx, welcher ihn verwundert anblickte. Niemand hatte ihn bemerkt.

Äx schaltete schnell und begann umgehend zu sprechen. Er wollte kein Raum für irgendeine Geschichte über irgendeine Oma lassen, welche mal einen Brief aufgegessen hatte, weil irgendwer in der Regierung Husten hatte und das geheim bleiben musste oder so etwas. „Jedenfalls ist doch das Problem an der gesamten Sache, dass die Frage falsch gestellt wird."

„Wie lautet die Frage?", fragte Johnny nach der Frage.

„Wenn ich mit Unmengen an Alkohol arbeitslos vor der Bar in der Disco der unbemerkten gesellschaftlichen Unfälle sitze, weil ich die letzten zehn Jahre stets nur die Zweitwahl war, da ich eben leider NUR durchschnittlich begabt bin und langsam die Hoffnung verliere, dann muss ich mich nicht fragen, was ich für das System tuen kann, damit ich wieder dazugehöre, sondern es muss heißen: Was kann das System tuen, damit ich wieder dazugehöre? Nicht, was ich werden will ist von Bedeutung, sondern wie mir geholfen wird es zu sein. Wenn ich für etwas arbeite, dann sollte ich darauf achten, dass ich nicht immer nur muss, sondern auch mal darf."

Die Aussage saß. Bei allen beiden. Patrick hatte nicht zugehört. Er schlürfte aus Äx Drink.

„Sehr poetisch." Es war der gleiche Tonfall, den Sarah eben schon hatte. Nahezu schwärmend. Äx ließ es wirken.

„Ich werde wieder auftreten", kündigte er selbstbewusst an.

„Nice! Ich bin dabei. Wo? Vierhundertachtundzwanzig."

„Auf dem Freeway. Übermorgen." Er klang geheimnisvoll überzeugend.

Der Test

Der Polizeidirektor Uffus Hirandi rätselte vor sich hin. Eigentlich dachte der Chef der Behörde ja nicht sonderlich viel nach, doch an diesem Vormittag kam er gar nicht mehr heraus aus seinen Gedanken. Der Laden lief. Besser denn je. Die Gesellschaft profitierte immer mehr und mehr von den steigenden Einnahmen. Die Polizei war dadurch ein bedeutender wirtschaftlicher Faktor geworden und jetzt wollte man sich das halt mal angucken. Das war das Fazit, welches Uffus nicht zog. Es war ihm ehrlich gesagt ganz egal, warum der Kanzler plötzlich die Polizeiakademie besuchen wollte. Eine gewisse Hannah W. hatte ihn am Phone mit genau dieser Begründung über eine anstehende Visite aufgeklärt und sprach irgendwas von einem Rückschritt für den Kanzler und weniger Anforderungen sich zu verstellen oder so. Uffus hatte nebenbei einen neuen Dienstwagen bestellt und nicht alles verstanden, was sie danach noch sagte, aber der letzte Satz von ihr brachte ihn dann doch ins Grübeln. Ihre Stimme hallte in seinem Schädel nach. Immer und immer wieder hörte er die Worte ab: „Im Zuge der Anwesenheit der Medias erbitte ich Sie um die Erstellung eines Ablaufes, welcher Ihre Behörde positiv aussehen lässt und den Kanzler als Ihren Vorgesetzten dafür verantwortlich macht. Vielleicht irgendwas mit salutieren? Es soll alles schön aussehen."

Einen Auftrag hatte er da bekommen. Die Polizeischule war schon schön, voller schöner Menschen war sie. Aber jetzt nochmal verbessern und nur für diesen Moment? Hirandi erschloss sich die Bedeutung nicht. Die Medias würden da sein.

Newspaper und vielleicht sogar TV-Editors. Aber es wussten doch eh alle, dass die Polizei aktuell so gut wie schon lange nicht mehr in der Gesellschaft ankam. Obwohl immer mehr Menschen für immer kleinere Temposünden immer höhere Geldbeträge zahlen mussten, stieg die Zustimmung stetig! Wären Aktien noch modern, so wäre Uffus mit seinem Laden wahrscheinlich gar an die Börse gegangen.

Uffus Hirandi ließ diesen kurzen Gedanken aus seinem Kopf entschwinden. Auch das war ihm egal. Warum und wie und womit er den Auftrag erfüllen sollte, das waren alles Fragen, an die er keine Zeit verschwenden sollte. Stattdessen beschäftigte ihn seit geraumer Zeit nur eines: Wem könnte er diese Aufgabe andrehen, ohne dass er es merken würde? Denn Uffus, und da war er sich so sicher wie nie zuvor, hatte auf die Planung dieses Tages aber mal so gar keinen Bock.

Uniform-Castro wusste nicht, warum er hier war, aber natürlich war er nicht aufgeregt. Ein Mann von seinem Format, der hatte nichts zu befürchten. Stattdessen warf er aus den tiefen Augen einen verführerischen, nahezu fordernden Blick, welcher seine straffen, maskulinen Gesichtszüge zusätzlich betonte. Es erschien, als schrie das Kristallgrün in diesen danach ihm zu folgen, egal wohin er gehen würde. Dass er der Mann sei. Der Anführer. Und niemand würde daran zweifeln. Ganz sicher würde man Castro nicht widerstehen können.

Doch statt aufzustehen und zu verführen, blieb er sitzen. Vorbildlich seiner Zeit saß er dort und wartete. Die weiße Tür verschloss den Raum, in welchem sich neben Castro nur ein Tisch, ein Stuhl, ein Stift und eine weiße Tafel befand. Er vermutete, dass es ein an die Wand montiertes *WindowPad* war. Natürlich hatte er Recht.

Mit einem lauten Geräusch durchbrach Castros Chef die Tür und ließ sie deutlich ins Schloss fallen. Er ging stürmisch in die Mitte des Raumes, sodass er genau vor dem kleinen, quadratischen Tisch stand, an dem sein bester Mitarbeiter saß. Erst jetzt blickte er auf. Obwohl sich beide heute zum ersten Mal sahen, begrüßten sie sich nicht. Selbstverständlich.

„Du hast einen Test zu absolvieren", eröffnete ihm der gestresst wirkende Polizeidirektor den Grund seiner Anwesenheit. Sofort war Uniform-Castro voll fokussiert. Mit Sicherheit würden ihn eine Mengen Menschen darum beneiden, wie sehr er sich auf Knopfdruck konzentrieren konnte.

„Du warst der beste Absolvent der Akademie", versorgte Hirandi ihn zunächst mit einer höchst überflüssigen, ihm bereits bekannten Information. „Aus diesem Grund kannst nur du diese Aufgabe lösen, da du die Akademie bestens kennst. Ich bin dazu verpflichtet dir diese Aufgabe zu geben und muss dich darauf hinweisen, dass diese Prüfung einer strengen Geheimhaltung unterliegt. Es ist zum Wohle der Gesellschaft. Die Bedeutung des Vorhabens wird dir nach Auswertung deines Testergebnisses offenbart."

So langsam verstand Castro. Er hatte sich tatsächlich ein wenig gewundert, als er den ungeplanten Anruf seines Vorgesetzten bekommen hatte, welcher ihn spontan von den Aufgaben des restlichen Tages abzog und ihn sofort in diesen Raum beorderte. Dass er selbst eben erst erfahren hätte, dass das Etwas stattfinden würde, hatte Uffus Hirandi ihm gesagt. Der Nachwuchsstar war gespannt, was für eine Aufgabe das sei, dass sie die Akademie betraf.

Mit einem letzten, flüchtigen Satz knallte der Aufgabensteller seinem Schützling einen weißen Zettel auf den Tisch, auf welchem dieser auf den ersten Blick nur wenig Text erkannte: „Du hast 16 hundert Minuten Zeit."

Castro stutzte: „Sechsundzwanzig Stunden und vierzig Minuten?" Er klang überrascht. Irgendwie hörte sich das lustig an. Es passte so gar nicht zu ihm. Es war irgendwie süß.

Uffus, bereits auf dem Weg nach draußen, blieb starr stehen und drehte sich ebenso steif zu ihm herum. Sein Gesicht sprach Bände. Von Unverständnis gezeichnet, blickte er fragend in die schönen Augen des Polizisten.

„Ja? Die übliche Examensbearbeitungszeit?", bestätigte er zögernd, aber selbstbewusst. „Du kannst das WindowPad nutzen. Ich hole dich morgen wieder hier ab." Sein Kopf drehte sich zuerst Richtung Ausgang, ehe er seinen Körper nachzog und die Tür hinter sich dieses Mal sanft schloss.

Uniform-Castro zuckte ungewollt mit den breiten Schultern. Die Examensbearbeitungszeit betrug in Wirklichkeit zwar nur einhundertsechzig Minuten, aber aus irgendeinem nicht erklärbaren Grund hatte ihm diese Bestätigung trotzdem seinen Zweifel bezüglich der Länge der Arbeitszeit ausgeräumt. Er begann zu lesen: ‚Entwerfen Sie ein umfangreiches Präsentations- und demonstratives Sicherheitskonzept für die Polizeiakademie, welches praktisch innerhalb von drei Tagen umsetzbar ist. Verfassen Sie Ihre Ergebnisse in Stichworten, sodass sie einer Anleitung für eine (!) anwendende Person gleichkommen.'

Gewohnt effizient machte Castro sich an die Arbeit. Gab man ihm eine Aufgabe, bekam man ein Ergebnis. Das war seine große Qualität.

Als Uffus Hirandi Uniform-Castro am nächsten Tag aus dem Büro abholte, fand er einen dreißigseitigen Plan vor, welchen er problemlos für den Besuch des Kanzlers anwenden könnte. Er war nahezu beeindruckt, als Castro ihm berichtete, dass er die ganze Nacht durchgearbeitet hätte und sogar Pictures gezeichnet und Voicerecordings mit bestimmten Anweisungen eingesprochen hätte, welche den Text ergänzen würden. Jedoch eben nur nahezu. Für die volle Begeisterung hätte sein Retter auf das unnötige Selbstlob mit der durchgearbeiteten Nacht verzichten müssen. Dennoch konnte er nicht abstreiten, dass er zufrieden mit der Arbeit war. Was für ein Lob.

„Dein Konzept ist das beste Ergebnis dieser Prüfung", eröffnete der Polizeichef seinem Bediensteten den Anfang der Erklärung, während sie draußen vor dem Haupteingang Nahrung zu sich nahmen. Castro fiel direkt auf, dass Uffus sein neues *Schnellauto* fuhr. ‚Dienstwagen' korrigierte er sich umgehend gedanklich selbst. Alle Polizisten fuhren ihn also.

Sein Fokus wurde umgehend wieder zurück auf das Gespräch gelenkt: „Aus diesem Grund werden wir es zum Zeichen deiner Anerkennung in die Praxis umsetzen.", sprach er mit vollem Mund. „Ich werde mit deinen Stichpunkten arbeiten und habe, um deine Mühe zu würdigen, den Kanzler als Besucher eingeladen."

Uniform-Castro sagte einfach nichts. Er war zu müde, um sich darauf einzulassen. Außerdem hatte er nichts anzumerken. Er freute sich, aber das tat nichts zur Sache.

„Den Termin werde ich dir mitteilen. Ich erwarte deine Anwesenheit, um mir bei der Umsetzung zuzuschauen."

Mit den letzten Worten machte Polizeidirektor Uffus Hirandi kehrt und ließ den Adonis alleine zurück. Es fing an zu regnen. An eine Gehaltserhöhung hatte Uffus nicht eine Sekunde lang gedacht.

Kunst

Schon als Sarah und Johnny den Wagen im Parkhaus der Innenstadt abstellten, fiel ihnen auf, wie leer die Innenstadt an diesem Tag zu sein schien. Das war kein Wunder. Mittagszeit an einem Arbeitstag. Da hatten die meisten Menschen etwas zu tun. Johnny dankte innerlich wie so oft der von ihm absolvierten Sonderschicht.

Wie ein schönes Pärchen schritten sie gemütlich durch die zentrale Straße auf dem Weg zum *Freeway*. In der Tat waren auch hier nur wenige Personen, die Vermutung bestätigte sich. „Wenn bereits hier nur so wenig Leute sind, dann hat Äx vielleicht die Chance auf eine grüne Box, wenn wir ihm alle zuhören", philosophierte Sarah, während sie es geradezu genoss in dem langsamen Tempo der anderen Besucher an den einzelnen Gassen vorbeizuschlendern.

„Ja", entgegnete Johnny. „Was wird er vortragen?"

„Keine Ahnung." Die hatte sie wirklich nicht im Geringsten. Seit zwei Tagen, seit seiner Ankündigung hatte niemand Äx gesehen. Er hatte sich voll und ganz zurückgezogen, um ein wahres Meisterwerk zu kreieren. Noch ahnte keiner der beiden etwas von ihrem Glück, diesem beiwohnen zu dürfen.

„Guck mal Johnny!" Abrupt blieb sie an einer der Gasseneingänge stehen, von welchem aus man die schwarz glänzende Fassade eines Geschäftes sehen konnte. In silbernen Lettern thronte der Name über einem der Schaufenster, in welchem eine Texttafel stand. Johnny fiel sofort auf, dass die Buchstaben nicht perfekt mittig über dem Eingang angebracht waren. Moderne Architektur. Immerhin sah er keine Schrägen oder

Bögen. Alles war schön gerade. *Anzüge* hieß der Laden, was ihm auffiel, während er den Schein der polierten Metallbuchstaben bewunderte.

„Du wolltest doch schon immer einen Anzug tragen. Einen schwarzen, mit weißem Hemd!"

„Ich brauche keinen Anzug. Ich habe keinen Grund ihn zu tragen."

Unbemerkt hatte Sarah Johnny, ganz ohne ihn zu berühren, vor das Schaufenster gezogen.

„Wir führen jedes Modell, können diese individuell anpassen und verkaufen sie in allen der Schönheit möglichen Farben", las er sich die Texttafel durch. Das war ein beispiellos perfektes Schaufenster, dachte er sich. Keine unrealistischen Beispielartikel an irgendwelchen Plastikfiguren, einfach nur die Aussage, was das Geschäft anbot. Die Realität. Er fand Gefallen an diesem Laden.

„Brauchen tust du ihn nicht, aber du wünscht dir doch einen!", setzte Sarah nach. Sie fand, dass es Zeit wurde, nicht immer so viel nachzudenken. „Und ob du jetzt deine immer gleichen Mäntel trägst, oder einen Anzug."

„Die Leute werden denken, dass ich einen gehobenen Beruf ausübe. Ich würde diese Leute durch mein Auftreten anlügen. Das wäre unschön."

„Ich fände es schön."

„Die Lüge?"

„Den Anzug!", quengelte sie jetzt schon fast herum. „Die Lüge fände ich aber voll okay. Ist doch egal, was andere denken!" Während Sarah das Wort Lüge sprach, setzte sie es gestisch in Anführungszeichen. „Denk doch mal an das glücklich Sein! Weißt du noch?"

„Es gibt keinen ersichtlichen Grund, warum ich nach dem Kauf glücklich sein sollte."

„Nachdem man sich einen Wunsch erfüllt hat, ist man nicht glücklich? Alles klar Herr Matteo. Das glaubst du doch wohl selbst nicht."

Sarah hatte keine Lust mehr zu diskutieren. Sie packte Johnny am Arm und zog ihn genervt freudig in den dunklen Laden.

Johnny war zufriedener als seine gewohnte Neutralität, nachdem er mit der Tüte aus dem Laden *Anzüge* hinaus trat. Zuerst einmal war es ihm extrem unangenehm in einem Geschäft zu sein, ohne etwas zu kaufen. Das wäre ein Zeichen der Unsicherheit, der fehlenden Struktur. Er wusste, dass auch Sarah das wusste. Aber vielmehr hatte er sich tatsächlich entschlossen, seinem Wunsch zu folgen. Rational betrachtet, hatte er schon oft an einen Anzug gedacht. Er würde wohl eine passende Gelegenheit finden, um ihn zu tragen.

„Siehst du", stieß Sarah ihm spaßeshalber in die Seite. Den letzten Zweifel hatte sie ihm ausgeräumt mit der nicht ganz so wahren Geschichte, dass Äx sowieso angeblich jedes Mal seine Quittungen für die Wachstumsquotensteuer verbrennen würde, um ein metaphorisches Zeichen gegen das System zu setzen. Johnny müsse somit eh irgendwas kaufen, um dem Sham zu entgegen, etwas am Parkhaus nachzuzahlen, meinte sie weiter. Bei dem Metaphorischen war Johnny raus, er entschied sich zum Kauf. Es war wohl sowieso an der Zeit, dachte er. Das System hätte für ihn berechnet, dass er heute kaufen müsse, erklärte er sich seinen schwachen Moment. Er leistete einen Beitrag zur Gesellschaft.

„Jetzt denk mal nicht so viel über so eine Lappalie wie einen Einkauf nach und konzentriere dein Gehirn lieber auf Äx", kommentierte Sarah mal wieder seine Gedanken, während sie auf dem *Freeway* angekommen waren. Johnny beobachtete interessiert die grünen und roten Boxen und versuchte etwas herauszuhören, doch Sarah steuerte schnurstracks auf die noch unbeleuchtete Box zu, in welcher sie einst aufgetreten war. Sie war nun viel schneller unterwegs als noch vorhin.

Johnny begann sich zu erinnern. Er hoffte innerlich, dass der alte, mürrische Mann wieder anwesend sein würde. Äx würde ihn argumentativ auseinandernehmen, wenn er erneut pöbeln würde. Wogegen auch immer. Augenblicklich fühlte er sich schlecht, dass er Sarah das nicht zutraute. Er wusste nicht so ganz, warum er das tat.

Wie angekündigt, fanden beide Patrick in der Box vor. Er stand dicht vor einer der seitlichen Wände. Sehr dicht. Seine Nasenspitze berührte die Farbpanels und mit seinen Augen versuchte er irgendetwas aus diesen herauszulesen, was dort garantiert nicht zu finden war. Er war wie immer komisch. Und hässlich.

Auch Äx hielt sich nah an einer der Wände auf. Unaufhörlich nervös und voll konzentriert schritt er an der hinteren auf und ab. Weit weg von den anderen. Etwas ganz Besonderes muss er sich ausgedacht haben, dachte Johnny. Etwas, was ihm einleuchten würde, was alle erstaunt zurücklassen würde, da sie die Welt nun mit anderen Augen sahen. Er war sehr gespannt.

„Schau mal", flüsterte Sarah ihm mit zerknirschten Zähnen zu und deutete mit ihren Augenbrauen auf die Mitte des Raumes. Instagram-Ina und Pastor Prüde waren da. „Was machen die denn hier?"

„Patrick hat sie mitgebracht", beantwortete Johnny die Frage zu ihrem Erstaunen. Ihr war das kleine Schild entgangen, welches an beiden baumelte. Befestigt an ihrer Kleidung verwies Patrick darauf, dass es sein Eigentum sei und er sie aus der Macht der da oben entrissen hätte.

„Johnny", setzte Sarah erneut mit gedämpfter Stimme an, um ihn auf irgendetwas hinzuweisen. „Es fehlt nur eine weitere Person, dann bleibt die Box grün!" Sie klang euphorisch. „So wenig Leute waren noch nie auf dem Freeway!"

Gerade als Johnny Matteo etwas entgegnen wollte, brach Äx schlagartig seinen Spaziergang ab und stellte sich auf die Position des Vortragenden. Die Box füllte sich augenblicklich mit grünem Licht. Patrick erschrak.

Der Timer auf dem Boden leuchtete auf und begann die fünf wertungsfreien Minuten herabzuzählen. Die Sekunden verronnen, doch Äx stand zunächst einfach nur da und schwieg. Sein Blick ging in die Ferne, über die Köpfe der anwesenden Gäste hinweg, aber eben doch nicht hinaus auf die menschenleere Gasse. Er schien etwas zu sehen. Eine Vision. Niemand traute sich, diese Stille zu durchbrechen. Selbst Pastor Prüde unterdrückte sein chronisches Rülpsen gekonnt.

Plötzlich begann Äx die Arme seitlich langsam anzuheben. Seine Augen fixierten nun alle. Das taten sie wirklich. Jeder im Raum hatte das Gefühl, dass man ihm direkt in die Seele starrte. Johnny fühlte sich erwischt. Er wusste nicht wobei.

Dann, mit einer sehr bewussten, sehr warmen Stimmfarbe, begann Äx zu sprechen. Er tat es nicht wirklich laut, stattdessen zeichneten sich seine Worte vielmehr durch eine Klarheit aus. Jedes Wort, jeder Vers erklang wie eine Offenbarung, welche er seinem Publikum langsam vermittelte:

„Einst ging ein Mann durch untergründige Schichten,
bereit sie zu verlassen aus unermesslicher Scham.
Doch sah er nun ins ferne Licht der höheren Spähren,
so traf ihn etwas von unerklärlicher Güte.

Das Etwas galt es zu sichten,
war doch unklar, ob sei es zahm.
Es bedarf Verstand, gar Kreativität zu entbehren,
es zu verstehen, zu erkennen als des Lebens Blüte.

Der Mann schien unsicher, obgleich der Folge,
dass des Lebens Blüte sich erwies als holde,
erwies als Ziel der Suche, als bestimmtes Ende.
Erhofft vor Zeiten, im Sinne dieser es sich erfände.

Erfände sich nun auch das Gefühl neu?
Im Leben stehen, das Leben verstehen.
So sagt's dem Mann: Hab keine Scheu,
Leben erspähen, Bedeutung verdrehen."

Die Uhr war fast abgelaufen. Alle im Raum standen angewurzelt an ihrem Platz und sahen zu, wie Äx die letzten sieben Worte zunehmend aggressiver aussprach, ehe er die letzten beiden dieser schließlich schrie, seine Augen nach Vollendung seines Vortrages schloss und seinen Kopf durch ein Abknicken seines Nackens auf seine Brust fallen ließ. Seine Arme sanken, als ob man ihm ausgeschaltet hätte und er wartete. Er wartete auf das, was er erwartete: Das rote Licht. Durch einen kleinen

Spalt seiner geschlossenen Lider sah er die Zeit verstreichen. Drei. Zwei. Eins. Und grün. Grün? Ruckartig richtete er sich auf und brauchte einen Moment, bis er sich in dem Raum zurechtfand. Wie Zombies standen sie alle da und verarbeiteten. Doch warum war es noch grün? Warum durfte er weitermachen? Auf einmal fiel es ihm auf. Dort im Eingang, da stand jemand. Nicht verwurzelt, nicht wie eine Vertikale in der Luft, stattdessen provokant selbstüberzeugt und mit heruntergezogenen Mundwinkeln. Es war wie eine Geste des Respektes. Dachte er. Der weiße Anzug füllte die Box mit Glamour. Im Eingang stand Thomas DeMacy.

„Interessant", urteilte dieser laut, als ob er darauf gewartet hätte, dass er das Ziel von Äx schweifendem Blick gewesen war. „Aber eben auch schlecht." Er begann langsam auf den nun verwunderten Künstler zuzukommen.

„Sehen Sie, solche Leute wie Sie, die kenne ich zuhauf. Systemkritiker, Andersdenkende, Revolutionäre. Sie sagen sicher vieles, was richtig ist. Aber wissen Sie, wo ihr Problem sein wird?"

„Ich… Ich weiß nicht ganz?" Äx war so verunsichert wie noch nie zuvor.

„Sie haben keinen Antagonisten. Nur Rezipienten. Und das verstehen Sie als Aufforderung dafür, über das Ziel hinaus zu schießen. So einen Schwachsinn hier als Kunst zu verkaufen. Schauen Sie doch mal, wie einfach niemand in diesem Raum etwas verstanden hat!" DeMacy klopfte Johnny im vorbei schlendern auf die Schulter, welcher, seinem Gesicht nach zu urteilen, noch immer damit beschäftigt war das Gesagte von Äx zu begreifen. Selbst Sarah fühlte sich in diesem Moment dabei erwischt nicht wirklich an Äx Seite springen zu können. Sie war sich unsicher, was er da formuliert hatte.

„Da liegen Sie falsch", gewann Äx seine gewohnte Art zurück. Es schien ihm zu gefallen, dass er Widerspruch erfuhr, welcher nicht auf einen logischen Denkfehler zurückzuführen war. „Mein Antagonist ist das System. Es antwortet mir unaufhörlich, indem es weiterhin existiert und das fortführt, was ich bekämpfen möchte. Jedes meiner Kunstwerke ist Macht. Macht, welche ich der des Systems gegenüberstelle. Gute und schlechte Macht. Wie so oft, kann man genau dahingehend unterteilen." Mit dem letzten Satz zwinkerte er Johnny zu, welcher kognitiv gerade an dem Punkt angekommen war zu realisieren, dass der echte Thomas DeMacy ihn berührt hatte. Unter anderen Umständen wäre es ihm egal gewesen, doch was er gerade erlebte, glich einer Fiktion.

„Dann stehen wir uns in diesem Moment nach Ihrer Logik wohl das erste Mal gegenüber. Das Gute und das Schlechte. Auge in Auge." Der Mediastar hatte sich mittlerweile genau vor Äx gestellt und ließ seine Pupillen herausfordernd funkeln. „Ich bin die Macht des Systems", hauchte er leise in seine Richtung. „Was immer in diesem System etwas zu sagen hat, das kommt einmal die Woche zu mir oder wird von mir kommentiert. Ich bin die höhere Ebene. Ich lenke, indem ich das Lenken dokumentiere." Thomas DeMacy grinste schief. Äx musste seine künstlich-weißen Zähne angucken. Der Duft von einem zu starken Parfum lag in der Luft.

„Zeigen Sie es mir", konterte Äx. „Ich kann mich hier hinstellen und meine Macht ausüben, wann immer ich möchte. Ich bin nicht daran gebunden, dass mich irgendwer besuchen kommt und muss nicht darauf warten, dass etwas passiert. Was für eine Macht soll die Ihre sein, wenn sie abhängig ist? Wenn sie eine Bedeutung braucht?"

„Sie gefallen mir!" Wie aus dem Nichts machte DeMacy einen Satz nach hinten und sprach umgehend lauter. Er legte seine beiden Hände auf Äx Schultern. „Zu schade, dass Sie der Gesellschaft nicht dienlich sind mit ihren Fähigkeiten. Meine Macht ist gebunden? Ich mache Ihnen einen Vorschlag. Begleiten Sie mich! Sie geben mir Ihre Number und ich rufe Sie in wenigen Tagen an und bringe Sie an den Ort der Macht. Ich zeige Ihnen, was es wirklich bedeutet frei zu sein. Nämlich einfach so, ganz ohne kleines Gedicht in einer kleinen Box voller Licht, den Kanzler zu sprechen. Ihn mit einfachen Fragen ins Wanken zu bringen. Dafür warte ich sogar gerne ab, bis er irgendeinen Termin hat. Deal?"

„Ohja. Lasse es mir doch nicht entgehen, dass ein angeblich Mächtiger unbedingt einem Fremden seine Macht zeigen will, um sein Ego zu legitimieren", grinste nun auch Äx ironisch. „Deal!"

Während Thomas DeMacy Sekunden später die Box verließ und sie sich damit endlich auf rot färbte, kam Äx zu Sarah und Johnny herüber. „Das lief besser als erwartet", freute er sich über den unerwarteten Besuch. Er war beeindruckt davon, dass hinter Thomas DeMacy mehr zu stecken schien als die unintelligente, populistische Fassade. Mit ein wenig Schwung nahm er seine beiden, noch immer zögerlich denkenden, Freunde in den Arm und führte sie hinaus auf den *Freeway*. Den anderen Zuhörern widmete er keinen Blick. Patrick bohrte in der Nase. Er hatte die ganze Zeit genau aufgepasst.

(Der) Besuch

„Ihr werdet mitkommen!", hatte er am ersten Abend nach seinem Auftritt allen Anwesenden versprochen, welche gemeinsam auf seine anscheinend großartige Performance angestoßen hatten. Niemand wagte es, seine Freude mit Nachfragen über das Gedicht zu trüben, obwohl sie allen auf den Zungen lagen. In den folgenden Tagen lungerte Äx wie ein Besessener vor seinem Smartphone, welchem er für gewöhnlich keine Aufmerksamkeit schenkte. Er erwartete DeMacys Einladung so dringend, dass es ihn nicht einmal wirklich freute, als sie letztendlich tatsächlich kam.

Trotz seinem Versprechen stürmte Äx, nach einer kurzen, sehr schönen Unterhaltung alleine hinfort und ließ Sarah und Johnny zurück. Es war kurz nach dreizehn Uhr am achten Tag der Woche. Wochenpause.

„Soll ich euch mit hin taken? Dreiundfünfzig und siebenundneunzig", machte Patrick gewohnt überraschend auf seine Anwesenheit im *AMC* aufmerksam. Er schien aus irgendeinem Grund zu wissen, wo der Kanzler heute sein würde. Johnny fragte schon lange nicht mehr nach dem Warum.

Sämtliche Auszubildende standen aufgereiht wie eine Perlenkette auf der Vorfläche der Polizeiakademie. Sie lasen Richtlinien, selbstverständlich taten sie das. Das Spalier, das sie bildeten und durch das der Kanzler später schreiten würde, würde erst in einer knappen Stunde gebraucht werden. So lange wurde sich natürlich fortgebildet. Zeit ist Bedeutung. Der oberste Leitsatz Hirandis hatte sich in seiner Amtszeit gut in die Köpfe aller seiner Untergebenen integriert. Und vor allem in den, des heute besonders gutaussehenden Uniform-Castros.

„Du wirst den Besuch über kein Wort sagen", unterrichtete Uffus Hirandi den Autor der aufgeschlagenen Mappe, welche er in seinen Händen trug. Die Mitteilung über seine heutige Aufgabe war die notwendige Füllung des Logikloches, welches sich dadurch ergab, dass Castro vergessen hatte, sich selbst eine Tätigkeit in seinen Leitfaden zu schreiben. Ursprünglich nahm er an, dass er diesen auch umsetzen müsste. Doch das war falsch. Dem Polizeidirektor war dieser Fehler zum Glück aufgefallen.

„Du wirst an meiner Seite bleiben", ergänzte er, ehe er weiter über den vorbereiteten Platz lief und kritisch einen Blick auf die Polituren der Einsatzfahrzeuge warf. Er sah sein eigenes Gesicht in ihnen. Castro, welcher still und leise jeden Unterpunkt mit der auswendig gelernten Liste in seinem Kopf abglich, nahm die an ihn gestellte Herausforderung sehr ernst. Er wusste um die Priorität des heutigen Tages. Schließlich würde der Kanzler kommen. Uniform-Castro würde heute ein noch schönerer Mensch dieser freien Welt sein, als er es je zuvor war. Er würde sich perfekt an alles halten. Um kurz nach dreizehn Uhr war die Polizeiakademie fertig vorbereitet. Alles war gut.

Das Postauto ruckelte. Es schien, als wandte es sich mit aller Kraft gegen seine Verwendung in jetziger Form. Wahrlich war das kastenförmige Gefährt nicht dafür gemacht, wie Patrick es fuhr. Der Laderaum und ebenso das Cockpit, beide waren weit über dem Asphalt montiert, auf welchem die alten, großen Reifen in einem enormen Tempo rollten.

Sarahs Herz schlug höher, als Patrick eine Kurve nahm, wie sie noch nie jemanden eine Kurve zuvor hat nehmen sehen. Augenblicklich hielt sie sich intuitiv an der Tür fest, während ihr Körper in dessen von Johnny gedrückt wurde, welcher eng neben ihr saß. Patrick hielt den Kräften stand, sein Griff ging an die Schaltung. Er beschleunigte aus der Kurve hinaus, hinter den dreien rumpelte es.

„Was war das?", fragte Sarah. Ihr Gesicht glich dem Grau der Wolken.

„Die Post. Sechsundfünfzig", antwortete er. Er war konzentriert, aber dennoch souverän. Sein Job brachte es mit sich, so Auto fahren zu können. Nicht umsonst galt er als effizient.

„Du hast doch heute frei?" Johnny verstand nicht, wie das sein konnte.

„Ja. Hundertzwei."

„Wieso hast du dann Pakete hinten drinnen?"

„Because" Eine neunzig Grad Kurve unterbrach Patricks Antwort. Es klirrte stumpf im Laderaum. „Because nicht alle Letter und Pakete muss ich abgeben. Manchmal muss ich nur abholen. Hundertneun."

„Und dann musst du diese nicht irgendwo anders wieder abliefern?"

„Nö. Ich bin ja kein Remover. Manchmal lautet der Auftrag nur abholen. Hundertneunzehn."

„Ich bin mir ziemlich sicher, dass dem nicht so ist", sprach Sarah leise vor sich hin. Sie misstraute dem Verständnis Patricks, was allgemeine Befehle betraf.

„Sechstausendeinhundertdreiunddreißig", rief Patrick aus dem Nichts.

Sarah war verwirrt: „Wer spricht mit dir?"

„So oft wurde ich schon geblitzt. Sechzig."

„Das ist teuer."

„Nö." Patrick zog gekonnt das Lenkrad herum und ging voll in die Eisen. Er driftete in eine Parklücke. „Ich soll mir die Letter mit den Blitzrechnungen selbst zustellen, but ich habe mein House reklamiert. Keine Haus-Number." Lässig öffnete er die Tür und wartete nicht einmal auf eine Antwort seines zugegebenermaßen äußerst cleveren Schachzuges. „Wir sind da. Dreiundsechzig und Hundertneunzehn."

Hannah hatte dem Kanzler deutlich genug erklärt, dass es heute nur besser werden könne. Alles sei perfekt vorbereitet. Das Thema sei besser, das Wetter auch, na dann.

„In unserer freien Welt ist ein Besuch von Ihnen in der Polizeiakademie natürlich für jeden frei zugänglich. Sie treten öffentlich auf." Das hatte sie ihm gesagt. Außerdem hatte sie dafür gesorgt, dass genug Menschen da sein würden, welche sich bestimmt von ihm imponieren lassen wollten. Welche ihn mögen wollten. Er war das erhoffte Kalkül, die willkommene Abwechslung, während all diese Menschen in der endlos langen Schlange vor der Polizei standen, um ihrer spontanen Verpflichtung nachzukommen, ihre Blitzgebühren genau heute um diese Zeit persönlich zu bezahlen. Auf diesen kleinen Erlass war Hannah sehr stolz.

„Gedenken Sie die Strukturen der Polizei finanziell zu stärken?", fragte Uffus Hirandi den Kanzler, nachdem er ihn seit einer langen Zeit über das Gelände der Akademie geführt hatte. Es war die erste Frage nach einem sehr umfangreichen Vortrag seinerseits.

Der Kanzler verstand sofort. „Benötigen Sie Geld?", fragte er geradeheraus. Er war durchaus begeistert von dem heutigen Tag. Einen so interessanten Ausflug hatte er bisher noch nicht absolviert.

„Nein", gab der Polizeichef offen zu und schaute kurz beschämt auf seine Schuhe. Der Kanzler blickte alternativ dem stillen Begleiter des Direktors ins Gesicht. Uniform-Castro verzog keine Miene. Der Kanzler blickte weg. Er konnte nichts aus ihm ablesen. Was sollte er seine Zeit für diesen Jungen vergeuden? Er war nicht interessant auf dem Weg zur ewigen Macht, er war offensichtlich kein normal wählender Bürger.

Äx hatte ein wenig vergessen, dass er mit jeder Minute triumphierte. Jede Minute, welche Thomas DeMacy und er tatenlos am Eingang der Polizeiakademie warteten, bestätigte ihm, dass DeMacy anscheinend doch nicht so einfach als Macht herumstolzieren konnte, wie er es gerne hätte. Statt sich dessen bewusst zu sein, befasste er sich allerdings damit, was er hier diskutierte. Der halb neckende Spruch bei seiner Ankunft war gnadenlos ausgeartet. Es war kein Streit, doch einig waren sie sich auch nicht.

„Ein lehrender Künstler wollen Sie also sein?", hatte DeMacy geurteilt, nachdem er sich Äx Geschichte angehört hatte. Es war ein wenig wie ein Zwischenergebnis auf dem Weg zum Großen und Ganzen, fand Äx. Ein Anfang. Es gefiel ihm, dass sein Gegenüber ihm zunehmend mit Respekt begegnete.

„Ein wenig", gestand er teilweise.

DeMacy reichte das: „Abgesehen von Ihren eigenwilligen, hässlichen Methoden: Wieso stehen Sie Ihrer Auffassung damit über mir? Ich bin der personifizierte Erfolg."

„Naah. Ihr Erfolg bestätigt nur eines, nämlich dass Sie das Leben nicht kennen. Sehen Sie: Haben Sie Erfolg, haben Sie auf dem Weg dahin Mechanismen bedient, ein Schema befolgt, welches das System als den Weg zum Erfolg gegeben hat. Es wird gefragt nach Ihrer Position und Sie antworten, indem Sie diese ausfüllen. Eine WinWin Situation." Äx unterbrach sich gewollt kurz selbst. „Könnte man denken! ABER: Das Leben ist kein Mechanismus. Das Leben ist ein Widerstand, der Umgang mit dem Aktuellen, dem was ansteht. Wenn Sie denken, dass in Ihrem Leben ansteht, jetzt eine gewisse, geforderte Position auszufüllen, dann erkenne ich, dass bei Ihnen eigentlich ansteht, dass Sie nicht selbstverwirklichend sind. Oder haben Sie ihren Beruf, ihre Position, ihre Alltäglichkeit selbst erfunden? Eben nicht. Ich lehre das Leben, indem ich auf das eingehe, was wirklich passiert. Ich stehe dem Mechanismus, dem System damit entgegen. Aus Ihrer Perspektive bin ich nicht erfolgreich, aus meiner ist der vom System benannte Erfolg eine Kapitulation seiner Selbst."

Thomas DeMacy schluckte. Er erkannte an, dass er diese Meinung verstand. Vertreten tat er sie keinesfalls.

„Und deswegen steht der lehrende Künstler" Äx legte seine eine Handfläche symbolisierend auf die andere. „über dem erfolgreichen Presenter."

„Der erfolgreiche Presenter zeigt Ihnen gleich mal, dass der systemscheue Künstler doch ganz gerne den Erfolg hätte, um das dürfen zu können, was ich gleich darf." Herausfordernd löste er die Verschränkung seiner Arme auf und drehte sich um. Als ob er es geahnt hätte, behielt er Recht mit der Bedeutung dieser Bewegung. Der Kanzler und seine zwei Begleiter kamen auf Thomas DeMacy und Äx zu.

„Herr Kanzler!"

Der Kanzler hatte den Presenter schon von Weitem erkannt. Es wunderte ihn nicht, dass er ihn hier antraf. Schließlich war es sein bisher größter öffentlicher Auftritt. Natürlich wusste DeMacy, was er hier eigentlich vorhatte und natürlich würde DeMacy ihm gerne dabei helfen, damit Schwierigkeiten zu bekommen. Ein paar rutschige Fragen, ein paar falsch ausgelegte Bedeutungen waren nun mal eben Standard, sobald der TV-Star in der Nähe war. Der Kanzler nahm es mit Fassung. Ohne der gewohnt überflüssigen Anrede Beachtung zu schenken, stellte er sich vor ihm hin.

Äx verspürte das erste Mal seit Jahren etwas wie Ehrfurcht. Wenige Zentimeter vor ihm stand der Kanzler dieser Welt. Er hatte ihn bisher noch nie außerhalb des TVs gesehen, doch irgendwie war er kleiner als vermutet. Er fand ihn attraktiv, aber unschön. Er starrte ihn nahezu an, doch der Kanzler hatte ihn nicht mal eine kleine Zehntelsekunde zurück angeschaut. Stattdessen war sein ganzer Fokus bei DeMacy. Man sah in seinen Augen, dass er wusste, dass er sich auf DeMacy fokussieren musste. Dass dieser Mann ihm ebenbürtig war. Äx verstand in diesem Moment um die Privilegien des bekannten Mediastars. Er erkannte die Macht, welche von ihm ausging. Ohne es zu merken, hatte er sich mit dem kleinen Tross in Bewegung gesetzt und begab sich in Richtung des Parkplatzes. Er vernahm DeMacys Worte nicht wirklich, seine Augen lagen noch immer ganz auf dem Moment, welchen er gerade erlebte.

Hannah W. gesellte sich der Gruppe dazu. Sie hatte an der *Kanzlerkarre* gewartet, doch als sie erkannt hatte, dass Thomas DeMacy auf den Kanzler treffen würde, beschloss sie, dieser Begegnung lieber beiwohnen zu wollen. Es war ihr Job, dass alles gut verlaufen müsse.

„Wir werden ein Picture Ihrer Akademie auf der MOK-Site des Kanzlers hochladen", sagte sie dem mitlaufendem Hirandi quer über das Gespräch von ihrem Vorgesetzten und DeMacy ins Gesicht. Sie fand, dass der Kanzler seine Sache gut machte. Uffus Hirandi nahm die Information entgegen.

„Stimmt es, dass die Animals im Lehr-Zoo gelehrt werden und nicht die Peoples, welche den visiten? Null." Hannah blickte verwirrt zur Seite. Auf einmal standen dort weitere drei Menschen. Die Traube um den Kanzler herum war auf acht Personen angewachsen.

„Sind das nicht Ihre nicht begreifenden Bekannten?", unterbrach Thomas DeMacy sein eigenes Gespräch und blickte abfällig zu Johnny, Patrick und Sarah hinüber. Der Kanzler blieb stehen, mit ihm taten es alle.

„Ja", bestätigte Äx. Er war überrascht von der ihm gewidmeten Aufmerksamkeit.

„Sie müssen antworten. Sie können nun endlich ein Bürgergespräch führen", sprang Hannah umgehend in die freie Gesprächslücke mit dem Kanzler hinein. Sie witterte die Chance, auf die sie seit Beginn dieses Planes gewartet hatte.

„Dürfen die anderen Editors auch in Ihre Nähe?", fragte der Polizeidirektor den Kanzler, während er zusah, wie nicht wenige Menschen es anscheinend auszunutzen wussten, dass der Kanzler an einem Ort verweilte.

„Ja", sagte der Kanzler zu ihm, ehe er sich Hannah zuwandte und sich ein Nicken abrang.

„Stimmt es, dass die Animals im Lehr-Zoo gelehrt werden und nicht die Peoples, welche den visiten? Null." Da ließ jemand nicht locker.

„Was macht ihr hier?", fragte Äx Sarah und Johnny.

„Du hast uns nicht Bescheid gesagt. Wir sind mit Patrick nach-gekommen."

„Hat die Polizei die wirtschaftlichen Erwartungen eingehal-ten?", schrie ein Mann dem Kanzler zu. Immer mehr Menschen drängten sich zwischen den kleinen Halbkreis um den Kanzler und das große, klobige Postauto, vor dem sie zum Stehen ge-kommen waren.

„Sie können mir Ihre Frage gerne erläutern. Sind Sie aus die-sem Grund heute hier?", antwortete der Kanzler zunächst Pat-rick.

„Achso", sagte Äx.

„Hier ist Stress. I don't get it. Hundertneunzehn." Patrick schaute durch seine dicken Brillengläser genau in Johnnys Au-gen.

„Wir haben alle Erwartungen übertroffen", entschloss sich Uf-fus die Frage an seinen hohen Besuch zu übernehmen.

„Haben Sie Interesse an einem fairen Interview?", fragte De-Macy daraufhin diesen.

„Versuchen Sie zu kommunizieren. Das ist Ihre Chance!", for-derte Hannah den Kanzler erneut auf, etwas für sein Wahler-gebnis zu tun.

Der Kanzler missachtete, dass Patrick ihn missachtete.

„Man müsste einfach mal etwas tun. Etwas ganz unerwarte-tes", philosophierte Johnny als Antwort. Er war von sich selbst überrascht, dass er mittlerweile so etwas sagen konnte. Er sagte es einfach so. Absolut grundlos. Er sprach, ohne zu denken.

„Du… Es stimmt. He's right. Wie im Gedicht von Äx. Alles real. Hundertachtundzwanzig." Es klang wie eine Erleuchtung. Patrick verschwand.

Ein bisschen mehr Abstand wäre schön, dachte sich Uniform-Castro. Doch er sagte nichts. Er hatte eine Aufgabe zu erfüllen: Seinen Mund zu halten.

„Mit wem soll ich sprechen?", fragte der Kanzler.

Uffus war durchaus angetan von der Idee: „Ich werde Ihnen ein umfangreiches Konzept mit Fragen zukommen lassen."

Hannah beantwortete einem Editor eine Frage.

„Die Diskussionen mit DeMacy sind spannend Sarah!"

„Achja? Ist er so wie wir?"

„Erzählen Sie von Ihrem Erlebnis. Berichten Sie positiv. Das mögen die Leute." Der Mediacoach war jetzt wieder voll bei ihrem Schützling.

Uniform-Castro zuckte kurz. Er sah etwas aufblitzen. Er erkannte es.

Äx klang nahezu betrübt: „Nein. Er ist schon irgendwie anders. Ich erzähle es dir später Sarah."

„Wissen Sie Herr Kanzler, I know, dass ihr da oben es wisst. Er hat es mich eben verstehen lassen. Vierzehn."

Johnny bemerkte, dass er nicht mehr alleine unter Fremden war: „Patrick, wo warst du?"

Patrick ignorierte ihn.

Uffus verspürte, wie ihn ein Ellenbogen in der Seite traf. Er fand es sehr unangebracht. Man hatte aufeinander Rücksicht zu nehmen. Es waren doch alle schön.

„Was kann der Kanzler für sie tun?" Hannah bemühte sich, dass das Interesse nicht abriss.

Thomas DeMacy bekam eine Camera vor das Gesicht gehalten. Diverse Leute nahmen ein Photo von ihm auf. Er schien gefragt. Er antwortete.

Der Kanzler drehte seinen Kopf. Er blickte direkt in einen silbernen Lauf einer *Peng*-Pistole. „Die Sonne…!", stammelte er vor sich hin. Er war erblichen.

„Von mir aus" Patrick zuckte mit den Schultern. Seine überlangen Arme bahnten der Waffe den Weg an die Stirn des Kanzlers. Er drückte ab. „16!"

Zehn Sekunden

Der Knall hielt die Zeit an. Johnny Matteo verstand nicht. Das erste, was er wahrnahm, war das elende, schrille und zutiefst schmerzhafte Ziehen in seinen Ohren. Er hörte nichts außer diesen Schrei. Diesen als Alarm fungierenden Schrei. Irgendwas passiert hier. Das wusste er. Seine Augen konnten es ihm noch nicht verraten.

Ganz leise und kaum vernehmbar startete da aber noch etwas anderes in seinem Kopf. Ein Song. Er hatte diesen Track noch nie zuvor gehört, doch irgendwie spielte ihm seine Wahrnehmung die Wörter der Strophen in Perfektion vor. A Rush of Blood to the Head. Die Gitarre schien ihn zu begleiten. Wie auf einem dem Weg dahin zu erkennen, was vor ihm lag. Wer vor ihm lag. Johnny verstand nicht.

Er hatte seine Augen die ganze Zeit geöffnet, doch erst jetzt befahl er sich selbst hinzusehen. Es qualmte. Er sah die kleinen weißgrauen Nebelschwaden aufsteigen. Sie kamen ihm vor wie ein dichter Rauch, welcher ihm den Atem raubte. Das lange, hell glänzende Rohr, von welchem sie sich empor verflüchtigten, er hatte es schon einmal gesehen. Er riss seinen Kopf herum. Irgendetwas geschah da. Er wollte ihn herumreißen. Er schaffte es nicht, der Geschwindigkeit seines Verstandes davonzulaufen. Neben ihm hob diese Frau mit dem Smartphone ihren Blick. Johnny sah, wie sich ihre Pupillen weiteten, ihr Mund sich langsam öffnete. Er schien zu schreien. Sie schien zu schreien. Es kam bei ihm an, als läge es hinter einhundert Mauern. Dumpf. Johnny verstand nicht.

Da war Blut. Das Rot, es flog. So langsam elegant durch die Luft, als schwebte es majestätisch über der Welt. Der Mann erschütterte. Seine Augen, weit aufgerissen, sie fielen zu. In die Ewigkeit. Sein Körper erbebte, er fiel nach hinten, sackte in sich zusammen und war doch geprägt von einer nie da gewesenen Präsenz. Johnny verstand nicht.

Er musste noch einmal zurückblicken, der Nebel würde ihm die klare Sicht geben. Der Lauf der Waffe war verschwunden. Er nutzte den Schwung seines Affektes und richtete sein Entsetzen auf den, der am Ende des eben noch gestreckten Armes stand. Patrick. Er erkannte ihn. Er kannte ihn. Auf seinem Gesicht lag eine Befriedigung, ein Leuchten in seinen Augen. Augenblicklich verschwand es hinter einem Vorhang aus graublauem Stoff. Johnny spürte einen Schmerz, spürte, wie sein Bein, ganz ohne daran gedacht zu haben, sich nach hinten stellte und auffing, was ihn aus der Bahn gestoßen hätte: Den platzaneignenden Sprung des jungen Polizisten, welcher sich mit aller Kraft auf Patrick warf und ihn zu Boden riss. Im Fallen sah Johnny Patricks blonden Haare sich aufstellen. Wie eine Windböe trug es sie von seinem Schädel hinfort und ihn aus diesem Moment. Er konnte sehen, wie sich ein Riss in dem Glas der Brille ausbreitete. Erst ganz klein, dort am unteren Rand, fand er seinen Weg quer über die Mitte hin unter die Augenbraue. Er riss das Heile in zwei, schürfte eine tiefe Rille zwischen das ebene Material. Johnny verstand nicht.

Da waren Laute. Woher kamen sie? Schreie, so weit entfernt und so leise. Es raschelte. Glaubte er. Alles um ihn herum war kaputt. Sein Blick wanderte zurück. Er wusste nicht, wo er eben gewesen war, also machte er den Weg zum Ziel. Die Gesichter, sie waren gedehnt. Die sahen groß, ihr Mund war weit. Johnny sah, wie sich die feinen Härchen auf der so sanften

Haut aufgestellt hatten. Die Arme holten aus. Sie holten Schwung. Sie setzten an zu Bewegungen. Es war alles so langsam. Niemand nahm mehr Abstand, niemand berührte sich nicht mehr, alle blickten hin und stürmten fort. Weg von dem, was sie eigentlich anzog. Was da auf dem Boden lag. Johnny wollte auch hinsehen, doch er verstand nicht.

Sein Schuh. Plötzlich sah er auf seinen Schuh. Da war ein Tropfen. Er kam so plötzlich auf seinen Schuh zu. Er konnte seinen Schuh nicht wegnehmen. Nicht jetzt. Aber der Tropfen, er kam näher. Wo kam er her? Johnny versuchte zu erkennen, wo er herkam. Er wollte, dass er einfach wieder umdrehte. Wenn er wusste, wo er herkam, dann könnte er ihn dahin wieder zurückschicken. Er wanderte die schmale, dunkelrote Linie entlang. Mit seinem Verständnis. Sein Verständnis führte ihn in den See. Den tiefen, dunklen See, welcher da auf dem Boden war. Da lag jemand. Jemand im See. Wie Johnny damals, war auch der Jemand im See, aber dieser Jemand schwamm nicht mehr. Da war keine Kerze, da waren nicht mal Steine. Da war auch gar kein See, da war Blut. Das hatte sein Verstand jetzt verstanden. Und da war auch kein Jemand, da war der Kanzler. Der Kanzler blutete, er blutete, weil es geraucht hatte. Es hatte geraucht, weil Patrick glücklich war. Patrick war glücklich, weil er geschossen hatte. Er hatte geschossen, sodass alle gelaufen sind. Weggelaufen. Johnny verstand jetzt. Es erlöste ihn aus seiner Wahrnehmung.

„Komm jetzt mit!", riss es ihn zurück in den Moment. Schlagartig hörte er alles. Es war wie ein Schock für ihn, die Lautstärke prasselte gnadenlos auf ihn ein. Das war nicht fair, fand er. Das Lied in seinem Kopf war vorbei. Mittendrin.

Etwas zog an seinem Arm: „JETZT!". Er ließ es geschehen. Er sah Äx Hand an seinem Unterarm. Er vertraute. Er ging. Sein Blick aber, der blieb. Johnny verstand. Er lief. Er erkannte. All die Menschen, all das Chaos. Hier war nichts mehr schön. Nichts mehr, wie es sein sollte, sondern alles wie es sein musste. Das Gedränge, die fehlende Stille, das Durcheinander, das, was alle für richtig hielten. Das menschliche Sein. Auch Johnny Matteo rannte. Er rannte davon.

Die brechenden Nachrichten

Niemandem war so richtig klar, was nun zu tun war. Eine gute halbe Stunde war es her, dass Uffus Hirandi auf den mittlerweile nahezu menschenleeren Parkplatz vor der Polizeiakademie zurückgekehrt war, nachdem er sich im Kofferraum seines zur Präsentation geparkten *Schnellauto*s versteckt hatte. Lediglich drei Körper lagen regungslos am Boden, zwei davon übereinandergestapelt.

„Ich dachte, dass es vielleicht richtig sei, ihn hier festzuhalten", hatte Uniform-Castro auf die Frage geantwortet, warum er sich mit aller Kraft auf den unter ihm befindlichen Täter gelegt hatte. Castro hatte still und brav gewartet, bis ihm einer zur Hilfe kam. Und nun saß er hier.

Patrick nannte er sich, hatte man Hirandi erzählt. Das kleine Vorzimmer wurde von künstlichem Licht beschienen. Uffus stellte das Radio an. Irgendeine Show lief.

„…deswegen lässt es sich nicht anders formulieren: rechtsextrem motiviert. Wer einst den Tod des Kanzlers gefordert hatte, der ist nun der Schuldige. Diese Partei muss sich seiner Bedeutung bewusst sein. Es ist ihre Aufgabe zu hinterfragen, was derartige Vorkommnisse Schlimmes bewirken können."

„Eine derart famose Unterstellung werden wir uns nicht bieten lassen. Die ewige Gruselgeschichte der extremen Rechten haben wir uns nicht anzuhören. Es ist offensichtlich: Es handelt sich um eine geistige Verwirrung, welche ausschlaggebend für dieses Ereignis war. Wir sollten obligatorisch die Macht erhalten, um präventiv solchen Missgeschicken vorzubeugen. Anscheinend erkennt ja niemand außer uns, was WIRKLICH hinter diesem Tag steckte. Was es wirklich einzuordnen gilt. Wer außer uns, sollte also bestimmen, wie es weitergeht? Ein Bürgerkrieg wäre eine sehr gute Lösung, um diese Meinungsdisrepanzien zu lösen." Wirklich jeder Zuhörer bemerkte, wie die Partei *Die Rechte* schon wieder unsicher mit Fachwörtern hantierte, um sich selbst zu profilieren.

„Sehr geehrte Damen und Herren, es bleibt weiter abzuwarten, ob und wann erste gesicherte Informationen an uns weitergereicht werden. Bis dahin gilt es selbstverständlich die Frage zu beantworten, was das für diese freie Welt, für uns alle bedeutet. Hören Sie dazu ein Kommentar unseres Experten Thomas DeMacy."

„Ich war live dabei, als sich heute Nachmittag gezeigt hat, dass sich unsere Gesellschaft radikalisiert. Nicht anders kann man es benennen. Ich selbst sprach lange mit einem der geistigen Brandstifter, welcher den Täter vielleicht bestimmt sicher manipuliert hat. Seine Gedanken sind gefährlich. Sie sind gefährlich für uns alle. Was passiert ist, ist passiert, aber jetzt gilt es diesen Aufschwung dieser revolutionären …" DeMacy unterbrach sich. Bereits das letzte Wort sprach er verzögert und nachdenklich. „…dieser revolutionären Macht zu unterbinden."

Uffus Hirandi stellte das Radio wieder aus. Er schien genug gehört zu haben.

„Warum sayt es niemand? Drei", fragte der geknickt sitzende Patrick den Polizeidirektor. Er wirkte so müde.

Uffus bemühte sich möglichst streng zu wirken. Er wartete fieberhaft auf einen Ansatz, wie er diesem Menschen zu begegnen hatte: „Was?"

„Er ist tot." Patrick legte eine Pause ein. „Der Chancellor ist tot und alle asken nur warum. Und was jetzt. Niemand denkt an ihn." Erneut ließ er den Raum sich mit Stille füllen. „Nobody interessiert sich für ihn. Vier."

Uffus Hirandi hörte es schon nicht mehr. Es war ihm auch egal. Stattdessen folgte er der Benachrichtigung seines Handys, dass man endlich eine geeignete Strategie ausgegraben hätte. Ein Verhör des ersten Verbrechers seit einer so langen Zeit. Und er war der verantwortliche Verhörer.

Das Verhör

Manfred Hermann wusste erst nicht, was geschehen war. Es schien eine Bedeutung zu haben, das ging aus den News hervor, doch dass der Kanzler mit einem sauberen Kopfschuss aus nächster Nähe auf dem Polizeigelände rumlag, das erfuhr er erst über seine Kollegen. Vielleicht hatte es irgendjemand schon mal irgendwo gesagt im Radio, aber es ging wohl bei ihm unter.

Sein Auftrag war leicht gewesen. Er freute sich, dass auf seine alten Tage nochmal ein bisschen Leben in die Bude kam, als er seinen Wagen vor der *Post* abstellte und das Gebäude betrat, um vorgefertigte Fragen beantworten zu lassen. Anscheinend hatten sie mit dem Täter zu tun. Doch es kam anders, als er dachte. Eine brünette Frau, welche sich als professionelle Postproblemlöserin vorstellte, nahm den Zettel schon im Eingangsbereich an sich, beantwortete alle Fragen schriftlich und erklärte für sie Offensichtliches als Extraleistung mündlich dazu. Hermann war beeindruckt von ihrem flüssigen Multitasking, an welches er sich auf dem Rückweg erinnerte.

Drei Ampeln später begann er den Versuch das Bild der Antworten zusammenzusetzen: Die Tatwaffe wurde als das Modell erkannt, welches vor einiger Zeit in den Schlagzeilen stand. Er selbst hatte sich mit der *Firma Brauchbar* auseinandergesetzt, dass man im Zuge der damaligen News dafür sorgen müsse, dass die Waffen verschwinden. Die Polizei durfte sie damals nicht bekommen. Das wusste er noch. Er hatte es zunächst vorgeschlagen, doch es gab eine andere Lösung: Für die Abholung wurde folglich die *Post* verantwortlich gemacht.

Aufgrund des hohen Stellenwertes dieses Ereignisses schickten diese ihren quotenbesten Zusteller, um die Schönheit der Durchführung des Auftrages zu gewährleisten. Er verlud alles sachgemäß und fuhr fortan mit den Waffen im Auto umher.

„Was bejdeutet das denn?", hatte Hermann an diesem Punkt eingehakt.

Dass es eben kein Empfänger geben würde, sondern nur einen Absender. Das war die Antwort der Dame gewesen. Dass der Kanzler die Waffen in Wirklichkeit ja gar nicht bestellt hätte und der Staat somit kein Anrecht auf Besitz gehabt hätte. Es wäre logisch, dass die Waffen fortan als Bewegungsware zu betrachten seien, sodass sie weder der Post noch dem Absender oder dem Empfänger gehörten. 16. Postgesetz.

„Ob se' das Ernst mejn'?", hatte er danach auf diese Aussage geantwortet, welche ihm als sehr vage Erklärung vorkam.

Er konzentrierte sich wieder auf seine Zusammenfassung. Ein Problem sei das Herumfahren der Waffen auf jeden Fall nicht gewesen, meinte die Post, erinnerte er sich also weiter. Die Waffen würden dem Fahrer dadurch ja nicht gehören und er dürfte sie nicht benutzen. Soweit hatte er alles zusammen. Kurz nachdem er das verhasste goldene *Schnellauto* auf dem Parkplatz abgestellt hatte, fiel ihm gerade noch ein, was sie noch gesagt hatte. Patrick hieß er. Der Täter. Einen Nachnamen hatte er wohl nicht. Das fand Manfred Hermann verdächtig.

Uffus Hirandi prüfte wie ein Roboter seine Fragen durch. Dynamische Verhörtechniken, Sympathien, Wohlgefühle. Alles Fremdwörter. Was er verdient hatte, das waren Antworten. Alle hatten sie verdient. Es war eine schöne Welt gewesen und sie hatte ein Recht darauf zu erfahren, warum sie es nun nicht mehr war. Erst dann konnte sie wieder schön sein. Und Uffus verfolgte den Ansatz, dass auch Patrick eine schöne Welt wollen würde. Deswegen würde er antworten. Da war er sich sicher. Seine Taktik war Allen einleuchtend. Generell leuchtete diese Taktik Allen ein, da sie Erfolg hatte. Die Angaben zu seiner Person, wie es das Textbook vorsah, die hatte er widerstandslos gemacht. Das Kapitel mit dem Geständnis übersprang Hirandi, das war ja wohl offensichtlich, und sowieso interessierte ihn der Absatz ,Motiv' viel mehr.

„Also", begann er, „bist du rechtsextrem, linksextrem oder geistig behindert?"

Patrick wusste darauf keine Antwort. Uffus fand das okay. Er hatte hier ja noch ein paar Fragen vor sich liegen. Spätestens, wenn Hermann von der *Post* zurück sein würde, könnte er lückenlos das Geschehen darstellen.

„Wieso hast du das gemacht?", startete er den nächsten Anlauf. Reflexartig antwortete Patrick: „Weil er das vorgeschlagen hat." Die ,neunundachtzig' lag ihm auf der Zunge, dennoch unterdrückte er sie zwanghaft. Uffus hatte seine Strenge zeigen wollen und hatte ihm diese unschöne Angewohnheit folgend untersagt.

Der Polizeidirektor blickte von seiner Liste mit Fragen auf. Damit hatte er nicht gerechnet.

„Wer?", improvisierte er. Erstmalig durchbrach er seinen Fluss.

„Keine Ahnung. Ich kenne seinen Namen nicht."

„Dir hat jemand gesagt, dass du das machen sollst?"

„Yes."

„Was hat er gesagt?"

„Man müsste einfach mal etwas unexpected tun. Er sieht die World ganz anders. Wie in dem Poem. Das ist er."

Uffus drehte sich um. Wie es im Ratgeber gestanden hatte, hatte er noch schnell einen einseitig durchsichtigen Spiegel in den Raum mauern lassen, in welchem er Patrick zu Beginn des Verhöres gebracht hatte. Das war wohl eine Notwendigkeit, hatte er sich gedacht, während die Seiten von niederen Polizisten handwerklich sauber verputzt wurden. Jetzt wusste er, dass es tatsächlich viel wert war, allen Leuten auf der anderen Seite des Raumes seine Bedenken bezüglich der Fortführung seiner Fragen gestisch mitteilen zu können. Uffus bildete sich ein, etwas zu erkennen. Es gab ihm eine neue Idee.

„Würdest du den Täter wieder erkennen?"

„Yes."

„Dann werden wir jetzt mit dir ein Bild von ihm zeichnen, damit unsere Electronic Voice OfficeEdition ihn im System suchen kann", verriet er seine Taktik, als ob der Beschuldigte es ihm erlauben müsse.

Plötzlich ging die Tür zum Raum auf. „Das gejht nicht." Hermann stand kreidebleich in der Tür. „Das kann er nicht." Diesen Satz sprach er so deutlich wie nie in seinem Leben etwas zuvor.

„Warum weißt du sowas?" Uffus sprach, ohne seinen Mund zu öffnen. Er wollte keine Schwäche zeigen.

„Das is mejn Sohn."

So richtig glauben taten es die wenigsten, was ihr dienstältester Kollege dort in dem kleinen Zimmer hinter dem Spiegel berichtete. Feyl Hermann. Das war der richtige Name des Schützens. Manfred hatte ihn schon immer als einen Fehler betrachtet, da fiel ihm die Vornamenwahl nicht schwer. Doch der Umgang mit seinem Jungen, das wäre eine jahrelange Qual gewesen. Seine Diagnose hatte er sich stolz in sein Zimmer gehängt und erzählt, dass es eine Urkunde sei. Dieses ständige Zählen, unausstehlich sowas. Nicht zu erkennen, wie die Welt wirklich funktionierte, das fiel ihm leicht. Die englischen Wörter, das Missverstehen aller Aussagen. Manfred Hermann hätte es nicht ertragen können. Er hätte so viel Mühe in ihn gesteckt, wollte die Gesellschaft mit ihm voranbringen, doch letztendlich wäre ihm nur die Lernschule als Ausweg geblieben. Danach hätte er wenig von seinem Nachfahren gehört. Immer weniger. Schließlich gar nichts mehr. Bis heute. Es würde passen, dass er sich selbst einen Namen gab, urteilte Hermann. Die Flucht in eine eigene Welt, in die Unverantwortlichkeit. Der Erzeuger Patricks blieb staubtrocken bei seinen Erzählungen. Es schien ihn nicht annähernd zu belasten.

„Wir müssen den Fall aufklären", lenkte Uffus schlussendlich die Erzählungen des Alten zurück auf das Thema, als er begann endgültig abzuschweifen. „Wieso kann er keine Phantombilder zeichnen lassen?"

„Er leidet an Prosopagnosie." Man bemerkte, wie er es tausend Mal geübt hatte den Namen der Krankheit richtig auszusprechen. „Der kann sich nicht mal sjelbst beschrejbm'. Er kann sich Gejsichter nich' bejldlich vorstelln', nur wieder erkenn'."

Der wissbegierige Uniform-Castro zog umgehend einen Block hervor und begann sich diese medizinische Erscheinung aufzuschreiben. Wieder was gelernt.

„Hat jemand einen Vorschlag?", gab der Polizeidirektor in die Runde weiter. Es war das erste Mal, dass er in einer Besprechung nicht über Blitzer diskutierte, dachte Hirandi.

„Ja", antwortete Castro, noch immer damit beschäftigt, sich etwas zu notieren. Es hinderte ihn nicht am Sprechen: „Der erste Schritt seiner Bestrafung wird eine Unterbringung in diesem Gebäude sein, wo er so lange die Blitzerfotos begutachtet, bis der Gesuchte dabei ist. Der sich hier Befindliche ist als Schütze und nicht als Täter zu klassifizieren. Nach Ergreifung des Täters erfolgt eine gesonderte Unterbringung. Seiner Art gerecht werdend. Ich habe da einmal einen Historyblockbuster gesehen, welcher ein ähnliches Problem thematisiert hat. Das nehmen wir uns zum Vorbild."

„Also geistig behindert", beschloss Polizeidirektor Uffus Hirandi damit nicht nur den Vorschlag Uniform-Castros, sondern auch den Fall. Nun war es doch wieder um Blitzer gegangen. Hatte er sich vorhin doch geirrt, dachte er sich. Umgehend fokussierte er sich neu. Er war bereit sich den Medias zu stellen und über die Ereignisse aufzuklären. Nahezu verspürte er etwas wie Spaß an seiner heutigen Arbeit. Es war vollkommende Motivation. Zu schade, dass es der Kanzler nicht sehen konnte, um ihn zu loben.

„Wieso hast du deinen Sohn schon bei der Geburt Feyl genannt?", fragte Castro auf einmal. „Woher wusstest du, dass er so werden würde?" Es waren zwei von diesen störenden Fragen.

„Bei ejner Drejundvierzjk' war der Lejbenslauf doch absejhbar", entgegnete Hermann.

„WAS?" Mit einem Schlag verflogen Uffus Bemühungen den Fall abzuarbeiten. „Eine Dreiundvierzig hat dein Sohn von dem Babybenoter bekommen?" Er blickte auf den hässlichen Patrick, welcher auf der anderen Seite der Scheibe saß.

„Ja", entgegnete sein Kollege.

„Die Prozedur hieß Abtreibung, oder?"

Erneut stimmte Hermann zu.

„Ihr Pressetermin hat vor zwanzig Sekunden angefangen." Die Sekretärin Stacey hatte einen kleinen Spalt breit die Tür geöffnet und wies den Chef der Polizei mit einem besorgten Ton auf die Unannehmlichkeit seiner fehlenden Pünktlichkeit hin.

„Verschieben Sie das auf 16 Uhr. Ich muss jetzt erstmal etwas klären." Wütend stapfte er an ihr vorbei in Richtung seines Büros.

- 16 Monate später -

Neue Kapitel

Das Fenster war nur einen kleinen Spalt heruntergelassen, vielmehr nahezu unsichtbar war dieser Absatz da zwischen der Scheibe und der Gummiverdichtung. Würde der Wagen stehen, so hätte ihn niemand bemerkt. Doch stattdessen fuhr er eben. Und deswegen blies der Fahrtwind. Johnny Matteo hatte sich schon immer gefragt, woher dieses Pfeifen kam, mit welchem der Wind in den Innenraum seiner *Massenkiste* schoss. Doch das ,Immer' war Geschichte. In diesem Moment war es ihm einfach egal. Als er den Ton bemerkte, drehte er die Music lauter. Und ging mit sich selbst dem Beat nach. Sein Fuß bei der Bassdrum, ein Nicken bei der Snare. Er mochte den Song. Eminence Force. Und während er diese Erkenntnis zog, war es auch egal, dass der Fahrtwind seine Haare durchstürmte. Sie sahen jetzt anders aus. Seidig glänzend, ein wenig zu lang für das, was sich als modern beschreiben ließ. Seine *Electronic Voice* protestierte schon lange dagegen, seit neustem auch seine Freundin, doch er genoss es, sich ohne schlechtes Gefühl durchsetzen zu können. Zumindest bei den kleinen Dingen des Alltages. Sarah gönnte ihm den Erfolg.

Es war viel passiert. Gerade vor zehn Tagen erst hatte er in kleiner Runde erkannt, was alles passiert war. Johnny fand es amüsant, wie sich doch nie etwas im Vergleich zum Tag davor geändert zu haben schien und doch erkannte man sein Leben von vor ein paar Monaten nicht wieder. Er hatte sich weiter selbst befragt, warum er das amüsant fände, und bereute es umgehend, diese Frage laut gestellt zu haben. Äx hatte ihm geantwortet, dass es die Verwunderung über das Neue sei. „Selbst

Pech, wenn man in seiner bisherigen Existenz nur die Aufrechterhaltung dieser als größten Erfolg verbuchen kann", hatte er hinterher gefeuert. Es hatte Johnny nicht annähernd in dem Maße angegriffen, wie Äx es beabsichtigt hatte. Denn Johnny Matteo sei jetzt nicht mehr Johnny Matteo. Auch das hatte er fehlerhafterweise laut verkündet.

„Nun bremse dich mal wieder ein wenig ab", hatte Sarah eben das für ihn übernommen. Für sie war es ein Positionswechsel gewesen in den letzten Monaten: Schon länger gefiel es ihr, dass sie nicht mehr jede Kleinigkeit von Johnny vorhersah. Hatte man ihn einst noch in die Wellen des Lebens herein schubsen müssen, so war sie zunehmend damit beschäftigt herauszustellen, dass nicht jeder Stein der Welt an einen anderen Platz gehörte. Johnny agierte oft wie ein Kind. Wie ein kleines Kind, dass sich Sand in den Mund schob. Mit vollem Genuss für den Moment der Handlung und bitterbösen Tränen für die Erkenntnis des Scheiterns. Johnny Matteo lernte. Er lernte die Welt kennen.

Äx war stolz auf ihn, auf seine Veränderungen. Was sie gesehen hatten an diesem einen Tag, das hatte mit Allen etwas gemacht. Die Gesellschaft zum Beispiel war bemüht gewesen, es einzuordnen: Zu viele Meinungen, zu viele Forderungen, zu viel Bedeutung. Es hatte den Anschein, dass die Einheit, der Erfolg der modernen Welt an der Anforderung kaputt gehen würde, dass in dieser dunkelgrauen Stunde alle tatsächlich zusammenstehen mussten. Doch professionell wie eh und je und hatten die Politiker diese Misere aus der Welt manövriert - und gaben allen Menschen einen Tag frei. Die Erinnerungen an das Ereignis waren folglich schlagartig gut, das Gras schnell über der Sache gewachsen und die Macht wurde schon bald neu verteilt. Ein toter Regierungschef konnte schlecht regieren, befand man. Und so wählte man jemand lebendigeren.

Filipo Schrankendienst war der erste Kanzler nach dem Kanzler gewesen. Er war übel. Baxter Grunkowski hatte es eine Amtszeit später besser gemacht, doch leider fiel er der schlechten Laune von Thomas DeMacy zum Opfer: Der neuerdings manisch-depressive, extrem reizbare und unberechenbare TV-Presenter nahm ihn mit seinen Fragen so in die Mangel, dass er sich in Widersprüchen verirrt hatte. Der Weg daraus endete für ihn auf dem Schafott. Er wurde der fünfte Politiker und zweite Kanzler, den die Guillotine erwischte. DeMacy hatte sich wie ein kleines Kind gefreut, dass seine Worte solche Taten begründeten.

Ein paar Rechte Deppen später folgte schließlich Nedt Yervah, welcher sich erbarmt hatte den Posten als Nebenjob auszuführen. Die *DlK* hatte gejubelt. Laut gejubelt. Viel zu laut. Sie setzten ein Programm namens ,*Der kapitalistische Vollfrieden'* durch. Beispielpunkt gefällig? Ab sofort hatte jeder eine Sonderschicht pro Woche zu leisten ohne Anspruch auf Ersatzfrei. Yervah hatte es als Präventionsmaßnahme verkauft: „Wenn du keine Freizeit hast, kommst du nicht auf die Idee dir Pläne auszudenken, wie man Verbrechen begeht." Sehr einleuchtend. Von Feyl Hermann, seiner dämlichen Pistole und dem toten Kanzler hatte man folgend nie wieder ein Wort gehört. Wobei man es davor auch nicht wirklich hatte.

Von Äx hörte man dafür umso mehr: „Naaah! Das kann doch nicht deren Ernst sein." Eigentlich hatte er nie die Electionshows geschaut, aber als Yervah antrat und Johnny ihn erkannt hatte, konnte keiner von den Dreien seine Augen vom Geschehen lassen. „Der ist genau wie alle anderen davor, nur dass er so dumm ist und sich dabei nicht mal mehr verstellt! Wie konnte das V-O-L-K den wählen?"

„Er hat gelogen", hatte Johnny geantwortet.

„Wie denn das?"

„Er hat erzählt, dass er schon einmal eine ‚freie Welt' zum Erfolg geführt hätte. Das war wohl eine Metapher. Darauf steht er. Er bezog sich auf die Firma."

„Er hat die Wahl damit gewonnen, dass er den Erfolg der Firma Brauchbar als Referenz für seine Fähigkeiten als Kanzler anführt?"

Johnny hatte mit den Schultern gezuckt: „Nur hat er eben das nicht gesagt."

„Das kann nicht wahr sein!"

„Er spielt eben ein doppeltes Spiel. Schon immer tut er das."

„Daraus musst du Konsequenzen ziehen!"

Und Johnny Matteo hatte die Konsequenzen gezogen. Das war das, was der Vorfall und seine Folgen mit ihm gemacht hatten. Er hatte gekündigt und ergatterte einen Job bei Sarah in der Firma. Die Mediaworld, die war abwechslungsreich. Da passierte etwas. Da war jeder Tag anders. Da wurde etwas kreiert. Das mochte Johnny Matteo einigermaßen. Es war das kleinste Übel, was er auf dem freien Arbeitsmarkt finden konnte. Es war ein guter Kompromiss, hatte er befunden. Äx hatte Sarah und Johnny trotzdem noch immer als Systemlinge bezeichnet, während er fleißig weiter gedichtet hatte. Vorgetragen hatte er nur nie. Das störte die beiden mehr als die Bezeichnung, mit welcher er sie gestempelt hatte.

„Scheiße!", rief Johnny zwischen die laute Music und dem Pfeifen des Windes, obwohl niemand sonst im Auto saß. Er bremste scharf. Er hatte es eilig, Sarah lag im *Krankenhaus* und das Kind sollte jeden Moment kommen. Ganz bewusst wussten sie weder das Geschlecht noch ein Rating oder einen Geburtstermin. Doktor Krysler hatten sie nicht einmal besucht, der heimischen *Electronic Voice* zudem für zu viel Geld einen *Silenceslot* gekauft, welchen sie für dieses Thema verwendeten. Die Welt hatte sich mit aller Macht dagegengestellt: Sie wollte unbedingt wissen, was für eine Arbeitskraft da kam, doch Johnny und Sarah wollten sich lieber freuen können. Die Mühe war es wert. Das bemerkte Johnny jetzt in diesem Moment, während er mit seiner *Massenkiste* in Richtung des Kreissaales schoss. Tausend Dinge mussten sie ignorieren, abblocken, wegwerfen oder bezahlen für das Kribbeln, welches sich in seinem Bauch breit machte. Da würde ihn jetzt auch eine letzte Rechnung nicht von abbringen, sagte er sich gedanklich selbst, um sich wieder zu beruhigen. Das erste Mal in seinem Leben war er geblitzt worden. In der Baker-Bäcker-Straße auf Höhe des *AMC*s.

Leyla Hirandi ächzte: „Ich habe kältebedingte Schmerzen."
Keine Reaktion. Es fiel ihr nicht sehr leicht sich von der mittlerweile durchgesessenen, noch immer in ihrem Wohnzimmer stehenden Ledercouch aufzuhieven. Sie war einfach sitzen geblieben, nachdem ihr Mann in Richtung der Ankleide aufgesprungen war. Sie hatte sich ausgeruht, möglichst nicht dran gedacht, doch es kam immer wieder: Das Gefühl, als ob man drei Tage keine Nahrung zu sich genommen hatte, während man bitterlich dabei fror. Kälte. Das passte. Die Ehe erschien wie ein Kontrast seit dem letzten Tag von Uffus als Polizeidirektor. Er, zunehmend lebendig und aktiv, sie immer weniger. „Ich habe kältebedingte Schmerzen." Es war eine vorbildliche Aussage. Sie implizierte nicht nur, dass sie Hilfe brauchte und dass es Zeit für die Medikamente war, sondern sie ersparte

dem elektronischen System gleich auch noch die Frage, womit der Einsatz dieser zu begründen sei. Leyla Hirandi machte das, weil sie es wusste. Sie wusste, dass diese Frage kommen würde. Sie hatte sie über mehrere Monate hinweg beantwortet. Tag für Tag. Alle paar Stunden.

„Ich habe kältebedingte Schmerzen!" Sie wurde immer deutlicher. Und lauter. Es war das dritte Mal. Und das letzte Mal. Entschlossen stand sie stocksteif dar, die Fäuste leicht geballt, um den Schmerz zu verdrängen. Ihre Fingernägel bohrten sich in ihre weichen Handflächen und zerstörten die Perfektion ihrer Haut. Für eine Blutung reichte es nicht, dafür waren sie zu kurz und zu stumpf. Es war anstrengend. Ihr Schwangerschaftsbauch war schwer, Bewegungen schon lange kraftraubend.

Uffus kam ins Wohnzimmer herein und brachte ihr eine Pille. Er schien drauf spekuliert zu haben, dass die Maschine ihren Job erfüllte. Tat sie aber nicht. Während er ihr die Pille mit der linken Hand gab, band er sich mit der rechten die Krawatte. Ohne, dass es hektisch oder gar wie ein Durcheinander aussah. Wunderschön. Er tat es wortlos, machte auf der Stelle kehrt und begab sich zurück vor einen Spiegel. Heute war sein großer Tag.

Leyla setzte sich wieder hin und blickte auf das eben gleiche Schwarz des *LargeScreenArea*s, welches auch die Couch zierte. Sie wartete und wusste nicht worauf. Den obligatorischen Werbeblock hatten die Eheleute auf den Morgen verschoben, zu beschäftigt war Uffus in seiner neuen Funktion als Politiker den Rest des Tages über. Er sprach von Effizienz als Grund, doch das passte überhaupt nicht zur Frage. Er war also bestens gewappnet für seinen Beruf.

„Wann wird die Rede im TV übertragen?", rief Leyla quer durch das Haus. Es klang quälend.

„Um zehn Uhr 16", kam es ebenso quer, aber weniger quälend zurück.

Sie legte ihre Handflächen auf ihre Oberschenkel. So gut es ging. Es war auch ihr großer Tag, so irgendwie. Es würde etwas passieren. Endlich.

Er war damals nach Hause gekommen und hatte ihr gesagt, dass es jetzt an der Zeit sei. Er hätte bereits gekündigt, das Kapitel Polizei sei vorbei. Was denn passiert sei, hatte sie gefragt. Sie hatten die Wochen davor viel diskutiert. Das Kind, der Sohn, eine Dreiundvierzig. Das wäre nicht tragbar, hatte er gemeint. Nicht für die Gesellschaft und erst recht nicht für die Hirandis. An dem Tag der Kündigung hatte er geantwortet, dass sich Manfred Hermann erhängt hätte. Aus Scham. Jetzt wüsste er es, hatte er gesagt. Dass er sich engagieren müsse, dass die Abtreibung endlich eingeführt werden müsse von der Politik. Und dass er derjenige sei, der die Idee sähen müsse. Und er tat genau das ab diesem Moment mit seiner ganzen Leidenschaft.

Da war dann diese Vorentscheidung, erinnerte Leyla sich, während sie stumm auf der Couch herumsaß. Der neue Kanzler hatte Uffus direkt verstanden mit seiner Idee. Er holte ihn in seine Partei und gab ihm die Möglichkeit, etwas zu verändern, um die Gesellschaft voranbringen zu können. Es wäre unsozial den Leuten Leute zuzumuten, die überdurchschnittlich früh nur bekämen und nicht gäben, hatte Uffus ihm erklärt. Ganz großartig sei deswegen seine Idee, habe Uffus nachgelegt. Das wäre eine ganz super tolle Sache, hatte der Kanzler Uffus daraufhin bestätigt. Ganz riesig! Sie waren fest entschlossen gewesen ab diesem Moment. Das wäre

Sozialpolitik und keine wirtschaftliche Abwägung, hatten die beiden einige Zeit später die Kritik entschieden zurückgewiesen und sich maßlos empört, als im Parlament die Fetzen in ihre Richtung flogen, während sie den Vorschlag veröffentlichten. Aufmerksame Beobachter konnten erkennen, dass es etwas zu maßlos war, um ehrlich zu wirken. Doch ein Dekret kam trotzdem. Ein Dekret nur für Uffus Hirandi. Es betraf seine Frau. Er war ganz eigenartig gewesen. Es fing damit an, dass er sich mit ihr an den Küchentisch gesetzt hatte und keine Nahrung mit ihr aufnahm an dem Abend. Er hatte ihr es einfach nur erklärt. Er schwor, dass es ein Zufall wäre, dass die Formulierung des Dekretes nur auf sie zutreffen würde. Er hätte keine Ahnung, warum es so war, dass nur die an dem Gesetz arbeitenden Politiker das Dekret anwenden dürften, aber so wäre das jetzt nun mal. Aktuell schwangere Frauen mit einem niedrig bewerteten Fötus, potenziell betroffen von einer der Gesellschaft förderlichen Abtreibung, die hatten den Nachwuchs so lange medizinisch einzufrieren und die Geburt dadurch hinauszuzögern, bis eine Entscheidung über ein Gesetz getroffen wurde. Er hatte sehr schlecht gelogen. Zusammengepresste Lippen und hochgezogene Schultern waren das Einzige, was er zu diesem Zeitpunkt an Mitgefühl draufhatte. „Du hast morgen um acht Uhr früh einen entsprechenden Frost-Termin bei Doktor Krysler", hatte er das Gespräch damals beendet. Immerhin ihr Hausarzt, immerhin ein bisschen Würde. So großzügig von ihm.

Heute würde Leyla Hirandi wieder bei Doktor Krysler sein. Es war ein Novum. Noch nie wurde in der heutigen Welt ein Geschäft den gesamten Nachmittag freigehalten, um Flexibilität zu ermöglichen. Wann das Ergebnis der Abstimmung da sein würde, das stand nicht genau fest, aber Leyla hatte sich durchgesetzt, dass sie keine Nacht länger mehr warten würde. Uffus hatte ihr das ermöglicht. Entweder würde sie heute also gebären oder abtreiben.

„Wirst du zugucken?", riss ihr Mann sie aus ihren Gedanken.

„Ja."

Sie erhoffte sich, dass er etwas Liebes sagen würde. Irgendetwas, was ihr die Ungewissheit, die stille, dumpf lähmende Panik rauben würde. Er band sich die Schuhe, schloss seine Jacke, warf einen letzten Blick in die Augen seiner Frau und verweilte kurz. Leyla sah es ihm an, dass ihm etwas auf der Zunge lag. Sie versuchte es aus ihm herauszugucken, bemühte sich, dass er sehen konnte, was sie fühlte. Uffus seufzte. Er seufzte so ehrlich, dass etwas wie Mitleid im Raum zu verspüren war. Es war außerordentlich besonders, keiner von beiden hatte je etwas Vergleichbares erfahren. Er machte einen kleinen Schritt auf sie zu, zu erkennen als Unterdrückung eines deutlich größeren, doch es reichte, um seinen Worten Nachdruck zu verleihen. Um das erste Mal in seinem Leben seine Stimme mit Bedeutung zu versehen. Es war wie Music, als seine leicht flüsternden Worte die Stille zerschnitten: „Solange wir lügende Politiker töten, sollten wir das auch mit nutzlosen Babys tun." Er drehte sich zur Tür hinaus und warf diese laut ins Schloss.

Unaufhaltsamer Prozess

„Die Identifikation ist abgeschlossen", sprach ein Mitarbeiter sachlich durch die offene Leitung über den Hörer in das wohlgeformte Ohr von Uniform-Castro. Dessen Gehirn verstand sofort. Selbstverständlich tat es das, wie auch nicht? Ohne zu antworten, legte er auf und ging. Er ging den Weg aus dem Büro. Aus seinem Büro. Der Weg war lang. Seitdem Uffus umgesattelt hatte, hatte Castro den Raum am Ende des Ganges bezogen. Das Arbeitszimmer *Alpha,* das des Polizeichefs, es war nun seins. Er war gerne dort. Und er hatte es verdient. Er war die Nummer eins. Schon immer gewesen. Offiziell zumindest optisch.

Angekommen im Erdgeschoss des Reviers trat er in ein spärliches Vorzimmer. Eine Tür, ein Stuhl, ein Phone, ein einseitig durchsichtiger Spiegel. Dahinter Feyl. Man hatte ihm ein kleines Gemach hergerichtet. Nahezu gemütlich hatte er es dort, empfand der Polizeichef. Ja gut, dass er das Klopapier neben der deckellosen Toilette auf dem schmalen Nachtisch neben seinem Bett legen musste, das hätte man sicherlich besser lösen können, dachte er weiter, aber ansonsten konnte sich der verurteilte Strafschütze echt nicht beschweren, beschloss er letztendlich. Der Gefangene, gefühlter Dreijahresbart, stark verschwitztes, hellbeiges Shirt, schaute durch den für ihn überhaupt nicht durchsichtigen Spiegel direkt in die Augen Castros. Er ahnte, dass er da war. Er fühlte es. Da war es egal, dass er es nicht wusste.

„Ich habe ihn." In seiner Hand hielt er demonstrativ ein großes Foto. Miserabel belichtet und schwarz-grau getönt. Genau wie all die anderen, die da auf dem Boden verstreut lagen. Es waren unzählig viele. „That's it. Er heißt Johnny Matteo. He was it. Das ist der Täter." Den Namen las er vor, obwohl er ihn bereits auswendig konnte.

Neu-Chefuniform-Castro blickte den Mitarbeiter im Vorzimmer stumm an. Dieser saß konzentriert auf dem Stuhl. Er hatte die letzten Monate rechtwinklig sitzend beobachtet, wie Feyl Hermann den ersten Teil seiner Strafe abgesessen hatte. Er hatte ganz genau kontrolliert, dass er seiner Pflicht nachkam.

Castros Blick war voller Charme, ehe er zum Reden ansetzte: „Wir überstellen ihn dem Prozedere, sobald ich die Bestätigung habe."

„Ich habe das verstanden", antwortete der Lakai.

„Sie werden ihren Kollegen den Auftrag mitteilen, die Lokalität von diesem Johnny Matteo ausfindig zu machen. Wenn die Bestätigung kommt, werden wir ihn, aus seiner Sicht betrachtet, alternativlos abholen."

„Ich habe das auch verstanden."

Polizeidirektor Castro verließ das Zimmer.

Ernesto Feegler wusch sich energisch die Hände. Er schrubbte sie nahezu. Immer wieder ging er grob über die kleinen Stellen auf seinen Fingerkuppen, welche mit hartnäckiger Druckerschwärze befleckt waren. Das Wasser lief. Er nahm eine viel zu harte Bürste und kratzte auf den dreckigen Stellen. Tatsächlich half es. Stück für Stück wurde er sauber. Es war okay, dass er unschön wusch, um schön zu sein. Das war das Ergebnis jahrelanger Denkarbeit. Es war sein Job. Im doppelten Sinne. Einerseits sich dreckig zu machen am Vormittag, um danach sauber im Büro zu sitzen, das Waschen war also ein tagtägliches Ritual, und anderseits zu entscheiden, was schön und unschön war in der heutigen Zeit. Zumindest war das die Beschreibung dessen, was er nachmittags tat. Wirklich entschieden hatte er es erst zweimal in seinem Leben.

Das sterile, mit Kacheln gefliese Badezimmer in welchem Feegler stand, es war wie eine Schleuse. Auf der einen Seite die Druckerei, auf der anderen das Büro. Während er sich die Hände elegant abtrocknete, sah er zu, wie das noch immer laufende Wasser die letzten Fäden der schwarzen Farbe in einem kleinen Strudel durch den Abfluss aus seinem Sichtfeld zog. Er mochte diesen Moment. Es war für ihn das Ende und der Start zugleich. Er sah auf die Uhr. Er war pünktlich. Der junge Polizeichef würde in wenigen Minuten bei ihm im Büro anrufen und eine dritte Entscheidung in seiner Laufbahn als Judikative verlangen.

Genau das war er. Ernesto Feegler betrieb das einzige Gericht der Welt. Und sein einziger Mitarbeiter war er selbst. Er hatte sich viel mit der Geschichte befasst. Vorbildlich wie jeder andere auch, hatte er sich gebildet, hatte verstanden, wieso die Welt heute so war, wie sie war. Mit dem Schwund des Verbrechens schwand die Arbeit der Gerichte und all derer, welche mit ihnen zu tun hatten. Rechtsprechungen hatten schon immer wenig Geld eingebracht und noch mehr gekostet, weswegen erste Stimmen laut wurden, was für einen Mehrwert sie noch bieten würden, wenn es nicht mal mehr welche benötigte. Doch eines Nachts hatte der damalige Chefrichter die rettende Idee. Gegenüber seiner Institution sah er das Urgestein der kapitalistischen Kollaboration: Ein Schuhmacher und Schlüsseldienst in einem. Betrieben von der gleichen Person. Direkt am nächsten Tag hatte er begonnen Gesetzestexte zu drucken und diese zu verkaufen, wenig später nahm er jegliche Aufträge für den Druck von Werken an. Seine Branche war gerettet, doch nahm die von ihm gemochte Arbeit folgend immer weiter ab.

Ernesto Feegler konnte das bestätigen. Sein Beruf war nicht sonderlich hoch angesehen. Irgendwas zwischen Interesse und fehlenden Qualifikationen hatte ihn in diese Position gebracht. Bis vor knapp eineinhalb Jahren hatte er als Richter nur den Konflikt der Gesellschaft entschieden, dass Straßennamen bilingual benannt werden sollten. Alleine. An seinem Schreibtisch. Zehn Minuten hatte der Prozess gedauert, bis die Entscheidung fiel. Wobei von einer Entscheidung letztendlich keine Rede sein konnte. Es war typisch für die heutige Zeit, dass ein Fortschritt eigentlich gar keiner war. Trotzdem waren alle zufrieden danach. Feegler war damals nicht ganz klar gewesen, warum diese Diskussion nicht so wie jede andere Frage auch in der Politik geklärt wurde. Bis heute konnte diese Frage niemand beantworten. Und auch morgen wäre das nicht passiert.

Doch dann kam der Fall seines Lebens. Dieser Typ, der den Kanzler erschossen hatte. Uffus Hirandi hatte damals bei ihm angerufen und Feegler erklärt, dass der Schütze damit zu bestrafen sei, dass er den Täter suchen solle. Denn da wäre wohl jemand, wer dem Schützen die Idee eingepflanzt hätte. Und nur das wäre von Bedeutung. Von genau diesem Menschen zu erfahren, was die Bedeutung davon war. Für davor und für danach. Wenn der Schütze ihn gefunden hätte, dann könne man ihn ja weg sperren. Ein wenig später hatte Ernesto Feegler ein Historymovie von Hirandi erhalten, in welchem das Konzept eines Gefängnisses für geistig Behinderte dargestellt wurde. Feegler erklärte daraufhin den Schützen als ein solchen. Er redete unglaublich viel und unglaublich inhaltslos. Das war unschön und nicht belehrbar. Logische Schlussfolge für den

Richter: Behindert. Kurz nach dem Urteil fing man an vorsorglich die von ihm sogenannte ‚forensische Psychiatrie' nach dem altmodischen Vorbild aus dem Movie zu errichten. Feegler hatte man mitgeteilt, dass ein Prozess zu führen wäre, wenn man den wahren Täter geschnappt hätte. Seit diesem Tag wartete er auf die Mitteilung, dass der Polizeidirektor mit ihm telefonieren wollen würde, um das Vorgehen zu besprechen. Denn das würde bedeuten, dass sie diesen Scheißkerl von gesellschaftlichem Totalausfall endlich gefasst hätten. Ernesto Feegler sah sich als integer an.

Es klingelte keine ganze Sekunde, bevor er abhob.

„Der Schütze hat den Täter identifiziert."

„Sein Name wird für den Antrag auf Festsetzung benötigt."

„Der Name lautet Johnny Matteo."

„Der bewilligte Antrag sieht eine Erstunterbringung in Ihrem Gebäude vor. Ihre Institution ist befugt, ein Verhör gemäß des Textbooks Ihres Berufes durchzuführen."

„Was folgt diesem?"

„Die Zuständigkeit Ihrer Behörde endet mit Abschluss des Verhörs, welches gleichzeitig den Beginn meiner Anwesenheit repräsentiert."

„Was werden Sie in unserem Hause tun?"

Bis zu diesem Punkt verlief das Telefonat wie ein rasanter Schlagabtausch. Ein pausenloses Ping-Pong-Spiel bestehend aus bedeutenden Informationen. Der absolut schöne Richter Feegler war ein wenig verwundert, dass der eigentlich noch schönere Polizeidirektor sich über Details erkundigte, welche seinem Arbeitsablauf nicht dienlich sein würden. Er verstand es als persönliches Interesse an Weiterbildung. Nach einem Schweigen fuhr er fort: „Dem besagten Johnny Matteo wird der Prozess gemacht. Ich werde diesen gemäß meiner gesellschaftlichen Weisung beantragen, führen und werten." Ernesto Feegler sprach nun etwas langsamer als noch zuvor.

„Geschieht dies mit dem Schützen ebenfalls?" Uniform-Castro änderte nicht den Deut an seinem Sprachtempo.

Dem Mann gewordenen Gesetz ging ein Licht auf. Jetzt ergab die Fragerei wieder einen Sinn: „Der Schütze gilt als weniger bedeutend. Er ist nicht Täter und Verursacher des Verbrechens und zudem im starken Maße unschön. Er kann für seine Aktionen nicht vollständig belangt werden, weswegen Sie die Genehmigung erhalten ihn in die Obhut der außerstädtischen-Spezialverbrecherverwahrungseinrichtung zu überstellen."

„Haben Sie für diese Einrichtung mittlerweile einen Namen?"

„Die forensische Psychiatrie. Das bedeutet ‚Behindertengefängnis' in unserer Gesellschaft."

Castro schluckte. Er hatte das Educationmovie natürlich auch gesehen. Wie unnötig diese Aussage. Und das von Richter Feegler. Er hatte ihn immer als einen der gesellschaftstreuesten Menschen jemals anerkannt. Einmal hatte er die letzten Seiten eines seiner Books nur zu zwei Dritteln bedruckt, da die benötigte Farbe für den Umfang des Textes die wöchentliche Rationssteigerung von bestellten Druckerpatronen überschritten hätte. Schmerzlich gestand er sich ein, dass er diese wunderschöne Einschätzung nun überdenken musste.

„Hat der Täter das Recht auf eine Verteidigung?", lenkte er das Gespräch nach der von ihm initiierten Pause wieder ein. Er wollte schleunigst seine benötigten Informationen haben und ratterte seine Fragen herunter.

„Ja."

„Weiß der Täter um das Recht dessen?"

„Nein."

„Ist die Polizei angewiesen ihn darauf hinzuweisen?"

„Nein."

„Sofern er eine Verteidigung gemäß seinem Recht fordert: Haben wir das Verhör zu unterbrechen, sobald sein Verteidiger anwesend ist?"

„Der Verteidiger ist erst ab einer Stunde vor dem Prozess zugelassen."

„Wer könnte Johnny Matteo vertreten?"

„Sind Sie ihres Berufes unfähig oder erfragen Sie Informationen im Interesse Ihrer persönlichen Fortbildung?"

„Sie verschwenden meine Zeit."

„Sie meine ebenfalls."

Es wurde kurz still. Polizeichef Castro war schlau genug zu wissen, dass die Pause weniger Sekunden an produktiven Momenten kosten würde, als es eine Frage täte, ob man diese ausgeartete, vulgäre und ungehorsame Diskussion nun beendet hätte.

„Es gibt den Beruf des Strafverteidigers nicht."

„…mehr."

„Das ist irrelevant."

Erneut atmeten beide durch. Was passierte hier, fragte sich Feegler in seinen Gedanken. Zwei so schöne Menschen wollen sich beweisen, dass sie alles wussten? Nächster Versuch, beschloss er.

„Der Täter darf sich von jeder, den Vorgängen externen Person seiner Wahl vertreten lassen, sofern diese zustimmt und durch seine Tätigkeit als Verteidigung keine Arbeitszeit verpasst."

Castro nahm diese Information an. Wie für seine famose Auffassungsgabe üblich, speicherte er sie selbstverständlich umgehend in seinem Kopf ab.

„Das besagt das dreiundzwanzigste Gesetz des Gesetzestextes für Verstöße gegen das allgemeine Gesetz." Richter Ernesto Feegler legte noch mit dem letzten Konsonanten auf. Stolz darüber, das letzte Wort gehabt zu haben.

Wichtige Behandlungen

Der Kreissaal war voll und laut. Es war einer der dreckigen Orte der heutigen Zeit. Alle wirbelten durcheinander, überall Hektik. Nicht umsonst nannte *Das Krankenhaus* diesen Raum *Die Mine.* Es war ein Ort der harten Arbeit. Ernstzunehmendes Handwerk wurde hier vollbracht, der Nachwuchs der Gesellschaft wurde im Minutentakt in die Welt befördert. Leider hatte man noch keinen Weg gefunden diesen kleinen Schreihälsen ab ihrem ersten Tag die Ordnung beizubringen, welcher es hier eigentlich so dringend bedarf. Sie hatten es mit Absaugrohren versucht, mit Vortherapien ebenfalls. Aber nichts hatte geholfen. Diese ‚Babys' wollten einfach nicht kooperieren. Der einzig wahre Weg war nun mal eben dieser: Blut, Schweiß und Geschrei.

„Trinken Sie diesen Becher innerhalb der nächsten 16 Minuten gleichmäßig aus", sagte die Kittel tragende Kundenbetreuerin, während sie Sarah ein Plastikgefäß überreichte. Die glasklare Flüssigkeit schmeckte scheußlich, aber sie half ihr wieder zu Kräften zu kommen. Das musste sie auch. In zwei Stunden hatte die Firma *Das Krankenhaus* das Bett für die nächste Kundin verplant.

„Wo ist er?" Todmüde, kreidebleich aber voller Zufriedenheit blickte sie hinauf zu Äx, welcher selig grinsend auf das kleine Bündel Mensch blickte, welches da in den Armen der frisch gewordenen Mutter lag. Johnny und Sarah hatten ihn Jacque genannt. Es war ein schöner Name, fand Äx. Bis zum Hals in wärmegebender Plastikfolie war er verpackt und mit einem Code etikettiert, welchen Sarah beim Verlassen des Kreissaales zu scannen hatte. Ab dann blieben exakt vier Jahre Zeit, bis der selbige wieder bei der Registrierungsstelle der Schule zu bestätigen war.

Äx schien abwesend: „Ich weiß es nicht." Seine Augen leuchteten.

Sarah stöhnte kurz auf und ließ sich in das unbequeme Kissen zurückfallen. Es war eine Neuentwicklung, welches einen Roboter verbaut hatte. Dieser ermöglichte mit seinem Reinigungsprogramm, dass das Kissen bis zu vierhundert Kundinnen lang nicht gewaschen werden musste.

„Unser Nachwuchs von Ihnen ist gesund." Aus dem Nichts stand ein Arzt an dem Bett. Man sah ihm an, dass er in dem weiten Flur den ganzen Tag zwischen den unzähligen Betten auf und ab schritt. „Das sind die Testergebnisse." Er überreichte der überforderten Sarah einen Zettel. Sie wusste nicht wohin mit dem Blatt Papier.

„Woher kennt man die Werte von Jacque?", sagte Äx, während er Sarah behilflich war. Sein Fokus war augenblicklich auf die vielen Zahlen gelenkt.

Der ältere Herr blickte kritisch über den Rand seiner Brille zu Äx hinüber. Er konnte sich diese Fragestellung bereits anhand des Outfits des Fragenden erklären. ‚Systemversager', schrie es quasi heraus.

„Nach der Überstellung in unsere Welt wurde der von Ihnen sogenannte ‚Jacque' auf dem Förderband der Verpackungsmaschine automatisch elektronisch untersucht. Leute wie ich, sogenannte Ärzte, werten die ermittelten Ergebnisse dann aus." Es klang ganz bewusst so, als ob der Doktor es einem Idioten erklären würde. Klar und langsam sprach er. Nach einem kurzen Moment des ermahnenden Musterns wandte er seinen Blick zurück zu seinem *WorkPad*. „Bestehen Sie weiterhin auf die von Ihnen gebuchte Dienstleistung der Verschwiegenheit des Ratings?", fragte er beiläufig in Richtung der nun stillenden Mutter.

„Ja."

Der Arzt wischte ein wenig über den Screen, ehe er erneut zum Sprechen ansetzte: „Wie geht es Ihnen?"

„Gut."

„Dann können Sie das Bett ja schon in einer Stunde verlassen. Das ermöglicht uns eine schnellere Abwicklung. Sollten Sie dies nicht schaffen, so haben Sie für den von uns dadurch in dieser Sekunde neu vorkalkulierten Gewinn aufzukommen."

Ohne aufzusehen, drehte er sich um und machte sich daran, zu gehen.

„Haben Sie den Vater gesehen?", rief Sarah ihm plötzlich etwas lauter hinterher.

Der Doktor stoppte abrupt ab und machte auf der Stelle kehrt. Er hatte nicht mehr damit gerechnet, angesprochen zu werden.

„Ich werde Ihnen noch ein Medikament von einem unserer Kundenservicekräfte bringen lassen. Mit dem sind Sie schon bald in der Lage der Gesellschaft auch sprachlich wieder dienlich zu sein."

Sarah rollte mit den Augen.

„Vergessen Sie nicht am Ausgang die heutige Lebensüberführungsbehandlung für unsere Nachwuchskraft zu bezahlen", sagte der Arzt und verabschiedete sich damit endgültig. Er hatte den Dreien bereits den Rücken zugekehrt als er sprach.

„Johnny wird schon gleich da sein", versuchte Äx Sarah zu beruhigen.

„Johnny Matteo?" Eine junge Frau aus dem Nebenbett mischte sich spontan in das Gespräch ein. Sie schien noch auf ihren Behandlungsbeginn zu warten.

„Ja. Wieso?", fauchte Äx sie an.

Die schwarzhaarige Bettnachbarin erschrak: „Den haben sie eben gerade direkt vor der Eingangstür festgenommen, als ich den Kreissaal betreten wollte."

„Wie bitte?" Sarah fiel aus allen Wolken.

„Wieso?", setzte Äx nach und überging unsanft die Wortmeldung seiner Vorrednerin.

„Ich habe keine Ahnung", antwortete die bald werdende Mutter. Sie drehte ihren Kopf weg und gab zu verstehen, dass sie alle Informationen genannt hatte.

„Kommst du klar?", fragte Äx Sarah. Er klang besorgt. Und war es auch. Halb besorgt um sie und halb besorgt um Johnny. „Fahr schon…"

„Pass auf euch auf. Ich kläre das." Er drückte beiden einen sanften Kuss auf die Stirn und rannte aus der *Die Mine*.

„Ach Johnny." Schwungvoll haute Äx die Tür zurück in die Angeln. Sie schlug direkt vor den Nasen der zwei Polizisten zu, welche mit dem Elan des Ankömmlings sichtlich überfordert waren. „Und ihr beiden bleibt mal schön draußen!", rief Äx den beiden zu und winkte sie fort.

„Was machst du hier?"

„Johnny. Stopp."

„Ich verstehe ni…"

Äx unterbracht ihn: „Sarah und er sind beide wohlauf. Alles ist gut gegangen." Sofort grinste er wieder stolz.

Johnny atmete auf: „Jacque."

„Wie ihr es beschlossen habt, wenn es ein Junge wird."

„Ich wollte gerade zu ihr, als ich auf ein…"

„Einmal du verhaftet wurdest. Naah, alles schon gehört."

Johnny wurde kurz still. „Aber was machst du dann hier?", erneuerte er schließlich seine Frage.

„Dich verteidigen. Ich bin quasi dein Anwalt."

„Wofür?"

„Wofür? Hmm… Vielleicht für den Prozess, den sie dir in ein paar Minuten machen werden? Der Tod des Kanzlers sei dein Ding gewesen meinte irgendeiner von den beiden Evolutionspannen da draußen. Was hast du denen schon gesagt?"

Johnny begann sich aus seiner starren Sitzhaltung zu lösen. Es war schön eine bekannte Stimme zu hören, endlich ein Gesicht zwischen all diesen Facetten zu sehen. Ein wenig erleichtert drückte er seinen Rücken an die Stuhllehne. „Nicht viel", gab er selbstsicher zu Protokoll. „Die wollten mich verhören. Ich sei der Täter, den sie suchen würden, meinten die. Der, der Patrick angeblich beauftragt hätte. Wusstest du, dass Patrick eigentlich Feyl heißt?"

„Tut jetzt nichts zur Sache. Was hast du denen genau gesagt?" Äx beugte sich vor. Es lag eine Stimmung im Raum. Es war wie in einem Spiel um Zeit. „Johnny, was hast du denen genau gesagt? Über Patrick, über das, was du ihm gesagt hast. Hast du Patrick überhaupt etwas gesagt damals?" „Ich habe denen die Kaffeestory erzählt."

„Du hast was?"

„Das mit dem Kaffee", begann Johnny Matteo fröhlich. „Was du mir damals erzählt hast. Dass alles eine Bedeutung hat und genau abgestimmt ist und trotzdem Leute einfach weiter Kaffee trinken, obwohl sie wach genug sind. Einfach nur, weil sie Lust drauf haben."

„Du hast denen die Kaffeestory erzählt?", fragte Äx ungläubig.

„Ja. Sage ich doch. Die haben direkt vor mir Kaffee getrunken. Ich konnte nicht anders!"

„Johnny, so können wir das jetzt nicht angehen. Da kommt gleich jemand und macht dir den Prozess."

„Sagtest du bereits."

„Das war es dann für dich Johnny." „Ich habe doch nichts gemacht. Das habe ich denen auch gesagt." Kurz hielten beide inne.

„Das ist schon mal gut."

„Und dann gefragt, ob die sich nicht mal ein wenig kulant zeigen können. Schließlich…" Der Festgenommene begann sich in einen Rausch zu reden.

„JOHNNY!", unterbrach Äx. „Es ist ernst."

„Die Polizei ist doch ganz offensichtlich ein wirtschaftliches Unternehmen. Da kann es als solches auch Kulanz gegenüber zahlenden Kun…" „NEIN!"

Beide schwiegen.

„Was ist denn bloß los mit dir? Du bist vielleicht gegen das System, aber stehst doch nicht über dem? Du kannst nicht einfach provozieren, ohne dass das Folgen hat." Äx guckte ihn mit weit aufgerissenen Augen an. „Außerdem sind Geblitze keine Kunden", fügte er kleinlaut hinzu.

„Äx, was soll das?"

„Was soll was?"

„Du hast mir doch selbst erklärt, dass man die Welt verändern muss. Dass es unfair ist, so wie es ist."

Äx nickte wiederholend. „Klassenkampf oder Prinzipienaufgabe…", murmelte er.

„Genau. Wie reagiert die Oberschicht auf den Angriff von uns. Und jetzt ist der Moment. Wir nutzen…"

„Nein Johnny. Der Moment ist noch nicht da."

„…die Bühn… Was sagst du da?"

„Der Moment ist noch nicht da Johnny. Das Gedicht auf dem Freeway, meine Kunst in dieser Welt. Das alles dreht nur kleine Rädchen in der großen Maschine. Ich bereite vor. Wir, die, alle. Noch ist die Welt nicht so weit. Das Radikale, das Andere wird heute noch nicht zu morgen führen. Es fehlen die, die am Morgen des neuen Tages aufstehen sollen. Die den neuen Tag beginnen sollen. Es ist Nacht Johnny! Und wer die Nacht durcharbeitet, der kann am nächsten Tag nicht in der ersten Reihe stehen. Wer außer wir soll das aktuell machen können?"

„Und genau deswegen sollten wir die Bühne nutzen, die uns der Prozess bietet und zeigen, wie es läuft. Rekrutieren!"

„Vertraue mir, das sollten wir nicht. Wir nutzen lieber das System, um überhaupt ,rekrutieren' zu können."

„Will ich aber nicht."

„Musst du aber."

„Wieso sollen wir fair sein, wenn man systematisch unfair zu uns ist?"

„Ach hör auf! Es geht hier doch nicht um soziale Gerechtigkeit. Ich bin dein Verteidiger. Gehst du auf Konfrontationskurs, so kannst du in zehn Stunden nichts mehr sagen. Nutzen wir das, was uns zur Verfügung steht, so drehen wir das Rad ein ganz kleines Stückchen weiter. Und erhöhen die Spannung."

„Was ist mit der Kerze am See? Dem ,gravierenden Einfluss', von dem du damals gesprochen hast?"

„Das hast du dir gemerkt?"

„Ich bin nicht blöd."

„Johnny! Du willst keine Kerze aufstellen, sondern mit dem Flammenwerfer am Ufer rumlaufen. Nur leider sind Steine nicht brennbar. Das Einzige was am Ende in Flammen steht bist du."

„Hmpf."

„Also nehmen wir meinen Vorschlag und üben weiter Druck aus. Bis sich dieser irgendwann entlädt. Nur eben nicht heute. Nicht mit deinem Prozess. Mit DEM entzünden wir lieber ein Teelicht."

„Und wie soll das funktionieren?"

„Wie ich schon meinte. Vertraue mir." Äx blickte seinem Gegenüber tief in die Augen. „Denk an deinen Sohn. Denk an Sarah. Denk an meine Genialität. Ich hole dich hier raus."

„Okay", gab Johnny schließlich bei.

„Und jetzt Ruhe", befahl Äx. „Es ist Showtime. Zeit für ein wenig Kunst." Von draußen hörte man, wie sich der Schlüssel im Schloss zum Verhörzimmer drehte. Die Tür ging auf und Richter Ernesto Feegler betrat den kleinen Raum.

Deportierender Umzug

Es war dieser seltene Moment, welchen er so gerne mochte. Patrick blickte stumm auf seine Armbanduhr. Und wieder weg. Und wieder hin. Er versuchte keinen Rhythmus zu finden, kein Muster zu schaffen, doch es war wie Zauberei. Lediglich beim ersten Mal hinsehen, einzig und allein, wenn man nicht drüber nachdachte, nur dann passierte es: Die Zeit schien zu stehen. Der Sekundenzeiger verharrte viel zu lange auf seiner Stelle, welche das Universum in seiner Dynamik ihm doch stets zu entreißen versuchte. Eine kleine Ewigkeit wurde dem gewährt, wer es genießen durfte den Widerstand mit anzusehen.

Es erfüllte Patrick immer mit Freude, wenn das geschah. Wenn er durch den Tag ging und ihm aus dem Nichts ein Zeichen der Zeit erschien. Doch genau jetzt geschah es nicht. Obwohl er es genau jetzt so bitter nötig hatte.

Seine kleine blaue Plastikuhr trug Patrick schon sein Leben lang. Das Armband war brüchig und viel zu kurz, es umfuhr sein Handgelenk nur noch mit Mühe. Patrick hatte selbst Löcher stechen müssen, damit es überhaupt noch an seiner Haut hielt. Doch das war es ihm alles wert. Er passte auf seine kleine Uhr auf, wie auf nichts anderes in seinem Leben. Er hatte sie damals von seinem Vater bekommen. Voller Stolz lag er in seinem Bett als kleiner Junge und blickte so lange auf das einfache Zifferblatt des ein-Geld teuren Geschenkes, bis das Tageslicht schwand. Jede Minute hatte er damals aufgesaugt. Und mit jeder Minute gewann dieses einzig echte Geschenk in seinem Leben an Wert.

Patrick war müde. Entmutigt saß er auf der Bank, nicht ein Teil seines Körpers touchierte die gläsernen Wände des Kastens, in welchem er gefahren wurde. Dafür berührte er sich selbst umso mehr. Er fühlte sich einsam.

„Alle sollen sehen, dass wir zu dem stehen, was wir angekündigt haben." Das hatte der Polizist gesagt, als er die Tür zu dem Kasten schloss, in welchem er nun saß. Unmengen an Käsebrötchen lagen hier herum. Sie wussten, dass er die gern aß. Doch er mochte sie gerade nicht. Er hatte dem Polizisten auch nicht geantwortet.

„Du kommst in eine psychiatrische Forensachie", wurde ihm daraufhin mit auf dem Weg gegeben. „Nur für dich gebaut."

Es war ihm egal gewesen. Es war ihm egal gewesen, dass sie in echt forensische Psychiatrie hieß und dass sie nur für ihn allein da war. Er hatte schon lange aufgehört zu reden. Das hatten sie ihm beigebracht, ohne es ihm zu sagen.

Ihm fehlte das Reden. Ihm fehlte jemand, der ihm unfreiwillig zuhörte, es aber doch tolerierte. Die forensische Psychiatrie war weit weg, bemerkte er. Aus der Stadt heraus wurde er gefahren. Hier war er noch nie gewesen. Er wusste nicht, dass die Gebäude irgendwann aufhören. Es war eine lange, flache Straße, wo er nun war. Links und rechts war nichts außer das ebenso flache Nichts. Nebel zog sich über den Boden. Es dämmerte. Patrick hatte Angst. Und so floh er sich in die Momente, in denen er all die Liebe, die er in seinem Leben erfahren hatte, aus seiner kleinen Uhr rausholte. Da war ein bisschen Stolz, welcher ihn stark machte. Er fühlte ihn nur, wenn seine Uhr ihn ihm gab. Dass Patrick bereits Stärke besaß, um sich selbst der Sehnsucht zu entreißen, das begriff er nicht. Er hatte sich sein ganz eigenes Leben aufgebaut, sich in jeder Sackgasse einen Weg zu dem gesucht, was ihn in seinem Herz zurück zu dem Ort brachte, an dem er seine Uhr bekam. Sein eigener Weg war untypisch, doch Patrick war bunt. Bunt war unschön. Die heutige Zeit verzieh es ihm nicht.

Patrick erinnerte sich an ein Gespräch, welches Äx mit ihm geführt hatte.

„Du bist nicht dumm, das sind die wenigsten. Du bist nur falsch gebildet", hatte der Künstler damals gesagt. Er dachte daran, was er nach dem Gespräch verstanden hatte, was Äx ihm beigebracht hatte: Desillusion. Er fühlte sich jetzt gerade desillusioniert. Oder war er es, welcher die heutige Welt desillusioniert hatte? Er wusste es nicht. Johnny hatte ihm gesagt, grundlos zu handeln desillusioniert denjenigen, der sich mit seinen Gedanken die Welt bedeutet. So hatte er es verstanden damals. Und er hatte gehandelt.

Die Welt außerhalb seines gläsernen Kastens war die gleiche gewesen. Er hatte sich die Stadt genau angeschaut, während er durch sie transportiert wurde. Alle gingen in Reihen, alle gingen mit Abstand. Es war grau und bewölkt. Er hatte eine Hecke gesehen. Sie war rechteckig. Niemand hatte gesprochen auf den Straßen. Und doch hörte er sie sich streiten. Es hatte ihn desillusioniert. Er verstand jetzt, dass er nicht mehr dort sein würde. Die Post kam jetzt von jemand anderem. Die da oben hatten Johnny gesucht und er hatte ihn für sie gefunden. Angst. Sie schienen Angst vor ihm zu haben. Und das gab ihm Hoffnung. Er hatte vielleicht grundlos gehandelt, doch hatte Johnny es nicht getan, dachte der Gefangene. Bestimmt hatte er das nicht. Johnny musste es mit Bedeutung getan haben. Wenn das nicht stimmen würde, dann wäre seine Illusion dahin. Und er brauchte sie. Er brauchte sie so dringend für das, was ihm bevorstand. Er brauchte es, um Patrick bleiben zu können.

Über das verborgene Gesicht des Schützens floss eine Träne. Seine langen Haare versteckten seine Reaktion. Er hatte große Angst. Während er klaglos ein Schluchzen unterdrückte, lehnte er sich zurück und legte seine Hände diagonal auf seine Schultern. Er brauchte das jetzt. Er blickte zu seinem Handgelenk. Die dünne Plastikabdeckung war zersplittert, nur schwer konnte er den sich tapfer vorkämpfenden Zeiger erkennen. Die Polizei hatte die Uhr kaputt gemacht. Es war nicht deren Absicht, als sie ihn auf einen Stuhl gesetzt hatten, aber trotzdem erlosch ein Stück Patrick in diesem Moment. Es hatte weh getan. Das Auge des Transportierten verlor eine zweite Träne. Sein eben noch verschwommener Blick wurde klarer. Der Zeiger hielt an. Und der gläserne Wagen fuhr in die weiß verschleierte Dunkelheit. Feyl war auf seinem Weg in sein letztes Zuhause.

Ungewisse Tagesanbrüche

Sarahs nackten Füße setzten elegant und stumm auf dem hellgrauen Teppich auf. Ihr seidener, zartbeiger Bademantel, welchen sie nach dem Aufstehen angezogen hatte, endete nur knapp über ihren Knöcheln. Sie hatte ausgeschlafen. Und das hatte sie auch gebraucht.

Als sie ihre Augen aufgeschlagen hatte, hatte sie zunächst Panik bekommen. Doch ein schneller Gedanke hatte sie beruhigt. Johnny war gestern Nacht nicht zuhause gewesen und heute Morgen hatte Jacque nicht geschrien. Als sie die Wohnfläche betrat, bestätigte sich ihre Vermutung. Johnny saß auf dem Sofa. Mit seinem Sohn auf dem Arm. Ganz vorsichtig wippte er seinen Oberkörper von links nach rechts und wieder zurück. Jacque schlief tief und fest.

„Du bist zuhause", lächelte Sarah leise in seine Richtung. Sie setzte sich neben ihn und ließ ihren Kopf seitwärts auf seine Schulter fallen.

„Ist er nicht wunderschön?"

„Das ist er, ja."

Johnny roch anders. Noch immer trug er die Kleidung, mit welcher er gestern Morgen aus dem Haus in Richtung seiner Arbeit gegangen war.

„Seit wann bist du hier?", fragte Sarah ihn.

„Zwei Stunden vielleicht", flüsterte er als Antwort zurück.

Sie blickte ihm in die Augen. „Äx hat es geschafft."

„Naja."

„Naja?"

„Er hat den Prozess verschieben können. Auf übermorgen Abend."

„Prozess?"

„Sie klagen mich an, dass ich der Täter an dem Kanzlermord wäre. Ich hätte dem Schützen die Bedeutung der Tat verraten und er hätte daraufhin abgedrückt. Sie wollen unbedingt wissen, was für eine Bedeutung das alles hatte."

Sarah überraschte es nicht. Irgendwie war sie weder entsetzt, noch verspürte sie Angst. Sie wusste nicht genau, was sie davon halten sollte. „Wie hat Äx den Prozess aufgeschoben?"

„Der Richter wollte alles direkt im Anschluss an das Verhör bei der Polizei entscheiden. Als er anfing, hat Äx ihm erklärt, dass dies der falsche Ort wäre. Ich habe ihn noch nie so erlebt. Er hat gesprochen wie einer von ihnen. Nur Argumente, keine Vergleiche, kurze Sätze. Es war unglaublich. Er hat ihn gefragt, ob ich da nur säße, weil die Gesellschaft nach der Bedeutung der Tat suchen würde."

„Und?"

„Das hat dieser Feegler bejaht. Daraufhin hat Äx argumentiert, dass der gesamten Gesellschaft dann auch gezeigt werden müsse, wie der Richter diese während des Prozesses sucht. Er hat einen Media-Prozess beantragt. Im Stadtstadion."

„Und damit ist er durchgekommen?" Sarah klang verwundert.

„Es war lückenlos logisch…" Johnny schaute stumm herunter zu seinem Sohn. Es schien, als ginge er in seinem Kopf die vergangenen Stunden erneut durch. „Da waren Wörter. Konformität. Korrektiv. Stupend. Alternierend. Es war unglaublich von Äx." Ganz automatisch schüttelte er den Kopf. Jacque hustete hell, doch er schlief weiter.

„Was hat er vor bei deiner Verteidigung?"

„Das weiß ich nicht."

„Das ist eine riesige Bühne. Tausende von Menschen, die Medias. Das wird er nutzen."

„Ich weiß nicht, ob er das wird…"

Sarah stockte. „Wie kommst du darauf?"

„Er meint, wir müssen jetzt nach den Regeln spielen. Es ginge um zu viel, hat er gesagt."

Beide wussten genau, um was es ging. Doch niemand traute sich, es auszusprechen. Johnny, gezeichnet von der schlaflosen Nacht, dachte daran, was er gestern zu Äx gesagt hatte. Jetzt, wo er bei seiner Familie war, kam er sich selbst dumm vor. Er schämte sich nahezu. Noch nie hatte er sich so wohl gefühlt, wie in diesem Moment. Der gesamte Wohnbereich war still. Da war nur diese Wärme in seinen Armen, gespendet durch das Halten seines Sohnes, der Geruch seiner großen Liebe, die mit geschlossenen Augen voll vertrauend neben ihm lag und das nicht begreifliche Prickeln in seinem Bauch. Es fühlte sich nach Endlosigkeit an. Nach etwas, was er nicht wieder hergeben wollte. Er wollte nicht mehr aufstehen. Einfach hier sitzen bleiben und den Moment geschehen lassen. Das wollte er.

Sarah durchbrach urplötzlich das Schweigen: „Er wird das richtige tun."

„Wieso?", fragte Johnny.

Sarah antwortete: „Er weiß was er tut. Er hatte schon einmal einen extravaganten Weg gewählt. Das Hackfleisch war ihm damals zu billig. Er hat daraufhin eine Marke gegründet und wollte Hackfleisch als prestigeträchtiges Luxusprodukt veräußern, um den Preis hochzutreiben. Er ist krachend gescheitert. Hat sich viele Feinde gemacht, kein Verständnis dafür bekommen. Äx hatte mal Einfluss, Johnny. Eine hohe Position… Er meinte damals, dass er von nun an spielen wollen würde. Er meinte, dass es schlauer sei, denen nicht zu zeigen, dass es schlauer ginge als das, was ihr größter Stolz war. Nämlich schlauer als das System. Als die Regeln. Als unsere Gesellschaft."

Johnny hörte nur zu. Er schwieg eine Weile.

„Äx hat mir gesagt, dass wir ein Walk-on-Song brauchen, wenn wir die Arena betreten", sagte er schließlich.

Sarah nahm das Thema an. „Den brauchen wir. Inszenierung. Das ist alles bei sowas. Bei einem Media-Prozess kann der Richter vielleicht gegen dich sein, aber wenn alle Leute und die Medias für dich sind, dann gewinnst du Johnny. Dann gewinnt unsere Botschaft. Äx wird dafür sorgen, dass sie ankommt."

„Er hat versprochen, dass er mich da raus holt."

„Das wird er auch."

Wieder nahmen sich beide den Moment des Genießens.

„Gonna Fly Now von Bill Conti."

„Das ist zu brav. Das hatte doch angeblich schon dieser eine Boxsport-Kids-Clip mit dem rosa Pony laut unseren Producern."

„Ich bin mir ziemlich sicher, dass sie den Track falsch zugeordnet haben", antworte Johnny neckisch abwertend.

„The Man Who Built the Moon", schlug Sarah vor.

„Das kenne ich nicht."

„So viele krumme Töne wird den Richter bereits verunsichern, bevor er dich sieht. Das wird dein Auftakt. Das wird der Moment, ab dem sich alle anderen an das Folgende erinnern werden. Respekt vor dem haben werden, was sie dann hören werden. Sie werden es bewundern."

Johnny antwortete nicht. Stattdessen blickte er Sarah nur zufrieden an. Sie wusste, dass er ihr vollständig vertraute. Es war ein schönes Gefühl.

Leylas nackten Füße fielen unsanft und stampfend auf den tristen Boden. Ihr kratziger, schwarzer Bademantel, welchen sie nach dem Aufstehen angezogen hatte, endete irgendwo zwischen Knie und Knöchel. Er war ausgefranst. Sie hatte viel zu wenig geschlafen. Und das, obwohl sie eigentlich viel mehr gebraucht hätte. Als sie ihre Augen aufgeschlagen hatte, hatte sie Panik bekommen. Sofort war ihr wieder der Schmerz in den Bauch geschossen. Und ins Herz.

An dem Türrahmen zum Wohnzimmer kam sie zum Stehen. Sie war allein. Uffus hatte sich seit gestern Morgen nicht blicken lassen. Irgendwann gestern Nachmittag war sie abgeholt worden. Sie hatte im TV gesehen, wie Uffus seine Abstimmung gewonnen hatte. Die folgenden Stunden hatte sie wie erstarrt dagesessen und hatte darauf gewartet, dass es so weit war. Sie war machtlos gewesen. Es hatte weh getan, als er ihr genommen wurde. Die ganze Nacht hatte sie sich fest um ihr Kissen geklammert. Sie hatte viel geweint. Nun war ihr Gesicht bleich und ausdruckslos. Ihre Augenringe waren heftig.

Plötzlich kam Uffus herein. Leyla musste bestimmt zehn Minuten einfach dagestanden haben. Sie konnte sich nicht erinnern, was sie gesehen oder gedacht hatte in der Zeit. Doch sie wusste, dass diese Perfektion unmöglich war: Er kam rein, wenn sie es auch tat. Zeitliche Synchronität. Blinde Zusammengehörigkeit. Utopie.

„Du siehst schrecklich aus. Schminke dich doch mal wieder ein bisschen!" Was für eine warmherzige Empfehlung. Aber Leyla tat es. Wortlos.

„Beeile dich! Wir haben gleich unsere Werbung zu schauen."
Leyla Hirandi kam zurück ins Wohnzimmer und setzte sich aufrecht auf die Couch. Ihr eines Auge war fertig geschminkt,

das andere nicht. Ihre Lippen waren noch immer ein blasser Strich.

„Ich bin so spät, da wir noch angefangen haben einen neuen Gesetzesentwurf auszuarbeiten", begann Uffus die Zeit zu überbrücken, während die weiße Digitaluhr auf dem TV aufleuchtete. Ihre Anwesenheit hatten beide bestätigt. Leyla hatte es augenblicklich verdrängt hier zu sein.

„Ahja?", nahm seine Frau den Gesprächsfaden sporadisch auf.

„Jetzt sei mal kurz leise und unterbrich mich nicht immer! Also auf jeden Fall lief es gestern sehr gut mit meinem Entwurf, wie du wahrscheinlich mitbekommen hast. Und wir in der Partei wollen diese gesellschaftliche Grundausrichtung der Befürwortung direkt nutzen, um nächste Woche entsprechend darauf aufzubauen. Weißt du noch damals bei der Polizei, als ich von den vielen Selbstmorden erzählt habe? Es gibt da wohl eine Berechnung, welche erfassen kann, wer seine Arbeit demnächst statistisch verliert. Ich habe schon damals gesagt, dass es wichtig sei, die Polizei zu entlasten. Deswegen halten wir es alle für richtig, dass wir diesen Suiziden entschieden entgegenwirken sollten. Wir hatten da an eine Art Programm gedacht, was die betroffenen Menschen zum Schutze der Gesellschaft, den Schutz auf monetärer Basis meine ich damit, quasi eliminiert. Also im Genauen würde…"

Der *LargeScreenArea* begann aufzuleuchten. Leyla dankte es ihm innerlich.

„Anhalten! Jetzt noch nicht!", rief Uffus der *Electronic Voice* zu.

„…Wir würden, beziehungsweise das bedeutet, dass wir diese Leute eben vorsorglich erschießen lassen. Ich meine, es ist ja auch nicht gut, wenn die Polizei diese Leute dann immer findet. Und die Kosten! Das muss man kalkulieren. Da sind wir mit unserem Gesetzesvorschlag gut davor. Gestern zum

Beispiel wurde bei deinem Hausarzt nur kurz nach der Annahme meines Entwurfes bereits das erste Mal abgetrieben, habe ich gehört. Ganz ohne staatlichen Eingriff. Unsere Politik kommt also in der Gesellschaft an. Sie erfüllt sie mit Bedeutung. Der Markt regelt. Stell dir das mal vor, welche Wirkungen meine Ideen haben! Da legalisiere ich die Abtreibungen und irgendwer hat nur drauf gewartet und sofort Doktor Krysler beauftragt, eine durchzuführen. Grandios, oder? Was sagst du?"

Leyla hörte ihm bis zum Ende zu. Nun stand sie auf und ging. „Wo willst du denn hin?"

Sie schloss die Tür zum Schlafzimmer hinter sich. Fassungslos. Er ignorierte das Offensichtliche: „Ich muss gleich wieder ins Parlament!"

Keine Antwort. Also nahm Uffus seine Jacke und verließ den Raum. Er ging zurück zur Arbeit.

„Sie haben 16 Fehlwerbeminuten", sprach die *Electronic Voice* ins leere Wohnzimmer.

Getroffene Entscheidung

Der Konferenzraum war gut gefüllt. Jeder Stuhl an dem ovalen, dunkelgrauen Holztisch war belegt. Der Tisch war so groß, dass es schwierig war den schnell sichtbaren Staubfilm in der Mitte der Platte ohne körperliche Anstrengungen zu beseitigen. Nicht wenige würden wohl gar nicht erst dort ankommen, errechnete sich der nachdenkliche Thomas DeMacy, welcher am Kopfende Platz genommen hatte. Er war geistig abwesend. Was die anderen Anzugträger dort besprachen, war ihm gleichgültig. Er überlegte lieber, was er der Welt mitzuteilen hatte. Und entschied sich: „Eine Breaking News Show sollten wir senden." DeMacy schnitt irgendeinem der Typen das Wort ab. Es war ihm egal. Sie hatten eh alle das gleiche zu sagen und brauchten nur zu lange dafür, dies zu erkennen. Dieses ‚effektive Brainstorming' war Zeit raubend. Thomas DeMacy war der Meinung, dass er alleine dafür verantwortlich sein sollte, was zu senden war. Man würde so viel Geld und Arbeit sparen.

„Die Prozessführung ist einmalig, aber nicht für jeden bedeutend. Das wird nur das Urteil sein. Eine Breaking News Show wäre unangebracht und gesellschaftlich überflüssig", antwortete der Program-Director von *Amazing Media Radio*.

Sein Sitznachbar ergänzte: „Deskriptive Vorberichte ändern nichts an dem Ausgang der Ereignisse. Der Urteilsbericht reicht vollkommen."

„Das sehe ich nicht so." Thomas DeMacy klang energisch. Der Presenter wollte es. Er wollte unbedingt einen Kommentar zu der Sache abgeben.

„Wie sollen wir diese Sendung überhaupt potenziell gestalten?"

„Ein Bericht, die Shortcut-Statements und eine Experteneinschätzung. Für letztere stehe ich selbstverständlich unumgänglich zur Verfügung."

„Die Parteien werden vor dem Urteil keine Shortcut-Statements abgeben."

Damit hatte der Program-Director Recht. Auf die Bemängelungen der Politiker an vollendeten Tatsachen ließ sich im Editorialoffice von *Amazing Media Radio* nie lange warten. Ging es aber darum, im Vorhinein Positionen für einen nicht selbst erdachten Streitpunkt und damit einhergehende Verantwortung zu tragen, so hatte natürlich wie immer niemand Zeit. Warum das so war, das hatte der wirklich sehr schöne Program-Director noch nicht so richtig verstanden. Die Parteien schien viel zu tun zu haben in ihren Vorbereitungen, dachte er sich oft, wenn mal wieder eine Absage seinen Schreibtisch überquerte. Er belog sich unbemerkt selbst.

„Dann sammeln wir die Shortcut-Statements zusammen. Wir sollten das Volk fragen!", schlug DeMacy vor.

„Menschen sollen etwas beurteilen, bevor wir darüber informiert haben? Und um diese informieren zu können, sollen wir die Meinungen der zu Informierenden sammeln?" Allen am Konferenztisch rauchte der Kopf. Ein penetrantes Tuscheln setzte zwischen den Teilnehmern der Konferenz ein. Sie alle schienen diesem Paradoxon zuzustimmen.

„Das wäre nicht im Sinne der gesellschaftlichen Entwicklung!", urteilte ein älterer Herr schließlich. Er schien sehr weise.

Thomas DeMacy legte seine Handflächen auf die Stuhllehnen und begann seinen Körper hinaufzudrücken. Er wollte aufstehen und gehen.

„Sie werden nicht einfach zu Amazing Media TV gehen können und diese Ideen in Ihrer Show umsetzen können", fiel ein Mann ein. Er saß drei Plätze von DeMacy entfernt.

Der Flüchtige ließ sich zurück in den Stuhl fallen. Er musterte den drei-Plätze-entfernt-Mann ganz genau. „Wissen Sie, was dieser Prozess bedeutet?"

„Nein. Sein Ergebnis wird Bedeutung tragen."

„Verstehen Sie doch, dass es um Macht geht! Wissen Sie, wer den Täter vertritt? Ein Radikaler! Dazu muss berichtet werden. Ein Schwarzer wird ihn verteidigen! Da wird man doch von der Die Rechte ein Shortcut-Statement im Vorweg bekommen! Ich bin ja nicht gegen diese Verpauschalisierung, ABER das muss man doch mal ausnutzen."

„Sie meinen wir sollen die Hautfarbe des Anwalts dafür nutzen, um an eine für unsere Show förderliche Aussage einer Partei zu kommen? Und dass wir dadurch nicht den Rassismus bedienen?"

„Genau!"

„Das ist Rassismus."

„Nein! Die Rechte betreibt den Rassismus."

„Und Sie wollen ihn darstellen. Das ist gesellschaftlich nicht bedeutend."

„Diese Partei ist Teil der Gesellschaft. Wir wollen Journalism aus der Mitte der Gesellschaft machen! Wir sollten das nutzen und eine Breaking News Show produzieren."

„Thomas DeMacy hat Recht", mischte sich der Program-Director Kirjastus Jumper ein. Er war sehr erfahren. Bereits viele seiner Vorfahren legten ihm das Talent für solche Entscheidungen mit in die Wiege. „Wir werden das machen. Setzen Sie zur Not ein Interview mit dem Parteisprecher der Die Rechte an. Wir werden die Show füllen."

Leicht verzweifelt blickte ihn der eben noch herzhaft argumentierende Mann an. DeMacy gefiel es. Endlich war mal was los in diesen öden Sitzungen.

„Damit machen wir keinen Journalism aus der Gesellschaft heraus, sondern neben ihr her. Diese Breaking News Show wäre lediglich eine Stimmungsmache.", versuchte er ein letztes Mal seine Position zu unterstreichen.

Jumper kannte darauf nur eine Antwort: „Sie sind gefeuert."

Es kam sehr direkt heraus. Er klang unbeeindruckt von den Konsequenzen dessen, was er eben ausgesprochen hatte. Der Mann stand auf, knöpfte sein Sakko zu und verließ den Raum. Jumper starrte ihm hinterher, bis die Glastür zu schwang. „Petersen. Sie verfolgen ihn heimlich und machen eine Documentation daraus, wie er seinen Job verloren hat. Wenn er sich umbringt, will ich davon einen Clip. Die Gesellschaft verdient es, endlich über diese schrecklichen Vorkommnisse im Zuge von Existenzverlusten aufgeklärt zu werden."

Petersen nickte seinem Chef nicht zu. Stattdessen stand auch er auf, schloss sein Sakko und verließ stumm die Konferenz. Er hatte verstanden.

„Wann können sie On-Air gehen?", fragte der Program-Director nun in Richtung Thomas DeMacy.

„In einer Stunde", antwortet dieser.

Kirjastus Jumper blickte von dem Presenter zurück in die Runde. Schließlich begann auch er sich offensichtlich auf seinen Fortgang von dem großen, ovalen Tisch vorzubereiten. Das Signal für alle anderen, dass das Meeting vorbei war.

Als Thomas DeMacy Minuten später die langen Flure in Richtung des Studios marschierte, lag ein zufriedenes Lächeln auf seinen nachdenklichen Lippen. Dieser Äx, dieser komische Künstler und die Macht, von der er damals gesprochen hat, das Glück, das er hatte, als der alte Kanzler damals starb, das alles nervte ihn. Es zerkaute ihm seinen Schlaf, seine Ruhe. Doch jetzt war Schluss. Es würde ein Fehler sein, dass dieser vorlaute, selbsternannte Lehrer anscheinend dachte, dass er den Täter da noch wieder raus holen könnte mit seiner Verteidigung. Wortgewandt war er, das hatte DeMacy selbst erlebt, doch Taten sagten mehr als Worte. Und zu was für Taten er selbst in den folgenden Stunden fähig sein würde, darauf war DeMacy mehr gespannt als jeder andere. Das Feuer in ihm, es brodelte. Dieser Wettkampf, die Bestätigung gehört zu werden, etwas verändern zu können, egal wie und egal wohin, er würde ihn gewinnen. Die faulen Tricks das System ausspielen zu wollen, irgendeine große Show abziehen zu wollen, es würde diesem Künstler nicht mehr helfen. Thomas DeMacy hielt sich selbst für viel zu schlau. Seinen Platz in der ersten Reihe hatte er für morgen schon reserviert. Der Prozess fokussierte sich vielleicht nur auf den Täter, doch der immer noch weißen Anzug tragende und blondierte Presenter hatte nichts anders vor, als Äx den medialen Prozess zu machen. Das war es, was für ihn zählte. Am Ende vom Flur bog er in das Studio ein. Trotz seiner innerlichen Freude zeigte er nach außen nichts als sein Pokerface.

Finale Vorbereitung

Die Sohlen von Äx Schuhen quietschten laut, als er eilend auf dem Linoleumboden in den Katakomben des Stadtstadions voranschritt. Für Sarah und Johnny war es das lang ersehnte Signal, dass er endlich da war. Seit über dreißig Minuten warteten sie auf ihn, in nicht mal mehr zwanzig weiteren würde der Media-Prozess gegen Johnny beginnen.

„Tschuldigung", nuschelte Äx den Wartenden entgegen. Er trug einen schwarzen Anzug. Beim Öffnen der Tür hatte man ihm angesehen, dass er schon den ein oder anderen Raum vergebens aufgesucht hatte. „Alles hier sieht gleich aus", beschwerte er sich.

„Wo warst du?", fragte Sarah ungeduldig. Sie machte es ihm zum Vorwurf.

„Vorbereiten."

„Du hattest zwei Tage Zeit!"

„Sarah, schon okay." Johnny versuchte die Stimmung zu beruhigen.

„Jetzt hör doch mal auf mich zurück pfeifen zu wollen und behandele mich nicht so von oben herab. Erinnere dich mal bitte, wobei wir uns kennengelernt haben."

Äx ergriff das Wort: „Es tut mir leid."

„Das will ich hoffen. In ein paar Minuten steht Johnny vor 16 Tausend Menschen und sein Schicksal hängt an deinen Lippen."

Alle drei waren gereizt. Es waren unschöne zwei Tage, die hinter ihnen lagen. Die Ungewissheit bei Sarah und Johnny, der schier unmögliche Berg an Arbeit für Äx. Zudem die

Mediacampaign gegen ihn persönlich. Thomas DeMacy schien das Gespräch von diesem ganz besonderen Tag damals nicht verdaut zu haben, hatte Äx sich selbst die Lage analysiert. Der extrovertierte Presenter tat alles Mögliche, um zu verhindern, dass er sich eingestehen musste, dass Äx etwas bewegen konnte, hatte der Künstler das Gefühl. Doch diesen Kampf wollte er nicht austragen. Darum ging es ihm nie. Doch es waren Steine auf dem Weg. Auf dem Weg, seinen Freund Johnny Matteo zu entlasten. Nur das zählte für ihn.

„Wie lange seid ihr schon hier?"

„Seit zehn Stunden. Anweisung des Richters, damit Johnny die Medias und die Menschen nicht sieht und trifft. Er soll erst mit Beginn des Prozesses kommunizieren."

„Deswegen also die Augenbinde ab dem Shuttle bis in den Backstagebereich…" Äx nuschelte wieder. Man merkte ihm an, dass er zu wenig geschlafen hatte.

„Was hast du vorbereitet?" Sarah wollte endlich wissen, was sie zu erwarten hatte. Johnny hingegen schwieg. Er hatte sich damit abgefunden, dass sein Vertrauen dem Zweifel überwog. Aufregung verspürte er dennoch.

„Wofür wird dieses Stadion eigentlich sonst genutzt?", schweifte Äx vom Thema ab. „Man könnte hier so schön Gedichte vortragen."

„Was ist dein Trick? Wie willst du es machen?"

„Sarah", begann Äx. Er sprach wieder mit dieser Ruhe. Mit dieser Gelassenheit. Johnny hatte ihn immer dafür bewundert, wie er das auf Knopfdruck abrufen konnte. „Thomas DeMacy und das System. Das sind die Schwachstellen. Doch wir spielen nicht gegen sie, wir spielen mit ihnen."

„Das bedeutet?" Jetzt war auch Johnnys Interesse geweckt.

„Einige, oder sogar eher Viele denken, dass ihre Meinung über der von Anderen stehen würde, weil sie in unserer Gesellschaft höher gestellt sind als wir. Die oben. Wir unten. Die Lücke dabei ist simpel. Sie alle übersehen, dass ihre Position ambivalent zu der tatsächlichen Verantwortung ist, die sie tragen. Sie bilden sich ihre moralische Erhabenheit ein, sie verrennen sich in Dinge, die unnötig sind. Und wenn sie erstmal ihrer eigenen, unbegründbaren Überzeugung folgen, dann sind sie angreifbar. Dann helfen Argumente. Und was ist das größte Argument, dass es heute gibt?"

„Bedeutung", antwortete Sarah mit verschränkten Armen.

„Bedeutung." Äx ließ eine überflüssig lange Pause folgen, um seinen Plan zu untermalen. „Und genau diese macht unser System aus, spiegelt unsere Gesellschaft wider. Alles muss Bedeutung haben. Und das machen wir uns zu nutze."

„Was hat DeMacy damit zu tun?" Sarah blieb kritisch. Bis zum Urteil würde sie keiner mehr überzeugen können, dass es nichts gibt, was sie alle drei übersehen würden.

„Der hat es persönlich auf mich abgesehen. Macht das ganze unbequem, aber hat einen Vorteil."

„Und der wäre?"

„Alles, was er in den letzten sechsunddreißig Stunden getan hat, war das System zu bedienen. Er hat seine Interessen verfolgt, das kennen wir von ihm, aber er hat sie in den bestehenden Strukturen umgesetzt. Und das macht es einfach für mich."

„Äx, dass du das so schön analysiert hast, ist uns klar. Danke dafür. Aber würdest du uns bitte auch erklären, was so einfach ist?" Die Ironie in ihrer Aussage war nicht zu überhören.

„Es ist simple Psychologie. Beispiel: Man ist verliebt in jemanden und führt laufend das aus, was der Göttergatte von einem verlangt. Man selbst denkt, dass man dem Gegenüber imponiert. Dass er sieht, was man alles für ihn tut und er sich dann auch in einen verliebt. Aber wusstet ihr, dass es genau andersherum ist? Je mehr man etwas für eine Person macht, desto mehr verliebt man sich in sie. Man gibt etwas und bekommt was zurück? Die Motivation noch mehr zu geben! Und solange Thomas DeMacy seine Tour gegen mich brav in den Strukturen des Systems fährt, solange denkt er, dass das System ihm den Erfolg für seinen Einsatz zurückgibt. Doch das Einzige was passieren wird ist, dass er immer mehr und mehr investieren wird. Weil nichts zurückkommt. Und je mehr er macht, desto mehr drängt er auf das, was ihm aus seiner Sicht zusteht: Erfolg. Und dann wird er panisch, weil er tief im Inneren erkennt, dass das System nicht fair ist. Dafür ist er schlau genug. Und genau dann macht er irgendwann den Fehler. Ich glaube sogar, er hat ihn schon gemacht. Irgendeine Kleinigkeit. Irgendwas, was er mir grinsend vor die Nase setzt und was ich ihm mit dem gleichen Grinsen zurück in seine hässliche Fresse werfe. Und dann ist es mir egal, dass er 16 Tausend Zuschauer dahingehend eingeheizt hat, dass sie mich und Johnny schon vorverurteilen. Es zählt am Ende eben nur einer. Und das ist der Richter. Den überzeugen wir mit Beweisen. Und ein solcher wird DeMacys Fehler für uns sein."

„Ok." Für mehr war Sarah nicht zu haben.

„Den Song hat Sarah schon eingereicht", meldete sich Johnny auf einmal zu Wort.

„Glaubt ihr, dass so ein moderner Track eine gute Idee ist?"

„Du hast es doch selbst ausgesucht."

Sarah hatte die Arme noch fester verschränkt und eine ihrer geballten Fäuste dauerhaft vor ihre Lippen gepresst. „Stimmt."

Äx setzte sich. Ihm war selbst gar nicht aufgefallen, dass er die ganze Zeit gestanden hatte. Er nahm sich eine Wasserflasche und trank. Stille erfüllte den Raum. Nun saßen sie alle da. Es war grau, nur wenig Licht umgab sie. Natürlich war es künstlich. Johnny dachte daran, wo alles angefangen hatte. Er war müde. Sarah überlegte, wie alles ausgehen würde. Sie war nervös. Äx allerdings, der dachte nur an das, was gerade passierte. Er spürte gar nichts. Tief im Inneren wusste er, dass er es schaffen würde.

Plötzlich raschelte es. Relativ schnell ließ sich erkennen, dass die Speaker angeschaltet wurden. „Der Prozess beginnt in drei Minuten. Begeben Sie sich auf ihre Startposition."

Sarah hatte beide innig verabschiedet. Für sie ging es in eine Loge. Blickdicht von außen, Geräusche von innen wurden vollständig unterdrückt. Man wolle damit einen Eingriff in die objektive Wertung des Richters vermeiden, hatte man ihr gesagt. Sie hatte eingewilligt. Um sie herum herrschte Leben. Sicherheitspersonal überall. Sie nahm es als Kompliment auf.

Johnny Matteo und Äx der Anwalt hingegen, sie beide vernahmen keinen Mucks. Nicht auf dem Weg zum Einlauftunnel und auch nicht an dem Punkt, wo sie jetzt waren. Denn nun standen sie hier. Vor ihnen hing ein langer, schwarzer Vorhang hinab. Sie waren einen langen Gang unter den Tribünen entlanggeführt worden, bis sie schließlich an diesem Ort ankamen. Wie eine elegante Schneise zogen sich die immer gleichen, waagerechten Deckenkanten auf einmal in den Himmel hinauf und gaben eine Schleuse in den Innenraum der modernen Arena frei. Alles, was sie auf dem Weg gesehen hatten, war grau, weiß oder schwarz. Da passte ihr letztes Hindernis perfekt ins Bild. Der Vorhang war gewaltig.

Johnny war gespannt, was er sehen würde, wenn der Vorhang gleich fallen würde.

„Wofür wird dieses Bauwerk genutzt?" Für Johnny schien es so, als ob Äx diese Frage wirklich beschäftigen würde, doch in Wirklichkeit wollte er nur die Situation auflockern. Es gelang ihm.

„Keine Ahnung."

Äx pustete Luft aus seinen Wangen und sprang ein paar Mal leicht auf der Stelle. Seine Arme ließ er wild herunter baumeln. Die Music startete. Die Bässe waren kräftig, die E-Gitarre zog die Spannung in der Luft ins Unermessliche. Eine Projektion eines Timers begann auf dem Vorhang herabzuzählen. Noch zehn Sekunden.

„Bereit?" Äx legte seine Hand auf Johnnys Schulter und blickte ihm in die Augen.

„Bereit."

Der Vorhang fiel.

„Das ist ja noch besser, als ich es mir erhofft habe." Äx bemühte sich, das zufriedene Lächeln zu verkneifen und sprach möglichst leise. Er machte Anstalten den perfekt-schönen Menschen zu mimen. „Ich hätte nicht gedacht, dass DeMacy DAS durchzieht."

Johnny starrte nur ungläubig in das große Rund, während er unter der von Sarah gewählten Hymne in das Stadion einlief. In der Mitte des Innenraumes stand ein Tisch mit zwei Stühlen. In einigen Metern Entfernung hatte Ernesto Feegler an einem weiteren Tisch Platz genommen. Eine Camera befand sich zwischen beiden Parteien, doch die war hinfällig. Das gesamte Stadion war leer. Fast leer. In der ersten Reihe auf der

Haupttribüne saßen exakt zwei Menschen. Sie waren die einzigen, auf die Äx und Johnny jeweils begeistert und entgeistert blickten.

„Genau das ist sein Fehler gewesen." Äx bemühte sich, seine Lippen geschlossen zu halten. Er wusste, dass er genau beobachtet wurde, wie er gerade reagierte. Und er wusste auch von wem.

Thomas DeMacy, schelmisch grinsend, hatte mit überschlagenen Beinen auf einer gepolsterten Sitzschale Platz genommen. In Eigenarbeit hatte er mit seinem Team jeden Zuschauer überzeugt dem Prozess nicht beizuwohnen, um Äx zu zeigen, wie wenig sich die Menschen um das kümmern würden, was der Möchtegernkünstler plante von sich zu geben. Wie machtlos sein Gelaber sei. So hatte er es seiner Sitznachbarin zumindest erzählt, welche sich davon nicht hatte abbringen lassen. Zu groß war ihr Interesse an dem, was da gleich geschehen würde und zu viel Mühe hatte sie schon geopfert die Dinge bis zu dem heutigen Tag im Blick zu behalten. Diese zweite Zuschauerin, das war ich.

Verhandlung

„Der Ablaufordnungspunkt eins: Die Anträge. Hat die Verteidigung oder der Täter am Ablauf der Verhandlung etwas zu
bemängeln oder gibt es einen Vorschlag für Veränderungen?"
„Der AN-GE-KLAG-TE stellt folgende zwei Anträge. Zuerst
bittet die Verteidigung darum, dass der Begriff ‚der Täter' im
Zuge dieser Verhandlung erst nach einem potenziellen Schuld-
spruch genutzt wird."
„Dies wird abgelehnt", wurde Äx erbost unterbrochen.
Unbeeindruckt und höflich fuhr dieser dennoch fort. „Zweitens stelle ich den Antrag, dass mein Mandant im Laufe der
Verhandlung seine Headphones tragen darf und auf diesem
WorkPad einen lehrreichen Historyblockbuster begutachtet,
während ich seine Verhandlung und die Aussagen vollständig
übernehme. Im Zuge der absoluten Überzeugung von der Un-
schuld meines Mandanten ist die Verteidigung der Auffassung, dass diese Zeit bedeutungsvoll zu nutzen ist, um stets
nur das zu tun, was der Gesellschaft dienlich ist." Äx zog beide
benannten Geräte unter dem Tisch hervor und drückte sie
Johnny in die Hand und aufs Ohr. Dieser senkte perplex seinen
Nacken und widmete seine Aufmerksamkeit fortan dem
Remake von The Fast&Furious. Man war sich heutzutage sehr
sicher, dass es sich bei den alten Movies um Documentations
über die Primitivität der menschlichen Evolution in Verbindung mit tiefen Einblicken in den Beruf eines Automobilme-
chatronikers handelte. Also wurde er dramaturgisch nachge-
dreht, allerdings mit einem Narrator, einem besonderen Fokus

auf Darwins Evolutionstheorie und vielen spannenden, animierten Fahrten durch diverse Auto- und Motorteile.

Äx hingegen blickte weiterhin dem Richter ins Gesicht.

„Dieser Antrag wird zugelassen", sprach Feegler. Er war tief beeindruckt von dem Ansatz verschwendete Zeit präventiv zu verhindern. Das merkte man.

„Der Ablaufordnungspunkt zwei: Die Darstellung des Sachverhaltes durch die Anklage. Ich verlese aufgrund dessen Folgendes: Johnny Matteo wird als Täter dem Ereignis zugerechnet, bei welchem er den Schützen des Kanzlermordes, Feyl Hermann, dahingehend indoktriniert hat, dass dieser für den Vorfall des Umkommens unseres Regierungsvorsitzenden mutwillig praktische Verantwortung übernommen hat. Dieses Verbrechen, im Übrigen ein solch erstes Ereignis in unserer Gesellschaft seit Jahrzehnten, scheint nicht nachvollziehbar. Sowohl Beweggrund als auch die Moral dieser Vorkommnisse sind unserer Welt nicht einsehbar. Somit ist hinreichend belegt, dass die Tat nicht den Normen entspricht, als unschön und, aufgrund der Hemmung des Fortschrittes unserer Gesellschaft, somit strafbar einzustufen ist. Der Täter ist zu verurteilen."

Äx hörte brav zu. Dieses gekünstelte Geschwurbel, diese Nüchternheit. Das alles ging er heute mit. Er zwang sich sogar dazu nicht einmal jetzt, nach Beendigung der Verlesung, etwas zu sagen. Er wartete mit neutraler Miene auf eine Frage. Auf die Möglichkeit eine Information zu nennen. Es war ein Spiel für ihn. Sei das System, um das System zu besiegen. Das war es, was er seit Beginn seiner Aufgabe dachte. Es war Kunst in seinen Augen. Und das war es auch in meinen.

„Der Ablaufordnungspunkt drei: Die Gegendarstellung der Verteidigung."

„Bezogen auf Ihre Ausführungen gilt es zu wissen: Ist Unschönes der Gesellschaft nicht dienlich und sind unschön agierende Individuen verpflichtet sich zu hinterfragen, inwiefern sie der Gesellschaft künftig besser zugehörig sein können?"

„Dies ist ein passendes Fazit der Ausführungen der Anklage", bestätigte Ernesto Feegler.

„Die Gegendarstellung der Verteidigung lautet somit wie folgt: Der Schütze hat bei seinen Vernehmungen zu Protokoll gegeben, dass Johnny Matteo ihm gegenüber empfohlen hätte, dass man etwas Unerwartetes tun müsse. Sofern die Gesellschaft diese Aufforderung als eindeutiges Verbrechen, als Tat identifiziert, so steht die Frage im Raum, was die Ursache für diese Aussage ist. Man hat sich zu fragen, was für eine Bedeutung überraschendes Handeln hat. Die Antwort dafür ist die Unbewusstheit. Die Verteidigung bringt als Beweis die mit dieser Aussage einhergehenden Gedanken von Johnny Matteo vor. Die Richtigkeit dieser haben wir Ihnen auf diesem Dokument versichert und geschworen." Äx reichte dem Richter eine Mappe. „Zum Tatzeitpunkt dachte Johnny Matteo nichts. Er dachte an rein gar nichts. Präzisiert hatte seine Aussage keine Bedeutung. Er formulierte die Aufforderung an den Schützen grundlos."

„Ich muss Sie unterbrechen. Es ist nicht möglich, an nichts zu denken."

„Können Sie sich vorstellen, an nichts denken zu können?"

„Nein, das kann ich nicht."

„Dann können Sie das Bewusstsein um diese fehlende Vorstellung nutzen, um nachzuvollziehen, dass es meinem Mandanten ebenfalls unter anderen Voraussetzungen möglich wäre keine gedanklichen Vorstellungen zu haben. Andernfalls beziehe ich mich auf mein formuliertes Fazit Ihrer Aussage in

Bezug auf Feyl Hermann: Dieser leidet an Prosopagnosie. Und aufgrund derartiger Leiden ist er der Gesellschaft nicht angehörig, war früher in einer Lernschule und ist nun von Ihnen in einer forensischen Psychiatrie unterbracht worden. Leiden Sie auch an Prosopagnosie und sind somit unserer Gesellschaft nicht zugehörig? Können Sie sich nicht vorstellen, dass andere etwas können, was nicht in Ihrem Verständnishorizont liegt?"

Allen Zuhörenden drehte sich der Kopf. Und eben deswegen bemerkte niemand, dass Äx es gerade geschafft hatte Prosopagnosie so zu definieren, wie es ihm bei seinem Ziel passte. Thomas DeMacy schmolz die Zufriedenheit aus seinem Gesicht. Er bemerkte, dass hier etwas geschah, was er nicht wollte. Was er nicht hatte kommen sehen.

„Doch, das kann ich.", antwortete Feegler schließlich. „Der Beweis ist zugelassen."

„Folgend gilt es den Beweis einzuordnen. Geschah die Tat meines Mandanten also nachvollziehbar bedeutungslos, so ist sie einerseits der Gesellschaft nun nicht mehr unverständlich, aber dennoch durch ihre Bedeutungslosigkeit theoretisch unschön. Aber Erstes egalisiert Letzteres. Die Begrüßungen oder der Smalltalk sind mit den Leitmotiven unserer Gesellschaft nicht vereinbar, weswegen ihre Bedeutungslosigkeit auch nie verstanden werden kann. Die Tat des Johnny Matteos kann nun aber verstanden werden, da es für alle zu verstehen ist, dass an Nichts denken möglich ist. Und das ‚nachvollziehbare Nichts', das ist für unsere Gesellschaft zwar bedeutungslos aber durch die Akzeptanz und das Wissen darum deswegen auch nicht existent. Es ist die nachvollziehbare Bedeutungslosigkeit, die nachvollziehbare Nichtigkeit, was den Unterschied zwischen den unschönen Taten und der Tat meines Mandanten definiert. Wir tuen nur bedeutungsvolles. Und verstehen wir etwas nicht, so ist es bedeutungslos. Ist es bedeutungslos, ist es also nicht getan worden. Das Fazit der Gegendarstellung der Verteidigung ist also dieses, dass die Tat auf Nichts basiert und eben deswegen in unserer Gesellschaft nicht stattgefunden hat. Mein Mandant ist freizusprechen."

„Der Ablaufordnungspunkt vier: Das Kreuzverhör. In Bezug zu den getätigten Aussagen von Ihnen frage ich Sie, inwiefern Sie belegen wollen, dass die Tat aus der Perspektive der Gesellschaft nicht stattgefunden hat? Die Bedeutungslosigkeit beruht nur auf dem Nichts, an das der Täter zur Tatzeit dachte. Wieso gilt das für alle? Wie argumentieren Sie, dass die Gesellschaft dieses Nichts verstanden hat?"

„Als Beweis ist neben der eben dargestellten Realität der jetzt geschehene Moment anzuführen." Äx erhob sich erneut und knöpfte elegant sein Jackett zu. Es war sein Ass im Ärmel, welches er nun spielen würde. „Die Realität ist die Basis unserer Zeit. Und hält man diese an, so befindet man sich im Moment. Ein zeitliches Teilfragment der aktuellen Realität. Inwiefern unsere Gesellschaft die Tat meines Mandanten überhaupt nicht wahrnimmt und damit ganz aktiv belegt, dass es ein Nichts ist, zeigt dieser Moment jetzt. Dieser Media-Prozess findet in einem Stadion statt. Die bewährten Strukturen unseres Systems hatten mit 16 tausend Zuschauern kalkuliert. Damit, dass sich die Summe aller Menschen, die Gesellschaft, über die Gründe und die Folgen der Tat informiert. Dass sie dadurch der Tat an Bedeutung zumessen. Aber es sind lediglich zwei Zuschauer hier. Die Tat scheint in unserer bedeutungsvollen Welt, belebt durch schöne Menschen, keinen Platz zu haben. Niemand scheint daran gedacht zu haben. Es scheint so, als ob die Erinnerung den gleichen Platz in den Gedanken aller einnimmt, wie das Nichts. Es ist nicht existent. Denn Existenz ist

Bedeutung. Erinnern Sie sich am Abend an das Geschehene und gedanklich Geplante oder an die Momente und Gedanken des Tages, in welchen nichts passiert ist und Sie an nichts gedacht haben? Die Gesellschaft hat diesen Prozess offenkundig vergessen. Alles an ihm ist schon lange nicht mehr existent in unserer Welt."

Einen Moment lang schrieb sich Feegler etwas auf. Er setzte ab, dachte kurz nach und notierte schließlich weiter.

„Der Ablaufordnungspunkt fünf: Die Findung des Urteils. Die Verhandlung wird unterbrochen und mit dem Ablaufordnungspunkt sechs, der Urteilsverkündung, in 16 Stunden fortgesetzt." Er klang so, als ob er jetzt erstmal dringend einfach an Nichts denken musste.

Nutzbare Wut

Thomas DeMacy war sehr schlecht gelaunt. „Ich bin sehr schlecht gelaunt", skandierte er wild durch seine Büroetage. Er fragte sich, was er eben mitgeteilt bekommen hatte. „Wie kann dieser selbsternannte Oberintellektuelle denn einen Freispruch für seinen Mandanten erwirken?", schrie er.

„Die Äußerungen der Verteidigung waren schlüssig", antwortete ein junger Mitarbeiter pflichtbewusst.

„DAS MÜSSEN SIE MIR NICHT SAGEN!" Wild atmend ließ sich DeMacy auf den Boden fallen und begann Liegestütze zu machen. Sein Hemd hatte er bereits ausgezogen, sein zugegebenermaßen durchtrainierter Oberkörper glänzte. Einerseits wegen des ungesunden Bräunungstons, andererseits wegen des Schweißes. Das weiße Hemd, welches über einem Drehstuhl hing, hatte große Placken unter den Armen. Die Suppe lief ihm spätestens ab dem Moment literweise angstvoll seinen Körper herab, an dem Äx klar gemacht hatte, was das leere Stadion bedeutete. Sehr zum Leidwesen meinerseits. Er stank. Und zwar grässlich.

„Weiß. Hier. Auch. Nur. Irgendwer. Was. Ich. Alles. An. Shows. Über. Die. Verurteilung. Geplant. Hatte.", stöhnte er rhythmisch. Auf jedes Heben und Senken seines Körpers entkam ein Wort. Er konnte sehr schnell Liegestütze ausführen. Das täglich vorgegebene Fitnessprogramm für die Systemschönheit absolvierte er seit Jahren brav.

„Was werden Sie nun tuen?"

„So. Viele. Newsshows. Talkshows. Opinionshows." Der Presenter kam wieder hoch und zog sich ein frisches Hemd an.

„Dieser Wichtigtuer hätte bemerkt, was Macht bedeutet. Doch, statt dass ihm so richtig schön warm wird vor Betroffenheit…" Er trank einen Schluck Wasser. „…sitzt er jetzt selbstgefällig irgendwo herum und freut sich. Immerhin ist es egal. Niemand wird davon mitbekommen. Er hat es selbst gesagt. Alles an diesem Thema ist nicht existent. Es hat keine Bedeutung."

„Also werden Sie es vergessen?"

„NATÜRLICH NICHT! Für was hält der sich denn? Er denkt, dass er mich vorführen kann. Provokante Fragen stellen kann. Wissen Sie was Macht ist?"

„Nein."

„Er mag vielleicht diesen Richter beeinflusst haben. Er hat ihn vielleicht in seinem Alltag gestört und sein Gehirn für genau den Moment des Mediaprozesses zum Einsturz gebracht. Aber wissen Sie was wirkliche Macht ist?"

„Nein?"

„Ganz genau. Die Realität zu verändern. Er sprach von diesem Moment. Dieser Zeitpunkt, wo die Realität kurz gestoppt wird. Wo man gerade ist. Haben Sie das verstanden?"

„Nein."

„Ich schon. Verstehen Sie es gefälligst auch. Sonst bemerken Sie später nicht, wie genial ich bin. Dieser Äx drückt vielleicht auf ‚Pause', aber wissen Sie was passiert, wenn er auf ‚weiter' stellt?"

„Nein."

„Nichts! Es ist nichts passiert. Alles geht weiter wie davor." Thomas DeMacy begann wieder, wie gewohnt zu grinsen. Seine gar nicht mal so unechte Fassade an absoluter Selbstverliebtheit kam mit dem Gedanken zurück, welchen er gerade fand. „Bringen Sie mich so schnell wie möglich auf Sendung.

Ich zeige diesem Trottel, wie es ist, wenn man wirklich etwas verändert, nachhaltig verändert. Wie man Realität umwirft." Er kam nicht drum herum schon das ganze Gespräch all seine Aussagen stark gestisch zu untermalen.

„Sie gehen in zwanzig Minuten auf Sendung."

„Ich will eine Talkshow. Setzen Sie da irgendwen wichtiges hin, damit die Leute hingucken. Mir ganz egal wen. Hauptsache ich kann reden und die Camera zeigt auf mich."

„Ja."

DeMacy blieb stehen. Er roch hörbar mit seiner Nase. „Und ziehen Sie sich etwas Anderes an. Sie stinken ganz übel nach Schweiß!"

Cameraoperator Joe hatte die schlichte Anweisung bekommen, dass er mit Beginn des letzten Abschnittes der Liveshow gnadenlos auf die von ihm aus rechte Seite der Stage filmen sollte. Sie war ein wenig anders, das sah er schon den ganzen Abend. Ein grauer Pappbogen, gut bemalt, sodass er hochwertig aussah, stellte ein Tor dar. Direkt vor seiner Öffnung zierte ein großer weißer Kreis den steinernen Boden. Joe war sich übrigens sehr sicher, dass es gar kein Stein war, der da den Boden bildete.

„Das Headlight muss angestellt werden", klang es durch das Studio von irgendwo hinten. Mit einem schweren, klickenden Geräusch begann schließlich ein Surren. Mühsam fuhr ein greller Lichtstrahl seine Kraft auf und erfüllte den weißen Kreis von der Decke abwärts mit einem Kegel. Es war gleich so weit. Showtime. Das verriet auch das nun herbei geschobene *WindowPad*, welches DeMacy wuchtig und voller Überzeugung höchstpersönlich in den Kreis drängte. Er stampfte.

Selbst wenn dieses Smartboard wirklich gekonnt hätte, nicht zu wollen, es hätte gemusst. Der Presenter hatte eine Entschlossenheit, eine Geilheit auf diesen letzten Abschnitt der Show, niemand hätte ihn in diesem Moment aus dem Studio bekommen. Tot oder lebendig, ganz egal, Thomas DeMacy würde diese letzten zehn Minuten moderieren.

Eben deswegen filmte Joe auch brav auf den gewünschten Platz. Das diabolische, diese geheimnisvolle Überzeugung irgendeines Planes, alle waren sich stumm einig, dass man DeMacy lieber nicht danach fragte, was er da gleich vorhatte.

Sein Gast war bereits während der letzten Werbepause geflohen. Und das, obwohl der Host der Show ihn nicht ein einziges Mal in die Ecke drängte oder mit Fragen ausspielte. Doch gerade genau das war der Grund, warum sein Gast misstrauisch wurde. Dazu dieses Gerede von Macht, Fairness und Können. Es war ganz komisch heute mit dem sonst so kommunikativen TV-Star.

„Der Countdown beginnt." Wieder kam es von hinten. Alle verstummten, Joe begann sich auf seine Camera zu konzentrieren. Die Tafel mit den roten LED-Zahlen zählte von 16 herunter. Es begann.

„Ich bin schon lange Experte auf dem Gebiet der Moral. Die Moral? Es ist eine moderne Mystik, da haben Sie Recht. Wer braucht eine Moral, wenn doch alles funktioniert? Und in unserer freien Welt funktioniert alles. Eben deswegen hat unsere freie Welt am gestrigen Tage einen Prozess geführt mit dem eindrucksvollen Ergebnis, dass die Verteidigung nachgewiesen hat, dass es überhaupt keines Ergebnisses bedarf. Das Verhandelte ist niemals passiert."

Thomas DeMacy schloss seinen Mund und zog seine Mundwinkel so hoch in die Wangen, dass es fast zu beängstigend aussah. Er grinste ganz gruselig. Und er tat es lange. Joe hielt drauf. Zehn Sekunden. Nichts passierte. Fünfzehn Sekunden. Ein Setworker versuchte den Presenter ohne Worte zu fragen, ob alles in Ordnung sei. Zwanzig Sekunden.

„Ich dachte, dass Sie diese News hören sollten", erlöste der gewohnt weißen Anzug Tragende sich selbst und alle anderen. „Die News sind, dass es einen Prozess gab."

„Hat er Ihnen einen Ablaufplan mitgeteilt?", flüsterte der Setworker Joe ins Ohr.

„Nein", antwortete dieser nahezu lautlos. Er schien das Wort nur mit seinen Lippen anzudeuten.

Obwohl keiner von beiden danach laut sprach, fragten sie sich dennoch beide dasselbe. Was tat DeMacy da? Es fragten sich genau genommen sogar alle. Alle im Studio. Alle die vor dem Fernseher saßen. Es war unschön. Unverständlich. Unproduktiv. Schlecht. Insbesondere schlecht. Seine Vorstellung war nahezu traurig.

Ich bekam kein Mitleid, das nicht, aber als ich ihn so sah auf meinem Screen, da wusste ich es. Er hatte etwas. Keine Krankheit oder kein Problem war es. Ich wusste, dass er etwas hatte, was ihn ins Spiel bringen würde. Es würde ihn dahin bringen, wo er sich selbst sehen wollte. An einem Punkt, an dem er etwas verändern würde.

„Schauen Sie." Der verwirrt wirkende Presenter drehte sich hektisch im Kreis und torkelte auf das *WindowPad* zu. Irgendwie schaffte er es inmitten seiner zittrigen, hektischen Bewegungen, dass es schließlich aufleuchtete. Eine Menge kleiner, bunter Bilder und Grafiken begannen sich zu laden und ordneten sich quadratisch unter- und nebeneinander an. Er grinste wieder wie die Konturen eines Halbkreises.

Dass er nur auf eines der Bildchen zu tippen brauchte, um alles anzuzünden, das sah ich sofort. Die vier Balken auf jedem der Diagramme erkannte man umgehend, wenn man wusste, was DeMacy Woche für Woche in *The political hour* so trieb.

Stramm stehend und mit dem immer gleichen Gesichtsaus-druck setzte er einen seiner Finger sanft auf eines der Bilder. Der größte Balken war hellgrau und mit einem Wert beschrif-tet. ‚Einundsechzig Prozent' stand in neutralen Lettern über der Säule, welche mit den Wörtern ‚Petition: Diätenerhöhung der Politiker stoppen' untertitelt war. Es war der größte Balken auf der gezeigten Folie.

„Sollte man weiter verfolgen." DeMacy sprach wie ein Psycho-path. Unerträglich langsam. Unerträglich deutlich. „Ist be-stimmt nächste Woche auch wieder dabei. Wir sprechen drüber. Endlich." Das letzte Wort zog er in die Länge, wie er es noch nie mit einem Wort davor getan hatte. Er imitierte sich selbst.

„Schalte die Camera nicht aus Joe", zog er auf einmal das Tempo wieder an. Er klang erzürnt, sein gerades Gebiss öffnete sich nicht. „Filme lieber das hier!" Der Presenter wechselte das Diagramm. Einundachtzig Prozent. „Oder DAS hier!" Neunzig Prozent. „ODER DAS HIER!" Er schrie. Er schrie schnell. „Filme einfach irgendeine dieser dreckigen Lügen! Lass die Leute sehen, was sie schon immer sehen wollten!" Er begann die Augen zu verdrehen und verstellte die Stimme: „Oh, ein Mörder kommt davon, weil er nicht denken und ich so toll re-den kann?" Er ging energisch auf die Camera zu. Joe sah nur noch das Gesicht, welches DeMacy ihm in die Linse presste.

„EGAL! EUCH ALLES EGAL! Aber wehe die Politiker verdienen zu viel Geld. Da geht ihr bestimmt alle los und beschwert euch? Los! LOS! ZEIGT! ES! MIR! Zeigt, dass ihr laut sein könnt. Dass man es nicht planen kann, wie Dinge ausgehen. Flippt aus! ZEIGT MIR, wie ICH euch die MACHT übergeben habe, Dinge zu tun, die hier niemand hat kommen sehen. Niemand ist intelligent genug dafür. Gebt dem hier Bedeutung. Das alles ist ein Werk, welch…"

Der Screen meines TVs wurde schwarz. Ganz plötzlich sehr schwarz. Irgendwer hatte die Leitungen geschlossen und DeMacys Gerede unterbunden. Joe hatte es sich nicht getraut, die Camera auszumachen. Das wusste ich. Er hatte ihn gefühlt, den Ruf seiner selbst, welchem er gefolgt ist. Das Chaos, welches in ihm hochkam. Thomas DeMacy hatte es also tatsächlich getan. Und ich hatte es nicht kommen sehen.

Vorläufiges Chaos

Die Phones standen kaum noch still. Der Stress stand Uniform-Castro auf der faltenfreien Stirn geschrieben. So richtig wusste keiner seiner Mitarbeiter, was zu tun war. Selbst der sonst allwissende Polizeichef war sich unsicher. Auf allen Kanälen und von allen Seiten brach es über ihn herein. Irgendwer hatte ihn vor wenigen Minuten angerufen. Irgendwer unten aus dem Büro neben der Eingangstür. Dass da Menschen seien, die nicht ihre Blitztickets bezahlen wollten, hatte er gesagt. Dass die wollten, dass man einem angeblichen Verbrechen nachgehen sollte, hatte er weiter erklärt. Die Angeblichkeit hatte Castro da noch selbst beschlossen. Er wusste zu dem Zeitpunkt nicht, worum es ging. Doch jetzt hatte er die TV-Show mit DeMacy im Internet gesehen. Und es schien zu stimmen. Das hatte er mit seinem Intellekt, mit seiner Auffassungsgabe und seinem Anspruch an Gründlichkeit direkt erschlossen. Die Daten waren wahr. Doch was war zu tun?

Das Phone begann zum x-ten Mal zu klingeln. Es hatte gerade erst aufgehört, keine vier Sekunden der Ruhe hatte es dem Raum gegönnt, in welchem es stand. Uniform-Castro wusste nicht, warum er ausgerechnet jetzt ranging.

„Haben Sie den Kanzler Yervah verhaftet?", drang es in sein Ohr. Es war eine weibliche Stimme. Irgendeine Bürgerin war besorgt. Sie schaffte es dennoch irgendwie gelangweilt zu klingen. Neutral zu klingen. Unaufgeregt zu klingen. Sehr schön.

„Nein."

Die Frau legte auf.

Es klingelte erneut. Castro hob ab.

„Die Regierung hat das Volk betrogen."

Der Polizeichef wartete ab. Er wollte nicht direkt auflegen, auch wenn die Informationsvermittlung vervollständigt war. Irgendwie war in all dem Stress ein wenig Dankbarkeit für diesen schönen Anruf dabei.

„Verhaften Sie die Regierung?", legte der Anrufer schließlich nach.

„In diesem Moment nicht", bekam der Fragesteller eine wahrheitsgemäße Antwort. Er legte auf.

Es klopfte an der Bürotür. Ein Kollege trat herein.

„Die Regierung hat einen Betrug zu verantworten."

Uniform-Castro guckte den schlanken Polizisten mit den braunen Augen kurz an. Die Uniform von diesem Mann saß nicht so gut, wie es seine an ihm tat.

„Können wir Beweise vorlegen?"

„Thomas DeMacy schickt uns unaufhörlich das Dateienpaket mit den Beweisen. Pro Sekunde übermittelt er es drei Mal über die Onlinepost an uns."

„Ich brauche vier weitere Beamte, mit denen wir zusammen diesen Betrug dahingehend aufbereiten, dass Richter Feegler einen Prozess führen kann."

Wortlos, ganz ohne Reaktion verließ Braunauge das Büro.

Das Telefon klingelte. Der Polizeidirektor ging heran. Es war irgendein Mensch. Mal wieder.

„Thomas DeMacy hat Beweise für einen Betrug im TV präsentiert."

Uniform-Castro legte auf. Er kam nicht drum herum, dass er in seinen Gedanken jeden Anruf bewertete. Dieser Anruf war nicht gut. Weder Opfer noch Täter wurden ihm mitgeteilt. Wie sollte seine Behörde so seine Arbeit machen? Zum Glück wurde er schon anderweitig aufgeklärt, dachte er sich.

Es klingelte. Er nahm den Anruf entgegen.

„Spricht dort Polizeidirektor Castro?", grölte man ihn an. Er erkannte die Stimme.

„Ja. Spricht dort Uffus Hirandi?"

„Ja!"

Uniform-Castro konnte sich nicht vorstellen, dass auch Uffus ihn auf den Betrug hinweisen wollte. Vielleicht wollte er ja gestehen, hoffte er. Sein alter Chef war schon immer schön gewesen, fand er. Er war sich immer bewusst, um seine Verantwortung, die er für so viele trug. Das hatte Castro schon immer bemerkt.

„Am Parlament stehen Menschen, die empört sind. Dieser offenbare Betrug hat sie hier her geführt. Du musst mit deinen Kollegen herkommen und sie beseitigen."

„Gibt es diesen Betrug?", antworte der Befehlshaber der Polizei ganz nüchtern.

„Ja, den gibt es. Er ist sehr groß. Genauso groß wie mein Thema, was wir morgen im Parlament abstimmen wollen. Und das muss ich durchkriegen! Beseitige diese Menschen. Wir alle haben weder Lust noch Zeit für deren Anliegen."

Einen Moment lang hielt der Polizeichef den Hörer nur stumm mit einer Hand umfasst an seinem Ohr. Er dachte nach. Er prüfte die faktische Lage und glich sie auf das ab, was er dort gerade gehört hatte. Dann legte er auf.

Es klopfte an seiner Bürotür. Das Telefon klingelte. Seine Bürotür ging auf. Herein kam sein nicht ganz so gut gekleideter Kollege mit der geforderten Unterstützung. Sie hatten einen Stapel an Ausdrucken dabei. Es waren die Beweise.

„Ein Anrufer von Amazing Media hat berichtet, dass Thomas DeMacy das Studio verlassen habe und auf dem Weg zu uns sei. Wir haben seine Route rekonstruieren können. Er wurde bereits über zehn Mal mit viel zu hoher Geschwindigkeit geblitzt. Die Standorte der Auslösungen lassen tatsächlich vermuten, dass er auf dem Weg zu uns ist."

„Bereiten Sie das Verhörzimmer vor."

Die fünf Polizisten verließen das Büro. Uniform-Castro hob das klingelnde Telefon an und legte es direkt wieder auf. Blitzschnell nutzte er den Moment der freien Leitung und drückte die Taste mit der Direktverbindung zu Ernesto Feegler. Es war besetzt. Er wiederholte es. Es war wieder besetzt. Beim dritten Mal kam er durch.

„Sie müssen auf das Polizeirevier kommen."

„Ich schreibe den Bericht des gestrigen Prozesses. Präzisiert gesagt versuche ich es, da ich aktuell sehr viele Anträge erhalte."

„Ein Zeuge wird heute aussagen."

„Der Vorwurf des Betruges ist auch morgen noch aktuell."

Uniform-Castro schwieg. Es war ihm nicht anzumerken, doch wenn man ihn kannte, dann wusste man es. Er kämpfte. Er kämpfte mit sich selbst. Er wusste nicht, was zu tun war. Obwohl: Nicht ganz. Er wusste es schon, aber es war kein Weg. Der Weg hatte tausende von Kreuzungen. Da war kein Muster, keine Ordnung. Er brauchte Unterstützung. Dringend. Vielleicht war es der Moment, in dem er bemerkte, dass seine Beförderung zu früh für ihn gekommen war. Aber es war eben nicht der Moment, um diesen Gedanken zuzulassen. Er beendete seine Gedanken und traf eine Entscheidung über seine Worte.

„Herr Feegler", begann er. „Ich bitte Sie. Kommen Sie auf das Revier."

Richter Ernesto Feegler legte auf.

Die Stunden waren schnell verstrichen. Alle in dem kleinen Raum waren über den Punkt ermüdet. Es hatte sich angefühlt wie eine endlose Wanderung. Eine Wanderung, welche einen brutalen, engen und stürmischen Pfad entlang eines Berghanges hinaufführte. Jeder Schritt war kraftraubend. Und die Kraft löschte in einem die Hoffnung. Stück für Stück hatte der Tag ihnen allen eben diese genommen. Die Hoffnung oben anzukommen.

Es war schon lange dunkel vor den Fenstern geworden. Und auch in dem kleinen Raum war es zunehmend düster. Uniform-Castro wusste, dass sie noch nicht am Gipfel angekommen waren. Doch er wusste, dass es einen gab. Und dass sie es nur gemeinsam schaffen konnten. Thomas DeMacy hatte ihnen viel Zeit gekostet. Und Nerven. Viele Nerven. Trotz der Verhörsituation und seiner rechtlich verfänglichen Lage war es tatsächlich so, dass noch immer er derjenige in dem Zimmer gewesen war, welcher am meisten Interesse an dem hatte, was er da von sich gab. Feegler, welcher doch tatsächlich auf das Revier gekommen war, hatte schon nach sechzig Minuten die Schriftlage über den Betrug komplettiert. Aufgehört zu reden hatte der Zeuge und Mittäter dennoch nicht. Überraschung.

„Wo möchten Sie hin?", kratzte der Polizeidirektor seine letzte Aufmerksamkeit zusammen und stoppte seinen braunäugigen Kollegen, welcher gerade durch den Raum davonschleichen wollte.

„Ich bin durstig. Ich werde mir einen Kaffee zubereiten."

Castro hörte ihn. Doch sein Gehirn brauchte ganze drei Sekunden, bevor es wie ein Geistesblitz in ihn fuhr. „Das werden Sie nicht tun", beorderte er ihn mehr als deutlich zurück.

Entsetzt von dem strengen Ton blieb der durstige Polizist in der Tür stehen. Er wusste nicht, wie ihm geschah.

„Niemand in diesem Raum trinkt jetzt Kaffee", befahl der Ton-angeber weiter. Es war ungemein sexy, wenn er seine Domi-nanz zeigte. Ich stand auf ihn ab dem Moment, wo ich ihn das erste Mal gesehen hatte.

„Wieso?", erklang es leise aus der Ecke. Irgendein Jungspund sprach für alle. Niemand kam mehr mit, aber die Idee eines heißen Kaffees gefiel ihnen. Was sprach schon dagegen?

„Das ist ein Befehl."

Keine weiteren Fragen.

Uniform-Castro selbst wusste warum. Das Chaos um ihn herum war ihm, war allen hier zu viel. Der Betrug war gelöst, aber was war mit den ganzen Menschen da draußen? Denen an den Telefonen? Was war mit den Verhaftungen? Der Richter hatte ihm mal erklärt, dass alle vor dem Gesetz gleich wären. Aber sollte er morgen wirklich die Regierung verhaften? Es waren ihm zu viele Entscheidungen. Und in all diesem Druck konnte er eines noch weniger gebrauchen. Mehr Fragen. Mehr Baustellen in seinem Schädel. Dieser Typ damals, Johnny Matteo, er hatte sie vorgeführt. Hatte jemand Durst hier, so trank er Kaffee. Selbst wenn er schon unter dem Einfluss von Koffein stand und es eh nichts brachte. Castro war gegen eine Gesellschaft, in der Kaffee nur aus der Lust heraus getrunken wurde. Wasser war die flüssige Antwort gegen den Durst. Ge-gen das unverhinderliche Gelüst des Körpers nach Flüssigkeit. Es war ein Mittel zum Zweck. Ebenso der Kaffee. Der Kaffee gehörte portioniert und nicht gesoffen. Das Koffein als beson-derer Kick gegen die Müdigkeit. Doch die war jetzt eh nicht mehr aufzuhalten.

Er hatte damals die Provokationen von diesem Rebellen sehr wohl verstanden. Und wenn er eines nicht gebrauchen konnte, dann war es eine kleine Idee von diesem Kerl, die in seinem

Kopf sich davon nähren würde, dass die Last um ihn herum zunahm. Und so an Raum gewinnen würde. Und ihn in den Wahnsinn treiben würde. Das Chaos. Das außer Kontrolle geratene Chaos. Er hörte es kommen. Er spürte es in seinem Nacken. Die Kontrolle über die Situation, sie hing an einem Spinnenfaden. Gespannt am Fuß des Berges und er schritt diesen hinauf. Immer weiter hinauf. Er spannte den Faden, das wusste er. Aber er musste es tun. Er musste es schaffen. Ganz ohne einen Riss. Ohne einen Fehler. Und solange er dort nicht angekommen war, solang würde hier jeder nur noch Wasser trinken. Uniform-Castro schäumte sich innerlich auf. Unwohlsein. Ungleichmäßig. Unpassend. Empfindlichkeit.

Morgen würde er mit seiner Behörde zum Parlament fahren. Eine graue, glatte, gerade Straße entlang. Niemand würde da sein. Nur er, seine Kollegen und sein Ziel. Das Ziel war das Ende. Das Ende der Unordnung die herrschte. Das Ziel war der graue, glatte, gerade Verlauf der Dinge. So musste es sein. Und würde man heutzutage noch beten, Uniform-Castro hätte es in dieser Nacht wohl getan. Er hätte gegen das gebetet, was er am nächsten Tag erlebte.

Endgültiges Chaos

Es war ein bewölkter Tag. Die durchgängige Wolkendecke ließ es aussehen, als sei gestern heute, doch das war es nicht. Nicht wegen des kleinen Windes, welcher mit gerade genug Kraft wehte, sodass die Blätter der Hecken, der Bäume und sogar die festeren Blätter der vielen Plastikpflanzen entlang der Straßen leicht tanzten. Nicht wegen der vielen langen Mänteln in allen Tönen dieser Welt, welche die Menschen auf den Gehwegen in sich begruben und ein Meer aus Tristesse schufen. Und auch nicht wegen der vielen Autos, zumeist Modell *Massenkiste*, welche doch tatsächlich den sonst flüssigen Verkehr stauten und die Insassen der Kolonne an goldenen *Schnellautos* auf ihrem Weg zum Parlament ausbremsten. Die vielen Polizisten blickten aus den Seitenfenstern hinaus, nahm ihnen der Blick nach vorne doch jegliche Sicht auf Fortschritt. Und sie alle sahen etwas Anderes.

Da war ein kleiner schwarzer Vogel, welcher über den Boden hüpfte und mühelos mit einem Flügelschlag auf ein Vordach flog. Der ihn beobachtende Beamte wusste nicht, dass es Vögel noch gab. Er konnte sich nicht erinnern, wann er zuletzt einen gehört oder gar gesehen hatte. Er war fasziniert. Bis ein alter Mann das Fenster aufmachte und den Vogel wuchtig am Kopf traf. Sein leichter Körper fiel das Vordach wieder herunter. Eine Frau trat auf ihn, als ob nichts gewesen wäre und nie was sein würde.

Da war ein Mann, welcher etwas Eingepacktes trug. Es war offensichtlich für den rothaarigen Polizisten, dass er es eben gekauft hatte. Aber ein Geschenk? Er begann drüber nachzudenken. Dieses kleine, quadratische Päckchen hatte sogar eine Schleife. Irgendwer würde es bekommen. Aber was hatte diese Beziehung für eine Bedeutung? Mutmaßlich würde es ein Kind erhalten. Der Schenker schien sehr altmodisch zu sein. Muss dieses Verhältnis wirklich einen solch schrecklichen Wert besitzen, dass materielle Zuneigungen eine Rolle spielen? Wie unmodern. Wie unschön. Zwischenmenschliche Beziehungen sollten nur Bedeutungen haben, die entweder beiden nützen oder zumindest keinem schaden würden. Das Geschenk war eine finanzielle Misere für den Mann. Der rothaarige Polizist war angewidert von so viel Menschlichkeit. An die Wirtschaft dachte er nicht.

Da war diese Wohnung. Uffus Kollege mit den braunen Augen hatte sie entdeckt, nachdem es seit mehreren Minuten nicht mehr voran ging. Wirklich alles hier sah identisch aus. Der gleiche weiße Putz. Vier Stöcke. Große, rechteckige Fenster. Eine schwarze Eingangstür mit einem langen, silbernen Stab, um die Tür zu öffnen. Mehrere silberne Klingeln und gleichfarbige Briefschlitze. Symmetrisch angeordnet. Über der Tür die Hausnummer. Der Polizist mit der zu großen Uniform verlor sich in den Fenstern. Er war verblüfft über die Unterschiede. Die einen hatten ihren Tisch mit dem Kopfende Richtung vorderer Hauswand gestellt, andere taten dies zur seitlichen Wand hin. Und dann die Gardinen. Sie alle waren nicht geschlossen, aber tatsächlich waren sie unterschiedlich weit aufgezogen. Von außen wollte man nur eines: Man wollte für Einheitlichkeit sorgen. Doch, so war sich der Betrachter sicher, drinnen in den Wohnungen, gab es eine befriedigende Ordnung.

Und dann war da schließlich das Auto. Die Fahrer aller Autos entdeckten es im Rückspiegel.

„Was ist das?", fragten sie alle in dem gleichen Ton. Keiner in den einzelnen Autos wusste, dass sich auch in allen anderen Wagen die Leute umdrehten. Es war wie Magie. Das Auto, es war nicht klar zu sehen. Noch nicht. Es war weit weg. Die perfekt geteerte Straße, die vielen langweiligen anderen Wagen, sie alle bildeten eine Symbiose der Einheitlichkeit. Das Grau dieser Welt. Mittendrinn die goldenen *Schnellautos*, doch auch sie verblassten zunehmend. Sie verloren an Glanz, an Stärke. Mit jedem Meter, mit dem das Auto näher kam.

Wie von Geisterhand schufen alle Platz. Irgendwie leerte sich die Mitte der Fahrbahn zu einer Gasse. Ganz unbewusst.

Das Auto kam noch näher. Es fiel allen auf. Es musste auffallen, denn dafür war es gebaut. Es rollte majestätisch. Es fuhr langsam. Elegant langsam.

Schließlich war es auf der Höhe. Auge in Auge mit den *Schnellauto*s und doch uneinsehbar. Die Scheiben waren getönt, zudem war es lautlos. Es war rätselhaft. Aber doch begehrt. Da war Music, eine ganz andere als sonst. Die Betrachter gaben alles, um jeden Moment der Pracht aufzusaugen, welches dieses vorbei gleitende Gefährt in seiner gesamten Erscheinung ausstrahlte. Anmutige Perfektion. Noch nie hatte man derartige Schönheit sehen dürfen. Inmitten des Nichts, der gängigen Neutralität war dieses Auto der einzige Lichtblick. Nichts kam an es heran. Und nichts würde jemals an es herankommen. Es entschwand in der Menge und fuhr geradewegs direkt auf das Parlament zu.

Der Halbmond an Stühlen war bis zum letzten Platz gefüllt. Das Tageslicht stand gut. Die vielen Anzüge, die Stoffe dieser, sie wurden von diesem Tag in Szene gesetzt. Auch der hässliche Anzug des Kanzlers Nedt Yervah, welcher sich auf dem Weg zum Pult machte, kam überraschend gut weg.

„Der Tagesordnungspunkt fünf, die Wahl einer Lösung zum Umgang mit den Suiziden in unserer freien Welt. Der erste Unterpunkt: Die repräsentative Darstellung des Problems durch den Kanzler", kommentierte der Sprecher des Parlamentes den kurzen Gang des Staatsoberhauptes.

„Zuhauf findet unsere Polizei Menschen, welche sich selbst aufgrund ihres Jobverlustes das Leben genommen haben. Wir müssen die Polizei dahingehend entlasten." Er hielt es kurz und schmerzlos. „Der Abgeordnete Uffus Hirandi stellt hierzu eine Lösung vor. Sie ist großartig. Ganz unglaublich."

„Die Ablaufordnung untersagt dies", mischte sich der Sprecher ein. „Es gilt mit dem zweiten Unterpunkt, dem Ausarbeiten von Lösungen und Bündnissen in freier Arbeitszeit, fortzufahren."

„Kopf oder Zahl?", fuhr in Yervah an.

Der Kanzler war sichtlich überrascht. Er schwieg.

„Kopf oder Zahl?", wiederholte der gewählte Kanzler seine Frage. „Bei Zahl hast du mir gar nichts zu sagen und bei Kopf bleibst du leise, wenn ich rede. Ist das ein Vorschlag?"

Überfahren von der Anmaßung verpasste der Sprecher die Chance dem etwas entgegenzusetzen.

„Uffus. Bitte stell die Lösung vor."

Uffus Hirandi, getränkt mit zu viel Bestätigung, stand von seinem Platz auf, schloss formal sein Sakko und tat etwas, was in diesem Parlament noch nie jemand getan hatte bei einer einfachen Wortmeldung: Er ging hervor zum Pult. Der Saal wurde laut.

„Ihr seid jetzt leise!", bereitete Nedt Yervah zähneknirschend die Bühne für seinen Schützling vor. Er ließ es sich nicht nehmen, dem Sprecher einen weiteren strengen Blick zuzuwerfen, damit dieser nicht die Chance nutzen würde, um die Sitzung zurück in seine Leitung zu führen.

„Marktwirtschaftlich betrachtet sind Arbeitskräfte Gebrauchsgegenstände", begann Uffus. Er senkte seinen Kopf und las von einem Papier ab. „Die Gebrauchsgegenstände unserer Gesellschaft gehen irgendwann, wie jeder andere Gebrauchsgegenstand, kaputt. Die Polizei hat einen Zeit- und Kostenaufwand, um die Eigenbeschädigungen, zu verstehen als vollzogene Suizide, aufzuräumen. Die Lösung dieser Problematik ist simpel: Nach Beendigung der Funktionszeit sollte die Gesellschaft nicht mehr benötigte Gebrauchsgegenstände vorsorglich entsorgen. Wir sollten ein System entwickeln, welches gefeuerte Mitarbeiter und gefeuerte MitarbeiterINNEN…" Hirandi zwinkerte der Partei *Die Linken* zu. „…deswegen nach Beendigung ihrer Benötigung, also mit Beginn ihrer Bedeutungslosigkeit, im Interesse aller, auch der Betroffenen sei hier angemerkt, ausnahmslos tötet. Ich verweise an dieser Stelle auf den Präzedenzfall der Eingriffe bei potenziell bedeutungslosen Nachwuchskräften, welchen wir bereits verabschiedet haben." Nichts. Uffus hob irritiert den Kopf. Der Saal war noch immer voll. Er schaute nach links. Nedt starrte geradeaus. Ins Parlament, so wie es schien. Uffus folgte seinem Blick. Doch da war nichts. Stattdessen starrten alle Fraktionen geschlossen nach oben. Uffus verfolgte erneut die Aufmerksamkeit. Und er sah es. Dort, ganz oben an der großen, breiten Glastür, der Eingangstür in den Halbmond, da lag der Fokus. Sie war geöffnet. Von ihr weg führte ein schmaler Pfad. Hinunter bis an das Pult heran. Und genau diesen Weg wollte meine Wenigkeit beschreiten, welche dort oben still stand. Irgendwann während dieser ekligen, menschenverachtenden Rede war ich dort

erschienen und hatte allein durch meine Präsenz Uffus sogenannte ‚Mühe um Fortschritt‘ nichtig gemacht haben.

Ich war schon während der Provokation von dem Kanzler dort
eingetroffen. Hatte mich zunächst zurückgehalten, doch
schließlich hielt ich es nicht mehr aus. Alles hatte ich beobachtet. Alle Wege. Alle Momente. Alle Gedanken. Ich konnte sie
lesen. Doch was hier in Gang gebracht wurde, das konnte ich
nicht mehr zulassen. Ein Eingriff war unabdingbar. Wo sind
wir denn hingekommen? Über was wurde denn hier ernsthaft
gesprochen?
Ich hatte die Glastür geöffnet, während Uffus sich frauen-
freundlich gab. Es war so weit. Das hatte ich schon gestern bemerkt. Die Blicke trafen mich sofort. Erst nur die der Abgeordneten in den letzten Reihen, doch wie ein Dominospiel drehten
sich Stück für Stück immer mehr Menschen zu mir um. Es war
wie ein Lauffeuer. Nedt Yervah war der Vorletzte, der mich
sah. Doch er war derjenige, der es am meisten begriff. Nämlich
gar nichts.
Langsam stieg ich die Stufen des Ganges herab. Vorbei an offenen Mündern und leeren Blicken, wie es Johnny nicht besser
hätte machen können vor so vielen Monaten. Als er Sarah sah,
Äx kennenlernte und das erste Mal ihren Geschichten lauschte.
Als Patrick den Kanzler erschoss und das Chaos die Menschen
endgültig veränderte. Genau so schauten sie.
Wir gaben ihnen eine freie Welt damals. Zu frei. Es dauerte
nicht lang und die Freiheit begann das zu machen, was sie am
liebsten tat. Sie baute Mauern. Erst in den Köpfen, dann in den
Strukturen. Sie zog grenzenlose Grenzen. Zwischen den Menschen kannte sie keine Gnade. Keine Verbindung war zu fest,
um sie nicht zu brechen. Gib ihnen Möglichkeiten und sie

werden die Freiheit zu Macht transformieren. Das waren die Bedenken damals. Und die Freiheit der Wenigen wurde zum Verhängnis der Vielen.

Während ich still musternd direkt an Kanzler Yervah vorbeizog, wusste ich, dass es richtig war. Es war an der Zeit. Menschen wie er gehörten hier nicht hin und doch waren sie hier. Gewählt und bemächtigt. Gib Menschen das Gefühl oben zu stehen und sie werden einem zeigen, wie weit sie gehen würden, um dort zu bleiben. Nicht wahr Uffus?

Bedacht verließ ich die kleine Bühne des Pultes und schritt hinter den grauen, langen Tisch. Links vom *Sessel der Macht* nahm ich unter den Augen aller sich im Saal befindlichen schließlich Platz. Auf dem alten Holzhocker, auf dem Platz der Präsidentin.

Künftige Vergangenheit

Johnny, Sarah und Äx saßen fassungslos auf der Couch. Der kleine Jacque schlief. Damit waren alle drei einverstanden. Es war ganz ungewöhnlich, doch in der knappen Stunde, die sie dasaßen und zugeschaut hatten, sagte keiner von ihnen etwas. Nicht einen Ton brachten sie heraus. Und sie wollten auch keinen herausbringen. Schließlich war es vorbei. Äx machte den TV aus.

„Das war aber kein kleines Rädchen mehr, um das System Stück für Stück zu verändern", fasste Sarah zusammen. Irgendwas in ihr zerriss sie. Begeisterung, Angst und die Trauer über die Erkenntnis, dass das, was sie jahrelang für das Richtige gehalten hatte, falsch war. Es war der ganz große Knall, der vielleicht alles verändern würde, aber den sie nie für das Richtige gehalten hatte.

Äx ignorierte sie und schaute weiter auf den schwarzen TV-Screen.

„Warum kommt sie jetzt?", fragte Johnny.

Äx sagte nichts.

„Ich glaube der Beginn der Proteste nach DeMacys Offenbarung hatte mehr Einfluss, als wir gestern dachten."

„Allerdings." Johnny gingen die Worte aus.

Sarah noch nicht: „Äx, jetzt sag doch auch mal was. Ist es nicht das, was du immer wolltest?"

Er blieb stumm.

„Ich weiß, dass es nur Worte waren. Ob jetzt was passiert, kann niemand sagen", setzte sie nach.

„Unser System ist so komplex, da kann man nicht einfach Dinge verändern. Das ist zu leicht gedacht", antwortete Johnny ihr.

„Oh doch." Äx bewegte sie nicht. Er guckte weiterhin nur nach vorne. Die Stimme des Künstlers hatte wieder diesen Ton, den Johnny vernommen hatte, als er ihn kennengelernt hatte. Er war ruhig und sanft. Johnny Matteo fand schon immer, dass der Ton nie ganz zu dem wechselhaften Wesen von Äx gepasst hatte, doch in dieser Sekunde war er unabdingbar. Es war wunderschön.

„Johnny, wenn das System zu komplex für grundlegende Veränderungen ist, dann muss sich der Mensch nicht mit seinen Gedanken, nicht mit seinem Verständnis anpassen. Genau dann muss sich das System vereinfachen, muss sich wieder als greifbarer Leitfaden zu erkennen geben. Die Veränderung ist das Ziel, wie man es hinbekommt ist egal. Aber eines ist doch offensichtlich: Der Wettbewerb in der Politik wird es immer verhindern, dass am Ende jene profitieren, die im Wettkampf des Lebens sowieso die schlechtesten Karten haben. Und genau deshalb gibt es sie." Er deutete mit einem Kopfnicken in Richtung des TVs, in welchem eben noch das ausgestrahlt wurde, auf was er sich mit seinen Worten bezog. Auf wen er sich bezog. „Die stille Stimme der Gerechtigkeit. Das wünschende Wissen der Allgemeinheit. Die Fairness. Das Volk. Und jetzt werden die Karten neu gemischt. Eines muss stets die Substanz dessen sein, für was wir jeden Atemzug unseres Lebens opfern: Es muss immer um den Menschen gehen. Und nie um eine Konstruktion, welche das Leben dieser bestimmt. Wisst ihr…" Er schien zufrieden zu wirken, wie es Johnny und Sarah noch nie bei ihm gesehen hatten. Erfüllt sah er aus. Triumphierend und gesättigt. Keiner von den beiden anderen verstand wieso. Wusste er von all dem was gerade passierte irgendetwas?

„…das habe ich schon immer gesagt", vervollständigte Äx und begann zu lächeln. Sein Blick galt noch immer nur der Dunkelheit, doch seine Augen leuchteten.

Bedeutungslos geschehene Dinge erscheinen nicht existent.

- vierzehn Jahre und einhundertachtunddreißig Tage später -

Epilog

Adam schloss die Tür von seinem Haus ab. Er war sehr stolz auf sein Heim. Gerne erinnerte er sich an den Moment zurück, in welchem er Bescheid bekommen hatte, dass er den Zuschlag erhalten hatte. Früher stand hier die *BetterBeRichResidenz*, doch das zunehmend verfallende Gebäude wurde zugunsten eines Neubaugebietes abgerissen.

„Viel Spaß auf der Arbeit Herr Breizik", rief ihm der Nachbarsjunge über die Hecke zu, während Adam den schmalen Weg zu seinem Auto hinab ging. Der jugendliche Jacque mähte das grüne Gras, welches den Vorgarten seiner Familie zierte.

„Danke!", rief Adam ihm entgegen. Er stieg in sein Auto und fuhr davon.

Die neue Music gefiel ihm. Nicht selten schaltete er zwischen einigen Radiochannneln hin und her und war auf der Suche nach einem bestimmten Song oder etwas, was ihm gefiel. Diese Art von Hören hatte er erst vor kurzem gelernt.

Entlang des neu errichteten Friedhofes zog es ihn in Richtung des Traffic-Circuit. Die große Fläche war noch überwiegend leer, nicht viele Menschen in der heutigen Zeit nahmen das Prinzip an, welches das Trauern ermöglichte. Auch Adam war dem sehr misstrauisch gegenüber. Er konnte sich nicht vorstellen, dass es funktionieren würde. Er fuhr dran vorbei.

Die vorletzte Ausfahrt führte ihn auf eine lange Straße aus der Stadt hinaus. Hierhin kamen sehr selten Menschen, er tat es nahezu jeden Morgen. Seit fast 16 Jahren war dies sein Weg zur

Arbeit. Adam war Mitarbeiter in der forensischen Psychiatrie. Er mochte die Arbeit nicht. Nur die Therapiestunden mit den beiden Insassen waren immerhin interessant. Dennoch war sie anstrengend. Er hatte Ehrfurcht vor ihnen. Vielem müsse man einfach aus dem Weg gehen, meinte sein Chef einmal zu ihm, später hatte er es befohlen. Adam war angehalten bestimmte Dinge zu ignorieren.

Sein Handy klingelte. Er ging ran.

„Sie haben heute Wäschedienst. Können Sie eine Packung Waschmittel mitbringen? Wir haben vergessen genug zu kaufen."

Natürlich konnte Adam. Er drehte um und fuhr zurück.

Die Einrichtung lag sehr weit draußen. Es war einsam hier. Weit und breit wohnte keine Menschenseele an diesem öden Ort. Nur dieser wirre Presenter, der vor Jahren wohl mal eine Nummer gewesen sein sollte, und der Irre, der einen Kanzler erschossen hatte. Adam befasste sich lieber nicht so viel damit, warum die beiden das getan hatten, was sie hierhergebracht hatte.

Adam stellte sein Auto ab, zog seine Uniform an und begab sich in die Wäschekammer.

„Wir haben einen neuen Kollegen", informierte ihn Stephanie von der Sicherheitsrezeption. Adam nahm es hin. Es war die erste Veränderung seit vielen vielen Jahren. Ob es das jetzt besser machte, wusste er selbst nicht. Er ging an ihr vorbei zum Fahrstuhl und nahm in der Bewegung die Dienstmappe an sich. Es gab ein Update: Man hatte eine Bestellbestätigung der *Firma Brauchbar* bei einem der beiden Insassen gefunden. Das Dokument war sehr alt. Adam schenkte ihm nur für den

Bruchteil eines Momentes seine Aufmerksamkeit. Er wollte nach unten fahren.

Ende

?

Danke an meine Familie, meine Lehrer und Lehrerinnen und an all jene, die je mit mir diskutiert haben, mich erzogen haben und das in mir geweckt haben, was es mir möglich gemacht hat, einen solchen Text zu schreiben.

Danke an mein Reading-Team, insbesondere an Helene, Ann-Sophie und Martha, für die vielen Anmerkungen, Beratungen, für die Geduld und die ganze Mühe.

Danke an die Gesellschaft. Danke, dass sich so viele Leute so dämlich anstellen und mir derart viele Inspirationen und Steilvorlagen liefern.